Ernst Augustin

Robinsons blaues Haus

Ernst Augustin

Robinsons blaues Haus

Roman

Verlag C.H.Beck

2. Auflage 2012

Druck und Bindung: GGP Media GmbH, Pößneck
Gesetzt aus der Trump Mediävel bei Fotosatz Amann
Gedruckt auf säurefreiem, alterungsbeständigem Papier
(hergestellt aus chlorfrei gebleichtem Zellstoff)
Printed in Germany
ISBN 978 3 406 62996 9

www.beck.de

I

In einer früheren, ferneren Version dieser Geschichte sagt Daniel Defoe, er habe eines der unglaublichsten und abenteuerlichsten Leben gelebt.

Ich sage: Ich auch.

– – –

Der Tod kommt in Gestalt eines freundlichen kleinen Herrn, der mir im Zug nach Grevesmühlen gegenüber sitzt, und er kommt auch nicht sofort, vielmehr läßt er mir Zeit, meine Angelegenheiten zu regeln. Insbesondere dir, lieber Freund, ein beträchtliches Erbe zu hinterlassen. Ein in Ausmaßen und im Umfang geradezu obszönes Erbe, das ich dir vermache, vor allem eine Moral, mit der du, fürchte ich, am Ende ziemlich allein dastehen wirst. Lieber Freund.

Als ich elf oder zwölf war, hatte mich mein Vater eines Tages beiseite genommen und gesagt: Du wirst es einmal schwer haben, mein Sohn, du wirst keine Freunde haben, du wirst entdecken, daß du allein bist, daß du dich auf einer Insel befindest – merke dir, mein Sohn –

inmitten eines Ozeans von Menschen über Menschen, die alle laut reden und alle etwas anderes meinen. Die ihre Seele daransetzen werden, dich von dieser Insel – so selig sie immer sein mag – zu vertreiben. Es sind sechs Milliarden, alle miteinander, kannst du das verstehen?

Ja. Vater.

Nein, sagte er.

– – –

Ich erinnere mich an dieses Gespräch, das ich nicht verstand, das in dem mahagonifarbenen halbdunklen Arbeitszimmer meines Vaters stattfand. Es ist immer halbdunkel dort gewesen, auf dem Schreibtisch brannte immer eine Bernsteinlampe, draußen fuhr die Straßenbahn. Es sind die Schatten, die mir im Gedächtnis geblieben sind, die tätowierten Köpfe der Maori an den Wänden, die Ledersessel von Mandel, der große Elefant aus dunklem Holz – sehr schwer, wenn ich mich gegen ihn lehnte. Selten durfte ich hier eintreten, denn Vater arbeitete sehr viel, er kam mit großen Packen Papier nach Hause, die Reichtum bedeuteten, ich hatte immer geglaubt, Vater sei reich. Die Ledergarnitur aus dem Kaufhaus Mandel in der Schweidnitzer Straße roch neu, so oft ich hier eintreten durfte. Sie ist immer neu gewesen.

Also erzählte er von den Täuschern, den «Deceivern», wie man sie nenne, die ihren Namen aber zu Unrecht trügen, nicht wert, so genannt zu werden. Eine Geschichte aus dem alten Indien, eine Geschichte von Hitze und Dunkel und einer schrecklichen Gottheit mit ihren vielen Armen und Beinen. Und von bösen Männern, die ihr zu Ehren ihre Opfer mit dem Seidenschal erwürgten. Dazu rauchte er, in seiner Ledergarnitur hinter dem Mahagonitisch sitzend, eine sehr lange hellbraune Zigarre, die Reichtum bedeutete. Zigarre und hellbrauner Anzug, den er trug. Wie sie es anstellten, die Täuscher, wie sie sich drehten und wendeten und ihre Kunst «Kunst» nannten. Zu Unrecht.

Die wahren Täuscher nämlich – und hier hob mein Vater die Stimme –, die wahren Deceiver im alten Indien seien Schatzträger gewesen. Gute Männer, redliche Männer, die das ihnen Anvertraute sicher an seinen Platz brachten. Durch unendliche Tigersümpfe, durch Schlangenwüsten, durch reißende, beißende Wasser und mörderische Schluchten. Mutige, vor allem aber ehrenwerte Männer, die ehrenwertesten – halte dir das immer vor Augen, mein Sohn –, eine Gilde untadeligen Rufes.

Rief er aus.

Während vor meinen Augen in dem halbdunklen Arbeitszimmer ein fernes Land heraufdämmerte, wo Säcke voll Geld, Kisten voll Gold herumgetragen wurden, die nie ihr Ziel erreichten. Immer bedroht – er hob die Stimme – immer belauert von niedrigem Raubgesindel, ja, aber auch lüsternen großen Herren, die da in ihren Raubpalästen am Wege saßen und die zu täuschen viel Todesmut bedurfte. Todesmutige Männer seien es gewesen, ausgestattet mit nichts als ihrer Redlichkeit und der Kunst der Verstellung, verschlagen, kühn, undurchsichtig, sogar durchsichtig: Bettler darstellend, mittellose Verwandte auf dem Weg in die Fremde, flüchtige Schuldner, Straffällige, Ausgestoßene. Sogar Tote.

Hier hob der Vater den Finger.

Immer eingedenk der Redlichkeit, der treuen Hand, hörst du, lieber Sohn, treue Hand bis in den Tod. Solche Geschichten hörte ich am liebsten, wenn Vater sie hoch und heilig erzählte, denn wie hoch sei ein solcherweise in Jahrhunderten treuen Tragens erworbenes Kapital wohl einzuschätzen! Und wem sonst hätte man sein Gut anvertrauen können!

Es folgte eine Liste des zu befördernden Gutes: Ringe, Ketten, Armbänder als Zahlungsmittel, Geschenke und Gegengeschenke, Hochzeitsgeschmeide, große und kleine Kronen, vor allem Geld, Geld und Gold in jeder Form in Ledersäkken, in verschweißten Kästen, runde, viereckige, bandförmige Prägungen, Gold aus der Mahrathenzeit, Gold aus der Bennarenzeit, Stangengold, Zeremoniengold, goldene Prunkelefanten, die an Stangen getragen wurden – letzteres erforderte dann besondere Verstellungskunst. Ich sah, wie sie durch die nur von dem Bernsteinlämpchen erhellten Dämmerung schwankten, zwischen den Mahagonimöbeln und der Ledergarnitur aus dem Kaufhaus Mandel in der Schweidnitzer Straße.

So war es, so ist es gewesen, und so geht es voran. Eines aber, führte der Vater aus, der immer eine Moral mit seinen Geschichten verband, eines solltest du lernen, lieber Sohn, daß nämlich Redlichkeit sich auszahlt. Sie hatte überhaupt erst erfunden werden müssen. Ohne sie wäre ein funktionierendes Bankwesen mit Vertrauen und Gegenvertrauen, wie wir es heutzutage kennen, gar nicht möglich. Dokumentiert und monumentiert in Marmor und Granit für jedermann an jeder Ecke sichtbar. Lieber Sohn.

Er hätte es wissen müssen, ging er doch jeden Morgen pünktlich in die Filiale der Lübschen Kredit- und Depositenbank am Roßmarkt. Dabei hatte er gar nicht indisch ausgesehen, gar nicht todesmutig mit dem geraden Haarschnitt und den blassen Gesichtszügen. Damals hatte er noch einen Scheitel getragen und ein Schnurrbärtchen, die später beide fehlten – überhaupt hatte er sein Aussehen von Zeit zu Zeit verändert. So daß, von hier aus betrachtet, das Bild meines Vaters immer angepaßt erscheint, immer im gleichen Abstand, immer zeitgemäß. Heute ist er tot.

2

Lieber Freund.

Das Leben ist ein Säbelzahntiger. – Nicht daß ich mich auf der Flucht befinde, so kann man es nicht nennen, aber da sitzt mir im Zug dieser freundliche, kleine, ältere Herr gegenüber und hat soeben einen Fehler begangen, der meine Befürchtungen nur bestätigt. Er hat sich nach dem Zug nach Grevesmühlen erkundigt, in dem er doch sitzt.

Schon seit Hagenow ist er mir aufgefallen, eigentlich schon seit Güstrow, und wenn ich es mir recht überlege, schon seit Schwerin. Und es sind auch keine großen Dinge, nur kleine Unebenheiten, die nicht ganz ins Bild passen, eigentlich gar nichts, und dann wiederum zuviel. Zum Beispiel trägt der Mann einen Hut, und zwar deutlich, als ob er sich etwas davon verspräche. In einer allgemein hutlosen Zeit.

Im Wartesaal zum Beispiel.

Wenn ich den Wartesaal in Hagenow betrete, um vor der Abfahrt noch schnell ein Bier zu trinken, sehe ich ihn über der Ebene von Köpfen, diesen Herrenhut, und dann werde ich doch mißtrauisch.

Um eines klarzustellen: Ich bin nicht geisteskrank, und ich leide auch nicht unter Einbildungen. Mein Mißtrauen hat eine ganz solide Grundlage, es ist der Instinkt, ohne den ich es niemals bis hierher, bis zu diesem Ort, geschafft hätte. Nicht lebend jedenfalls.

In Hagenow hatte es mich bereits angeweht, gleich als ich die Tür öffnete, diese Mischung aus Bierdunst und feuchten Habseligkeiten, die sie alle mit sich führen. Ich kann nie den Finger darauflegen, was es eigentlich ist, das mich anweht, der Hut jedenfalls ist nur Staffage, und die bierfarbene Täfelung, der Tresen, das Schild «Zu den Bahnsteigen» sind auch nur bedrückend, nicht wirklich tödlich. Vielleicht eine Geste, die der Mann vollführt, vielleicht seinen Nachbarn betreffend, aber irgendwie sieht es aus, als ob er zeigt! Ein kleiner Mann, es ist immer ein kleiner dunkel gekleideter Mann, der etwas anzeigt.

Ich führe nie Gepäck mit mir, keine Tasche, keinen Schirm, vielleicht einen Mantel, den ich mir gerade über die Schulter geworfen habe. Jedenfalls kann ich jederzeit vom Tisch aufstehen und verreisen oder mich aus einer Unterhaltung mit dem Zeitungshändler lösen, um, mir nichts dir nichts, in den nächsten Express nach Kopenhagen zu steigen. Dazu brauche ich nur Geld, lockere Tausend in der Brusttasche, nein, auf keinen Fall Kreditkarten, denn die sind lebensgefährlich, wenn ich das einmal vorausschicken darf. Oder ich reise plötzlich nach Lüttich, um auch das vorauszuschicken.

Jedenfalls scheue ich instinktiv wie eine Trakehner-Stute, die auch nicht weiß, warum sie scheut (das schwarze Auge einer Straßenwalze?), meine Sicherheit jedoch heißt: Regionalzug nach Lübbe um zwölf Uhr zweiunddreißig – also in acht Minuten – über Bärlang, Schwante, Grevesmühlen, wo immer es mich hinführt.

Wobei ich mir nicht sicher sein kann, ob er dann nicht doch im Zug sitzt, im ersten Wagen oder im zweiten. Also stehe ich auf und gehe in den dritten und dann beim Einfahren in den Grevesmühlener Bahnhof in den vierten Wagen, nein, ich steige aus.

Steige kurzerhand aus.

Winke einer Mama, die sehr erstaunt ist, unter den im Wind schaukelnden Blumenkästen zu. Grüße ein paar erstaunte Bekannte auf dem Bahnsteig, gewissermaßen von Ferne. Biege dann plötzlich ab, um auf die Toilette zu gehen. Vorne hinein und hinten hinaus, indem ich zwei, drei

Spülungen betätige, manchmal imitiere ich auch Benutzer, Benutzer einer Damentoilette zum Beispiel. Hört sich merkwürdig an, ist aber nur eine meiner Tugenden, nämlich mich einzufügen, zehn Minuten unter besonders erschwerten Umständen sitzend. Die Angst – habe ich einmal gelesen – ist die Tugend der Fluchttiere, und sie ist ihre edelste, bewahrt sie ihnen doch das Leben. Meines hat sie bis hierher bewahrt, bis nach Grevesmühlen.

Draußen erwartet mich eine regennasse Otto-Grotewohl-Straße, soweit ich auf dem Schild erkennen kann, anscheinend heißt sie immer noch so. Der Bockwurststand ist geschlossen, kein Mensch auf der Straße. Doch, drüben geht einsam die Käthe, die mich nicht sieht (ich sie auch nicht), aber wie sollte sie auch, bei diesem Wind, der ihr den Schirm aufstülpt, so daß sie blaß und dünn aussieht, mit ihren hellen Augen. Ich weiß natürlich nicht, wie sie heißt, aber es ist eine Käthe. Und wenn sie mich gesehen hat, auf dieser regennassen Otto-Grotewohl-Straße, auf der niemand geht, dann hat sie mich wahrscheinlich für einen Butte Beerbohm gehalten. Denn so geht das.

Mir ist kalt, ich friere, mir ist auch nicht besonders wohl, meinen Abgang betreffend. Vielleicht hätte ich doch nicht aussteigen sollen, oder eher verdeckt auf der Gegenseite des Bahnsteigs. Es sind die Unwägbarkeiten, die tiefhängenden Wolken, die Pfützen auf der Straße, der in der Ferne bellende Hund.

Und dann das Wunder.

Am Ende der Straße, dort wo sie auf die Augustenstraße trifft, zweigt eine Fußgängerunterführung nach rechts ab, eigentlich schon zur Augustenstraße gehörig. Es ist eine grünlich gekachelte Röhre unter dem Bahngelände hindurch, wie sie heutzutage nicht mehr gebaut würde, mit steilen steinernen Treppen an beiden Enden. Drüben steht die Bahnmeisterei, ein langgestrecktes Ziegelgebäude, das bei diesem Wetter wie ein großer roter Schwamm aussieht, und dort steigt die jenseitige Treppe direkt an der Seitenwand auf, das kann man von hier aus sehen. Und als ich mich in dem Tunnel befinde, so funzelig beleuchtet, daß ich nicht genau ausmachen kann, ob mir möglicherweise jemand entgegenkommt – ein Selbstmord wäre hier verständlich –, muß zu alledem über mir ein Zug donnern, gerade über meinen Kopf, ich glaube, es hätte geringere Anlässe gegeben.

Aber dann gibt es dort, etwas zurücktretend, eine Nische in der Kachelwand, an der man vorbeiläuft, und dort in der Nische gibt es eine Tür: Bhn W4, unbeleuchtet und kaum sichtbar, wenn man vorbeiläuft. Und wenn man es sähe, was heißt Bhn W4.

Als ich aufschließe, donnert der Gegenzug über meinen Kopf hinweg. Donnert auch noch eine Weile den Korridor entlang, der sich hinter der Tür auftut. Es geht ein paar Stufen hinauf, dann ca. dreißig Meter geradeaus, man ahnt, es ist die «Bahnmeisterei», die ich hier durch einen Kellereingang betrete, jenes langgestreckte Gebäude, immer noch so benannt, obwohl es inzwischen nur noch Bahnschuppen oder Lagerhaus ist. Neuerdings hatte man an der den Bahngleisen abgewandten Seite sogar ein paar Wohneinheiten fertiggestellt. Woher ich das weiß? Abwarten. Es geht jetzt durch die ganze Länge, die Korridore tragen noch immer diesen graugrünen Behördenanstrich bis zur Schulterhöhe, allerdings hat man an den am Ende befindlichen Fenstern große Topfpflanzen aufgestellt. Ein Versuch, möchte man sagen, aber eben den neuen Verhältnissen angemessen.

Wenn ich hier über den hallenden Korridor gehe, falle ich gar nicht auf, jemand, der mich sähe, würde mich wahrscheinlich für Butte Beerbohm halten. Also gut.

Die Gerätekammer liegt im dritten Stock gleich neben dem Treppenaufgang, kenntlich an dem rautenförmigen Fensterchen der relativ schmalen Tür, die ich nun mit meinem Schlüssel, den ich bei mir trage, aufschließe, und dann: Wärme, Wärme, Ruhe, Ruhe, teefarbenes Licht.

Willkommen im Besenschrank.

Ich bin zu Hause.

Spreche ich von einem Wunder? Es ist eines! Zur Begrüßung habe ich mir einen sanften Glenfiddich in Glaskaraffe hingestellt. Zum Wohligsein. Die Holztäfelung, die ich aus einem ganz erlesenen Holz habe anfertigen lassen, atmet einen leisen zimtartigen Geruch. Es ist Abend. Und, ja, die leise einsetzende Musik aus «Hotel Costes», die darf ich nicht unerwähnt lassen, es handelt sich um einen schwer zu beschreibenden braunsamtenen Tango, broch, broch, broch.

Die Abstellkammer, die auf mich gewartet hat. Die immer wartet, jederzeit und überall mit automatisch einsetzendem Tango.

—

3

Lieber Freund.

Die Kinderseele findet ihren Platz, weil sie weiß, wo er zu suchen ist.

– – –

Ich kann nicht sagen, daß ich eine unglückliche Kindheit hatte, eine etwas enttäuschende vielleicht: Sie fand in einem länglichen Zimmer mit ausnehmend häßlicher Tapete statt, die mich allerdings bereits mit zwei Jahren beeinträchtigte. Tatsächlich habe ich eine bleibende Erinnerung an die versetzten Rauten und Maiskolben auf graugrünem Grund. Lag da in meinem Bettchen und folgte dem Rautenverlauf vom Fenster über die Längswand bis zur Tür, mehr und mehr der Überzeugung, daß diese Welt definitiv nicht bewohnbar sei.

Vom guten Geschmack ganz zu schweigen.

Auch mein Spielzeug war häßlich, es war rot, blau und gelb, und wer, um Gottes willen, hatte sich solche Farben ausgedacht. Kam ein Onkel und brachte ein neues Kegelspiel oder ein neues Werkstattauto, brauchte ich nicht lange durch die Verpackung hindurchzuraten: Es war rot, blau und gelb. Gefällt es dir? Oh ja. Ist es schön? Eine ausgesprochene Scheußlichkeit.

Ich war wohl ein blasses Kind. Mit vier Jahren von tiefem Ernst erfüllt, mehr noch, von tiefer Besorgnis – wenn ich mich auf den alten Fotos betrachte, auf denen ich immer weiße Krägelchen trage –, feststeht, daß ich ein Kind voller Ahnungen gewesen sein muß. Ich baute Höhlen und Schlupflöcher, ich baute einen absolut sicheren Hochsitz auf dem Kleiderschrank, wo ich lebenslang ausharrte und mein Schicksal erfüllte. Später mit sechs oder acht erfüllte es sich dann in den geliebten dickseitigen Büchern und zwar mehrfach und endgültig mit Sigismund Rüstig, mit den Wölfen vom Haselberg, mit Trapper John und SOS Eisberg. Selbst mit Huckleberry Finn. Hätte mich jemand nach meinen Berufswünschen gefragt, wären es nicht Pilot oder Rennfahrer gewesen, sondern unsichtbarer Geist, aber mich fragte niemand. Mein Vater war meist abwesend, meist auf Reisen, und meine Mutter, eine große, sehr weiße lymphatische Frau, war auf ihre eigene gütige Art auch fern, auch abwesend.

Zum Beispiel sonntags in der Kirche. Ich saß neben dieser weißen Frau auf der Kirchenbank, die hart und steil war, unsinnlich und ohne Fußstütze. Sie blickte milde auf mich herab – ja, milde und sogar gütig, das war mir klar, aber mir war auch klar, daß sie mich gar nicht sah. Die Kirche war kalt, anstrengend und unendlich ausgedehnt an den Sonntagen, wenn ich auf der Bank saß.

Wie überlebte ich? Meine Füße schliefen ein. Die langsame Stimme des Pastors, der noch nicht einmal eine Halskrause trug, ergab einen durchgehenden sonntäglichen Grauton. Eine langgestreckte, wie soll ich sagen, eine ungeheuer langgestreckte Ermüdung, die nicht enden wollte. Ich trug zwar immer eine Schreckschußpistole bei mir, aber hätte ich sie abfeuern sollen? In dieser großen zugigen Kirche mit der dunkelgemauerten ungeheuren Höhe? Wohl doch nicht.

Doch, einen Lichtpunkt gab es, wenn der Pastor von der Kanzel sprach, und das war die Kanzel selbst. Die allerdings war eine Pracht, hell und hoch an einen massigen Strebepfeiler gebaut, ganz Bein in Bein geschnitzt und gedrechselt und nur über eine Wendeltreppe erreichbar. Hier bliesen pausbäckige Trompeter, hier türmten sich Türmchen auf Türmchen, genoppte Hütchen auf genoppte Hütchen. Beinerne Blumen blühten auf der umlaufenden Balustrade, kleine Sänger hielten ein Dach aus Wolken, während eine große beinfarbene Muschel die ganze Pracht von unten stützte. Ein wahres Vogelhaus.

Von wo das Wort verkündet wurde.

Hier zog ich ein.

Nicht gleich am ersten Sonntag und auch nicht am zweiten, ich hatte überhaupt nicht vor, hier einzuziehen, vielmehr mußte der Gedanke erst reifen, ein längerer Prozeß von Ostern bis Pfingsten. Auch waren vielleicht einige bauliche Veränderungen notwendig oder andere Überlegungen, etwa die Mengen von Limonaden und Würstchen, die ich hier würde lagern müssen – ich hatte da ziemlich genaue Vorstellungen. Oder die Deckenfrage, die war auch wichtig, denn es würde kalt werden, nachts in der Kirche. Genau genommen – in dieser Beziehung machte ich mir nichts vor – war es natürlich eine Zweckentfremdung.

Es war mein erstes größeres Bauvorhaben, der Umbau von St. Martin. Der allerdings bald größere Dimensionen annehmen sollte.

Zunächst zog ich eine Zwischenwand ein, eigentlich waren es zwei, die in einem flachen Winkel zueinander standen und die Ziegelwand des Pfeilers abdeckten und einen, sozusagen, Rückenschutz ergaben (wegen der Gespenster).

Dann kümmerte ich mich um die Wendeltreppe, hatte ursprünglich vor, oben eine Fallklappe anzubringen, begnügte mich dann aber mit einer Gittertür unten vor dem Aufgang, die sich besser in das Gesamtkonzept einpaßte. Sagen wir, aus Stilgründen. Eine Zweckentfremdung übrigens, die ich für durchaus gerechtfertigt hielt, solange der Pastor fortdröhnte. Brachte noch zusätzliche kleine Zierbalkone an, auch aus Stilgründen, ohne Funktion allerdings. Ein paar zusätzliche gedrechselte Säulen, ein paar weitere Türmchen und Hütchen. Das Ganze war architektonisch sicherlich eine Katastrophe, aber ich war ja noch ein Kind, sagte ich mir. Immerhin hielt ich mich mit sämtlichen An- und Umbauten strikt an den beinernen Grundton – also Ton in Ton –, muß da frierend und, ja, mit einer gewissen Besorgnis neben meiner Mutter auf der Bank gesessen haben.

Um das alles zu bedenken.

Am Ende zog ich noch dicke nachtblaue Vorhänge ein, die zugezogen eine dicke nachtblaue Höhle ergeben würden, warm und traumhaft schön (wegen der Träume) und vollkommen abgesichert (wegen der Gespenster). So sah ich denn dem Wochenende mit Erwartung entgegen, Pfingsten, dem Tag, an dem ich einziehen würde.

*

Pfingsten.

Ein warmer Tag. Das Sonnenlicht fiel in breiten Bahnen in die Kirche, ich erinnere mich, meine Mutter hatte mich besonders hübsch angezogen und blickte milde, ja, vielleicht auch mit einem gewissen Stolz auf mich herab. Es war ein dunkelgrüner Anzug mit weißem Krägelchen. Und ich saß denn auch besonders still neben meiner Mutter, man versteht, ein stilles in sich gekehrtes Kind in der Kirche.

Den Herrn Pastor setzte ich kurzerhand raus, ich setzte ihn ganz nach vorn in die äußerste Ecke. Bei größeren Projekten gibt es immer Härtefälle für die eine oder andere Partei, das tat mir nun leid, schließlich setzte ich ihn ganz in das Nebenschiff, wo er dann fortdröhnen konnte. Ein Segen, meiner Ansicht nach, für die Gemeinde, die hauptsächlich aus alten Onkeln und Tanten bestand, obwohl diese – das würde mir nun auch leid tun – möglicherweise einem weiteren Härtefall entgegensahen.

Denn, als der Tag fortschritt, als es wärmer wurde in der Kirche, die Sonnenbahnen breiter, die Fenster flammender, als dieser Pfingstmorgen seine ganze Pracht entfaltete, hatte ich eine Vision. – Soeben war ich damit beschäftigt, noch einen kleinen Wintergarten anzubauen, eine kleine Glasveranda für den höheren Sonnenstand mit Blumentöpfen und Hängeranken, freischwebend vielleicht oder doch nur locker verankert. Als mich diese Vision überkam. Eine allumfassende, eine überirdische.

Eine radikale Lösung.

Mein Gott.

Ich flutete die Kirche.

Solch ein Wunder, nicht nur voller Brutalität, sondern auch Erotik! Ich ließ das Wasser steigen, während die Sonnenbahnen wanderten und die Fenster blaue und grüne Felder zeichneten, stieg es stetig. Erst fußhoch, dann kniehoch, schließlich bis zur Schulterhöhe eines ausgewachsenen Mannes. Scheitelhöhe? Ich füllte das ganze Kirchenschiff, auch die Seitenschiffe und das Nebenschiff, ich weiß nicht, wie ich mir das vorgestellt habe, theoretisch ließ ich die ganze Gemeinde ersaufen.

Nicht ohne allerdings noch ein paar Umbauten zu tätigen. Einen Landungssteg zum Beispiel, der von der Kanzel herunterführte. Ich selbst fuhr im Ruderboot über die blühende Wasserfläche, komplett mit Seelilien, Mangroven und Lotos, fuhr durch gotische Wälder, durch krausborstige sonnendurchglühte Kreuzgewölbe in die weite Lagune, wo mein Baumhaus stand.

Mein tropisches Baumhaus, bestückt mit lebenslangem Vorrat von Würstchen und Limonade.

– – – – –

Aber es gab noch eine Belohnung.

«Was hältst du davon, wenn wir ins Café Goldenbaum gingen», sagte meine Mutter nachher, als sie mit mir an der Hand ins Freie trat.

«Dort gibt es Goldenbaum-Ostereier.»

Ich wußte, das waren diese wundervollen Gebilde mit einer Kruste von Mandelschokolade und einer Champagnercrême-Füllung, weil ich so sehr brav gewesen war.

«Aber Mutter», sagte ich, «es ist Pfingsten und nicht Ostern.»

«Ja, aber wir kriegen sie zum halben Preis.»

*

Der Sinn des Lebens, erklärte ich einst meinem Freund, besteht aus nichts anderem als dem fortgesetzten Bemühen, sich wohnlich einzurichten. Einigermaßen.

———

4

Lieber Freund, wohnen auf engstem Raum erfordert Luxus, und zwar ganz ausgepichten Luxus, er ist der Schlüssel.

Als ich an diesem Morgen aufwache, fallen die Dinge sofort an ihren Platz. Ich sehe die Holzmaserung, den teefarbenen Teppichbelag, die teefarbenen Polster, die Karaffe mit dem Glenfiddich, aber ich sehe auch meinen Reisemantel über der Stuhllehne hängen und weiß sofort, wo ich mich befinde: In Sicherheit. Wieder einmal bis Grevesmühlen geschafft, bis in die Bahnmeisterei.

Die Schönheit des morgendlichen Aufstehens, du öffnest die Augen und auf engstem Raum, dreimal drei Meter, umgibt dich ausgepichter Luxus. Wohltemperiert. Edelholz umgibt dich, jede Ecke ist gerundet, jedes Detail vom Besten. Vom ausgesucht Besten. Die gläserne Runddusche, die verspiegelte Frühstückstheke, die Kaffeemaschine in Form eines Delphins – es gibt immer noch ein besseres Aroma, das erzielt werden kann. Selbst die Zahnbürste auf dem Bord ist illuminiert.

Und wenn ich jetzt in meinen abgewetzten Butte-Beerbohm-Anzug steige, dann ist das das ausgesucht Beste für meinen Zweck. Brille! Brille ist wichtig, sie verallgemeinert das Gesicht, und ein gerader Haarschnitt, den ich jetzt noch etwas begradige, trägt auch noch dazu bei. Und eine Mütze.

So verlasse ich meine Kammer auf dem gegenläufigen Weg durch den langen Korridor, durch den Keller, den Durchstieg zum Fußgängertunnel. Hätte mich jemand im Haus gesehen, hätte er mich kaum zuordnen können. Erster Stock? Zweiter Stock? Ich glaube, mich kann niemand zuordnen, und wenn mir auf der Treppe jemand entgegenkommt, steige ich noch ein Stockwerk höher, während ich dann im anderen Treppenhaus wieder herunterkomme.

Im Augenblick also strebe ich das Internet-Café in der Otto-Grotewohl-Straße an, erstens weil ich dort ein ausgezeichnetes Frühstück bekomme, zweitens um mit meinem lieben Freund zu korrespondieren, das ist in der Frühe immer eine Notwendigkeit. Bevor ich mit dem Stadtbild verschmelze.

*

Angefangen hatte es mit einer Kleinanzeige im Immobilienteil des Grevesmühlener Stadtboten. Reiner Zufall, daß mir das Blatt unterkam – beim Friseur – und ein noch größerer, daß mir das Inserat auffiel:

Gewbl. gen. Räume ca. 10 qm z. verk. 11.500, vent. beh. Wss. Frst.

Was mir auffiel, war die Kleinheit des Objektes, das ja auch nicht gerade billig war, es hieß wohl «gewerblich genutzt, ventiliert, beheizt, Wasseranschluß». Frst konnte ich nicht ganz unterbringen, aber es waren definitiv Besenkammern oder Kabuffs, die hier angeboten wurden, und der Makler brachte sich am Telefon fast um, wenn auch mit einem gewissen Unterton, jawohl, es seien acht Objekte insgesamt, 11.500 pro Objekt (wohlgemerkt), konnte sich danach gar nicht beruhigen, als ich tatsächlich eines kaufen wollte. Wo? In der Bahnmeisterei, jawohl Gewerberäume mit Gleisanschluß, ein seltenes Angebot.

«Ist es für Lagerungszwecke?»

Wenn man es so wollte, ja, für Lagerungszwecke.

«Für eine Firma?»

In gewissem Sinn.

«Gebäudereinigung?»

Gebäudereinigung, also, Gebäudereinigung war nicht das Schlechteste.

«Ich bin eine Firma», erklärte ich mit großer Bestimmtheit und hoffte, den Mann damit ein für allemal glücklich gemacht zu haben. Sogar eine Besichtigung fand statt, die allerdings wegen der Weitläufigkeit des Komplexes einigermaßen im Laufschritt stattfand und mich auch etwas ernüchterte. Möchte aber trotzdem darauf eingehen, um diese Örtlichkeiten zu klären, aus strategischen Gründen. Es gab in dem langgestreckten Gebäude tatsächlich acht Abstellkammern oder Zellen, zwei in jedem Stockwerk, je eine am vorderen und eine am hinteren Treppenaufgang, kenntlich an den schmalen Türen mit Rautenfensterchen. Einige anscheinend noch in Gebrauch. Frühere Bahnmeister hatten zum Beispiel die Tür im ersten Stock vorne mit einem großen roten F versehen, was sonstwas heißen mochte, Feuerwehr oder Fahrdienstleiter, eine andere im zweiten hinten trug ein A wie Abfall oder Apotheke, ich weiß es nicht. Alle mehr oder weniger mit Gerümpel angefüllt, und die Türen sahen alle aus, als ob ein Kind sie eintreten könnte.

Nun, ich zog nach strategischer Lage die Kammer am hinteren Aufgang im dritten Stock in Betracht und erhielt gleich beim Eintreten die volle Breitseite, ich darf sagen, es hat mich rückwärts rausgehauen. Es roch sogar nach Hering. Der Putz fiel von den Wänden, ganze Putzwangen, es gab wohl einen verrosteten Wasserhahn, den gab es tatsächlich, und ein durchlaufendes verrostetes Heizungsrohr, die Lüftung, wo befand sich die Lüftung? Wahrscheinlich war damit der blinde Fensterspalt an der Stirnseite gemeint. Der Blick? Kein Blick. Ein Trauerspiel.

«Eigentlich sollten Sie sich ja schämen.»

– – – Jetzt wußte ich auch, was der Unterton zu bedeuten hatte. Ich schritt die Länge und Breite ab, und dann noch einmal die Breite und Länge.

«Das sind aber keine zehn Quadratmeter.»

– – –

«Ich biete achttausend», sagte ich. Und der Mann konnte es gar nicht fassen, daß überhaupt jemand etwas bot. Ich übrigens auch nicht.

Hatte ich doch sogar ernsthaft mit dem Gedanken gespielt, alle acht dieser Rumpelkammern, den ganzen Satz sozusagen, aufzukaufen. Etwa verschiedene Reinigungsfirmen einzurichten, «Blitzblank», «Sauber & Co.», «Alles unter einem Hut», die sich dann wohlmöglich untereinander Konkurrenz machten, kein Mensch hätte sich ausgekannt. Ließ den Gedanken Gott sei Dank aber fallen, es wäre eine Idee zuviel gewesen.

*

Zunächst verstärkte ich die Tür.

Ich werde jetzt einmal ins Detail gehen. Ich ließ also eine 8 mm Stahlplatte hinterschrauben, im Stahlrahmen, der seinerseits in einen Stahlrahmen fiel, der in die Wand eingelassen war. Von außen nicht erkennbar, ein Kind hätte diese Tür wohl doch nicht ...

Die ganze Affäre also war nicht viel größer als ein Eisenbahnabteil, mit dem tatsächlich eine gewisse Ähnlichkeit bestand. Frischer Verputz war nicht notwendig, da ich die Kammer ringsherum mit Schall- und Wärmeisolierung versehen ließ, die ihrerseits – alle Wände, auch Decke und Fußboden – mit Stahlblech (2 mm) hinterlegt wurde, erst darauf lag die Holztäfelung. Das ganze 5-6 mm dick, den Raum allerdings weiterhin verkleinernd, ich gebe hier einmal die exakten Maße: 284 x 238 in der Grundfläche und 314 in der Höhe, mit einem erstklassigen Schloß versehen. Kannst du dir das vorstellen? Ein Safe, ein bewohnbarer Tresor am Treppenhaus, und durch den Fensterschlitz könnte sich auch niemand hereinzwängen.

Doch um nun noch weiter ins Detail zu gehen, die Höhe (314) war ja beträchtlich, sie gestattete eine Art Zwischenstock – hier benötige ich eigentlich eine Skizze –, eine in der Höhe vorspringende Schrankwand, erreichbar durch eine polierte Holzleiter. Stauraum für Garderobe, Kleinkram, Getränke. Darunter eine lange gepolsterte Bank – kannst du dir die auch noch vorstellen – ein Flachbildschirm, schwenkbares Klo aus England, vergoldete Wasserhähne. Und, wird man mir glauben, sogar an Fitness hatte ich gedacht, eine Querstange oben, an der ich hätte den Aufschwung üben können.

Wohnlich?

– – –

Der Zug heult, in der Ferne bellt ein Hund. Man hatte einen wenig erfreulichen Tag, wenig ermutigend, den ganzen lieben langen Tag lang, nur mißbilligende Blicke, nur Verzweiflung, die ganze Strecke von Schwerin bis Grevesmühlen. Es ist November, man fröstelt, es ist schon dunkel. Die Otto-Grotewohl-Straße in ihrer ganzen Länge leer. Würstchenbude geschlossen. Weit und breit keine Spur einer Käthe.

Und dann steht man vor dieser Tür und steckt

den Schlüssel ins Schloß. Und dann – – – Wärme, Wärme, Ruhe, Ruhe, teefarbene Beleuchtung, das Bernsteinlämpchen. Und, ja, der leise zimtartige Geruch, der ist auch ganz wichtig, es ist die Täfelung aus Dengue-Holz, die nur sehr schwer zu beschaffen war, nur unter größten Umständen.

*

Dreyerley sei deyn Haus,
deyn Hüll, so weder Wind noch Wetter,
deyn Seel, so es dich habet,
deyn Burg, so dich nachtens gar keines
abschlachtet.

*

Die Bautätigkeit, übrigens, wurde hingenommen in diesem Haus, sie erregte kein Aufsehen. Immerhin gab es einige Umstände, Isolierplatten mußten geliefert werden, Holz, Stahlbeschläge. Rohrleitungen mußten verlegt werden. Die Arbeiten gingen nicht gerade leise vonstatten, ein Teil des Flures wurde beansprucht, und das zog sich bis zum Treppenhaus hin. Nun hätte ich mich ja als stiller Bastler in meine Kammer zurückziehen können, um heimlich übers Jahr mein Schächtelchen zu bauen – das war aber gar nicht nötig. Ich ließ nämlich bei dieser Gelegenheit gleich den ganzen Flur renovieren. Was? Ja, tut mir leid, in seiner ganzen Länge, neue Fliesen, Verputz, alles. Veranlaßt von der Bahndirektion? Vom Baudezernat? Alles ist eine Frage der Zuständigkeit, jedenfalls hat sich niemand beklagt. Daß da nebenher auch eine Besenkammer renoviert wurde, konnte beim besten Willen nicht ernstlich ins Gewicht fallen. Zumal ich Sorge trug, daß jeglicher Bauschutt sofort verschwand. Kam der Hausmeister vorbei: Schön, schön, wurde ja auch mal Zeit. Schön, schön. Jawohl, ich ließ sogar den graugrünen Behördenfarbton nachmalen und die beiden Topfpflanzen an den Enden des Korridors stammten von mir.

Übrigens, was den Aufwand anging, möchte ich noch einmal das Klo aus England erwähnen. Es wurde also ein Extra-Spezial-Automat der Londoner Firma Wincastle bestellt, einer der in der Wand verschwindet und sich selbst reinigt, und zwar nahezu geräuschlos. Soviel zum Thema Luxus, der immerhin der Schlüssel ist.

—

5

Lieber Freund.

Bargeld zu beschaffen hat in Kleinstädten immer einen gewissen Schwierigkeitsgrad. Es ist der Zwiespalt am Bankschalter, der einem zu schaffen macht. Einerseits soll die Identität bewiesen werden, andererseits muß man sich verleugnen, eine Unmöglichkeit genau genommen.

Zunächst aber suche ich das Internet-Café in der Otto-Grotewohl-Straße auf, wo ich Stammkunde bin – ein Zufall, daß es direkt gegenüber der Raiffeisenkasse liegt, aber vielleicht auch ein Omen. Es ist dies hier der Ort, wo wir uns jeden Morgen treffen, das heißt, ich bin derjenige, der sich hier getreulich einfindet – wo hingegen du dich befindest, wird wohl auf ewig ein Geheimnis bleiben. Da hältst du dich ja weitgehend bedeckt, lieber Freund.

Wo bist du?

Hier, ich bin hier.

Wo ist das?

In Suva.

Wo?

Suva (Hauptstadt der Fidschi, 65 000 Einwohner).

Das ist natürlich Unsinn, der Mann ist niemals in Suva gewesen, in Zippendorf höchstens. – Als ich seinerzeit diesen Gesprächsraum, diesen chatroom, der sich bezeichnenderweise «Höllenpforte» nannte, zum ersten Mal betrat, wurde ich aufgefordert, einen Benutzernamen anzugeben, und gab «Robinson» an, wurde jedoch informiert, daß ich nach fünfzehn Robinsons nunmehr der sechzehnte sei und eines Zusatzes bedürfe: Robinson ABC, Robinson & Co oder sonstwie, Robinson Z wie Zeppelin oder Zebulon. Mir wurde sogar die ganze Liste der vorhandenen Robinsons auf dem Bildschirm vorgeblättert, also nannte ich mich «Robinsonsuchtfreitag».

Wo bist du?

In Suva.

Mit Sicherheit nicht!

Aber eines Tages, mein Freund, werde ich dich lokalisieren. Meiner Ansicht nach befindest du dich ganz in der Nähe, in Schwerin? Jedenfalls nicht sehr weit entfernt, gib es zu. «Da kann ich nichts für» und «das kann ich nicht ab», so spricht kein Mensch, so etwas bringt doch höchstens ein Schweriner fertig, das liefert dich ans Messer.

Vorerst aber warte ich auf das Öffnen der Raiffeisenkasse. Von meinem Platz am Fenster kann ich beobachten, wer hier und in welcher Reihenfolge am Morgen den schwarzen, von zwei Glaskonsolen flankierten Eingang betritt – auf den Konsolen zwei rundgetrimmte Buchsbäumchen. Als erster erscheint ein vorsichtiger älterer Herr mit einem Stock mit Krücke – es ist tatsächlich eine silberne Krücke –, man sollte es nicht für möglich halten, in Grevesmühlen kommt der Bankdirektor als Erster. Kein gutes Zeichen.

Es folgen zwei Damen in dunklem Kostüm, die sich nicht wesentlich von dem Direktor unterscheiden, dann junges Gemüse, alle sehr schläfrig, schließlich ein junger Mann im Sakko, blauem Hemd und gelblicher Krawatte, auf den habe ich gewartet. Er wirkt noch übernächtigter, anscheinend ist er noch gar nicht aufgewacht, er verfehlt sogar den Türgriff. Ich kann mich natürlich auch irren.

Ich habe diese frühe Stunde gewählt, weil zu dieser Zeit die Banken – alle Banken – noch etwas steifig sind. Bargeld ist ein hochsensibles Wesen, es liebt keine Aufmerksamkeit, es macht sich rar. Papiere, oh, Papiere kann ich jederzeit beschaffen, Anweisungen, Zuweisungen, Gutschriften, Verschreibungen und Abschreibungen, selbst Dokumente mit echten Stempeln und Siegeln stellen kein eigentliches Problem dar. Aber Bargeld? Bargeld ist scheu, Bargeld macht feuchte Hände.

Wenn ich jetzt hinübergehe, zwanzig Schritt über die Straße, dann bitte ich, das existentiell zu sehen, es beinhaltet all mein bisher Erreichtes, allen Wohlstand und Status. Aber es beinhaltet auch meine künftige Wohlanständigkeit, den künftigen Stand und Status, genauer gesagt, alle Möglichkeiten dessen, was hier irgendwie auf irgendeine Weise schieflaufen könnte. Und das auf zwanzig Schritt. Die ich immer noch zurücknehmen könnte. So etwa drücke ich mich aus, weil ich Wert darauf lege, als denkender Mensch zu gelten, ich bin kein Dieb, ich bin kein Betrüger und bestimmt nicht skrupellos, wenn man versteht, was ich meine.

In der Bankhalle ist außer mir kein weiterer Kunde zu sehen, also steuere ich die erste, nein, die zweite Kasse an – und dann doch die erste, weil dort der junge Mann mit gelber Krawatte sitzt. Bei näherem Hinsehen sind es winzige aufgereihte Jockeys auf gelbem Grund, die alle anscheinend noch müder sind als ihr Träger, jedenfalls scheint man mich, der ich jetzt vor dem

Schalter stehe, an diesem frühen Morgen nicht wahrzunehmen. Obwohl mir auch das nicht fremd ist. Der junge Mann schreibt jetzt etwas mit der linken (!) Hand in eine Art Notiz- oder Kontrollbuch. Dann blickt er auf. –

Hier stehe ich.

Noch ein Wort zu Butte Beerbohm: Man nimmt ihn nicht wahr. Er läßt sich nicht wahrnehmen, das ist seine Tugend, und es gibt ihn in jeder Kleinstadt mehrfach. Mittelgroß, etwas bläßlich, Mantel, Mütze, Brille, kein Schal. Im Stadtbild ist er durch zwei kleine Glasfenster vorhanden (die Brille). Oder nicht vorhanden, ein Bekannter, den man nicht kennen will, wenn er grüßt, gibt es da noch die andere Straßenseite. Oder schlimmer, man grüßt aus Versehen, meint aber einen anderen Butte, oder noch schlimmer, er grüßt zurück, das ist dann schon ein kleines Malheur. Butte wohnt immer in der Vorstadt, er hat immer einen Zaun, Nachbarn hat er keine, auch keine, die sich über ihn ärgern könnten. Butte Beerbohm? Den kenne ich, der saß in der Schule ganz vorne. Da saß er nicht. Doch. Den kenne ich, lebt er überhaupt noch?

Ich habe damals lange an der Ecke im Strom der Grevesmühlener Passanten gestanden und mich gefragt, wo geht hier jemand, der hier gar nicht geht – wo fehlt jemand, der nicht fehlt. Ich will sagen, ich habe den Mann sorgsam studiert. Die Größe ist wichtig, genau Mittelgröße, keine leichte Aufgabe, an sich bin ich zu groß, bin aber in der Lage, mich auf gefühlte zehn Zentimeter zu verkürzen, jedenfalls im Gehen, das kriege ich hin. Am Gang erkennt man den Menschen, selbst von hinten, besonders von hinten. Ich will mich nicht brüsten, aber ich bin schon einmal – als es zählte – in der Lage gewesen, einen äußerst kurzbeinigen Japaner hinzukriegen, in Panik mit gebeugten Knien nach allen Seiten zugleich laufend. Eine Frage der Ästhetik.

Der junge Mann blickt hoch.

Acht Uhr dreißig in der Bankhalle.

Ach, der Beerbohm, was will er denn.

Steht hier schon eine Weile und hat die gelbe Krawatte studiert, es sind immer acht Jockeys in der Reihe, zu zwanzig Reihen. In Kleinstädten steht man länger, geht langsamer, spricht Plattdeutsch, damit man nicht genau verstanden wird, als Hilfsmittel dient die Vorstellung eines grün gestrichenen Lattenzauns. Achttausend?

Beerbohm will achttausend.

Er blickt hoch. Schon sein Vater hat ihn gekannt, schon aus der Schule, und er kennt ihn auch. Drückt ein paar Knöpfe und blickt hinein, und drückt noch ein paar Knöpfe, und dann stutzt er. Wofür es aber keinerlei Grund gibt, habe ich doch das Konto erst kürzlich aufgefüllt.

Er stutzt.

Während ich kontemplativen Gedankengängen folge, die Innenwelt der Außenwelt der Innenwelt. Möglicherweise holt er jetzt noch den Direktor mit der silbernen Krücke, und das wäre nicht so gut, aber dann stutzt er nicht mehr, und zählt – was soll ich sagen – zählt mir Achttausend vor, immer zehn Scheine, in acht Reihen (ich hätte zwölftausend verlangen sollen). Die einen ziemlichen Packen ergeben.

Wahrscheinlich hat er mich verwechselt.

*

Als ich auf die Straße trat, hatte ich gleich dieses Gefühl. Lieber Freund, es ist ein Bestandteil meines Daseins. An sich hätte mich der Packen in der Tasche beruhigen sollen, das wäre richtig gewesen, stattdessen hatte ich dieses Gefühl im Nacken. Vielleicht sollte ich es nicht erwähnen. Ich ging die Otto-Grotewohl-Straße nach rechts hinunter, kehrte aber um und ging sie dann nach links hinunter.

Einmal waren sie sehr nahe gekommen, das heißt, eher ich ihnen als sie mir. Nicht in Grevesmühlen. In Hannover, in einer Warenhausetage, wo es irgendwelches kurioses Zeug gab. Ich hatte mir soeben einen japanischen Imkerhut aufgesetzt, konnte durch die Schleier kaum etwas erkennen, als sie hereinkamen. Obgleich sich das eher als glückliche Fügung erwies, als sie mich ebenfalls unter dem Schleier nicht erkennen konnten. Sie probierten dann Fuju-Sandalen aus, mit denen man mit diesen eigentümlichen Rundblöcken unter der Fußsohle läuft, und da muß mich wohl der Teufel geritten haben, denn ich ging sehr gemütlich hinter ihnen her, während die beiden durch die Gegend klonkten.

Ich erwähne das nur wegen der Unsinnigkeit, der Leichtfertigkeit, mit der man gelegentlich sein Leben aufs Spiel setzt – es sträubt sich noch heute mein Haaransatz, wenn ich daran denke. Schloß sogar so weit auf, daß ich dem einen hätte ins Ohr pusten können.

«Hier bin ich, ihr Brüder, hier, hier!»

Ich weiß nicht, was ich mir dabei gedacht hatte.

Lieber Freund, der wahre Vorteil von Kleinstädten ist die Übersichtlichkeit. Man merkt, wenn jemand fehlt, aber man sieht auch sofort, wenn sich einer zuviel auf der Straße befindet.

Es ist die ungleiche Zahl, das dreieckige Gesicht unter runden. Ich ging noch ein Stück hinunter: Nein. Und dann sah ich mich nach allen Seiten um:

Nein.

——

6

Lieber Freund, meine Damen und Herren.

Dies ist der Ort, wo wir das Licht der Welt erblicken.

Du und ich, und alle miteinander.

Auf den weiten Ebenen der Festplatten, im Elektronendunst und den schwülen Dschungeln der Digitalanimatoren. Wo wir lieben und hassen, uns von Herzen gehen lassen, wo wir überhaupt erst existieren – insbesondere du, lieber Freund, der du dich ja weiterhin bedeckt hältst. Soweit es dein Vorhandensein betrifft. Übrigens, was heißt eigentlich virtuell (virtual)?

Ahhh, das heißt es eben nicht.

Es heißt, übersetzt, «beinahe, eigentlich, fast». Das heißt es.

*

Ich erinnere mich, es war an einem jener grauen Tage, als wir uns zum ersten Mal begegneten, ein Sonntag, in Grevesmühlen war es, wenn der Passantenstrom den Nullpunkt erreicht hat und die Einwohnerzahl insgesamt beim Schweinebraten sitzt. Ein kühler regnerischer Tag mit einem einzigen Fußgänger weit und breit.

Ich gehe die Otto-Grotewohl-Straße hinunter bis ganz zum Ende, und dann gehe ich wieder zurück. Es hätte ja sein können, daß auch eine Käthe – irgendeine Käthe – die Otto-Grotewohl-Straße hinabgeht. Der Geruch von Kohlenstaub. Die zugigen Straßenecken. Kein Zeitungsstand ist offen, soll ich die Depression noch vertiefen? Ein einsamer Hund? Ein klapperndes Straßenschild? Da erscheinen die drei goldgelb erleuchteten Vierecke gegenüber der Raiffeisenkasse doch als tröstliche Oase: «Bodos Internet-Café». Drinnen leicht überheizt, leicht parfümiert, das Publikum schweigt, sitzt an nicht mehr als sieben einzelnen Tischen auf einer erhöhten Stufe für einen Euro pro Stunde, während man unten an der Theke den ganz guten Kaffee bekommt. Jawohl, wenig Sahne und etwas Kakaopulver obenauf, habe ich das erwähnt? Publikum ruhig, in sich gekehrt, mit offenbar fremden Welten in Verbindung, vielleicht sind es aber bloß Rechnungen, die sie lesen. Der einzig Laute in diesem Lokal ist der Besitzer selbst, ein Exote, der für seinen eigenen Bedarf Musik auflegt, denn ich glaube nicht, daß hier irgend jemand etwas mit den stark verschleppten Rhythmen anfangen kann, die er auflegt.

Also gut, ich trete in den «Chat»-Raum ein.

14:20, 4. April, sonntags.

Ich erinnere mich, es war kein Ruhmesblatt. Als einzige Entschuldigung kann ich nur die Anonymität anführen, die Gesichtslosigkeit, ohne Gesicht wird der Mensch waghalsig und schämt sich nicht. Das heißt, heute schäme ich mich, wenn auch nicht sehr, ich schäme mich virtuell, fast oder beinahe. So wie es gelaufen ist. Trat also über das Freenet in das Forum ein und hätte nun auf der Startseite die freie Wahl gehabt:

Angeln
Briefmarken
Flirt
Hexenkessel
40er
Esoterik
Plauderecke
Rollenspiele
Buchklub
Friends 4 ever
Höllenpforte

– – –

Ich öffne meine Maske – Nickname: Robinsonsuchtfreitag, Passwort: Fidschi, ich klicke kurz mein Profil an, zu sehen, ob es eingeloggt ist, es ist eingeloggt. Lieblingskleidung: Angelo Litrico, Lieblingsgetränk: Scotch, ich bin schlank, 186 cm, Haare braun, Augen blau, Typ: klassisch elegant, Gelegenheitsraucher (stimmt nicht), keine Kinder, positiv: phantasievoll, negativ: geizig (so, jetzt will niemand mit mir sprechen). Lieblingsessen: Wiener Würstchen, Lieblingsbeschäftigung: Salsa tanzen.

Ich betrete den R a u m , alle wissen jetzt, daß ich anwesend bin, es sind weiterhin anwesend: Engelchen, Ava 1975, Clyde X, Altmarkboy, Milchschnitte, Picknicker, Weblost, Partytobias, Patrick-Gotha, 100%ige Böse. Ich sage: Hi, Böse. Sie antwortet nicht, ich verlasse den R a u m , alle wissen jetzt, daß ich den Raum verlassen habe.

Aber ich kann auch wieder eintreten.

Hallo!

Wer ist da (anklopfen)?

Wer bist denn du?

Keine Antwort.

Und wer bist du?

Ich bin neu hier.

Hallo Neuhier.

Das Thema ist, wie erwartet, ein schlüpfriges: Frühkindliche Sexualschäden mit allem Zubehör, Pinkeln, Einkoten, Eßsucht und Eßverweigerung, das Innere Kind und das Äußere Kind, Liebesverweigerung und als besonderes Anliegen der Milchschnitte: Geschlechterhaß.

Wer ist Scheiß Robinson?

Wer scheißt da?

Ich mußte ja unbedingt die Höllenpforte wählen, of all places.

Bist du Soziologe?

Ich bin Proktologe.

Auhh.

Was, auhh.

Mit dem Finger im Geschehen. – Das war jetzt die 100%ige Böse.

Können wir ernsthaft reden? Ein Mann namens Frischfleisch – er ist auch noch Bayer und sagt: Paßt schon. Sein Problem ist eine früh-, in seinem Fall vielleicht besser spätkindliche Hodenmassage, die ihm von der Freundin seiner Mutter (im Beisein der Mutter) wegen eines Hodenbruchs verabreicht worden war. Und zwar des öfteren. Wie oft? Wie oft hast du diese Geschichte schon erzählt? Seitdem habe er ein gespaltenes Verhältnis.

Zum Hodenbruch?

Zur Mutter.

Auhh.

– – –

Es handele sich um einen inneren Schaden, der von der Freundin gesetzt worden war. Von innen, versteht ihr mich. Die Freundin – eine Heilpraktikerin, anscheinend – gäbe es nicht mehr, den Hodenbruch wohl.

– – –

Das ist ja entsetzlich (also wie oft?).

Vielleicht, daß sich der Frischfleisch eine andere Mutter zulegen sollte, sage ich, eine, die keine Freundin hat. Vielleicht, daß dann das Verhältnis weniger gespalten ist. Oder vielleicht, daß du rausgehen solltest, sagt jemand, der es sicherlich nicht böse mit mir meint. Oder vielleicht, sage ich, eine andere Freundin, daß er sich eine andere Freundin zulegt, eine, die keine Mutter hat, oder wohlmöglich doch eine Mutter hat, die ihn dann massiert. Die Freundin?

Nein, die Mutter.

– – – (Raus!)

You are wicked.

I am Robinson.

You are a wicked Robinson. – Das kam jetzt von einer Seite, die sich bisher noch nicht zu Wort gemeldet hatte.

Who are you?

I am Friday.

Hallo, Friday (where have you been).

– – –

– – –

I was here before you.

Hallo Beforeyou.

Und hier wären wir wahrscheinlich schon wieder geschiedene Leute gewesen. Außerdem stellten die frühkindlichen Schäden für mich eigentlich kein sehr ergiebiges Thema dar – eigentlich nicht – und ich war tatsächlich im Begriff, den R a u m zu verlassen. Doch schien der Freitag irgendeine Art Humor zu haben.

Bist du ein schöner Mann?

Nein – – bist du schön?

Nein.

– – –

Ja, und damit allerdings hatte er einen wunden Punkt berührt – m e i n e n (frühkindlichen) wunden Punkt. Ich darf das hier einmal ohne jedes Pathos in den Raum stellen. Denn eigentlich hatte ich nie Robinson sein wollen, nicht der bärtige Mann mit dem häßlichen Borkenhut und den plumpen Fellschuhen, wie er in meinem Robinsonbuch abgebildet war. Viel lieber wäre ich der glatthäutige Freitag gewesen, der auf Seite dreißig glatt und braunglänzend die Palme erklimmt. Feingliedrig und frei und nicht eingenäht in lauter Tierfelle, die noch dazu, soweit ersichtlich, steinhart waren. Aber ist es immer nur der Neid gewesen oder war es vielleicht die Erkenntnis, daß alles menschliche Bemühen, alle Stein- und Eisenzeit durch einen einzigen perfekt ausbalancierten Sprung des Panthers aufgewogen wird. Unerreichbar und in zwanzigtausend Jahren nicht zu verbessern. Und wenn mich jemand fragte, warum ich lieber Freitag gewesen wäre, weil er einfach schöner war, deshalb.

Bist du noch da?

Ja.

——

7

Lieber Freund.

Viel Weisheit kannst du von mir ja nicht erwarten, aber laß dir sagen, ans große Geld zu kommen ist vergleichsweise sehr viel einfacher – dazu mußt du nur nach Hamburg fahren. Gut gekleidet. Morgens mit dem Achtuhrdreißig hin, mit Umsteigen in Ludwigslust und abends achtzehn Uhr dreißig zurück, diesmal mit Umsteigen in Schwerin. Eine reine Stilfrage und natürlich das große Abenteuer, die große Welt, von Grevesmühlen aus betrachtet.

*

Hamburg sieht gediegen aus, es hat eine dunkle Farbe, die aber irgendwie beleuchtet ist. Die Niederlassungen, die Bankfassaden, die hanseatischen Speisehäuser, sie alle glitzern und glimmen, bestehen aber selbst bei schönstem blauen Wetter aus dunklem Backstein. Und es riecht scharf nach Pfeffer, jedenfalls in diesem Flur hier, der mit Namensschildern der gewichtigsten Handelsbüros gespickt ist. Ein vergitterter Fahrstuhl mit großer goldener Weltkugel aus der Vorkriegszeit führt nach oben, es sind aber auch Wassergeräusche zu hören, anscheinend von unteren Geschossen her. Und der Wachmann, der ein Holzkabinett im Flur besetzt hält, sieht trotz umgeschnallter Pistole wie ein Senator aus. Er spricht auch so. –

Die Leute, die ich aufsuche, haben im zwölften Stock ein unglaublich elegant grau möbliertes Büro inne. Sie repräsentieren sowohl Brower's als auch Thatchmaker's, also gewichtige Namen, das Ganze ist aber, wie ich weiß, nur die Front für Denoneau. Es ist totenstill hier oben, kein Klappern, kein Telefon, das ferne Atmen des Fahrstuhls auf ein Mindestmaß reduziert, selbst der eigene Schritt ist verschluckt.

Ich sitze hier in diesem wahnsinnig eleganten hecht- oder taubengrauen Sessel, um eine oder zwei Unterschriften zu leisten. Und ich sitze hier in meiner Eigenschaft als Repräsentant der Alumni-Gruppe, die für die Boston Price steht, die wiederum, aber das spielt hier keine Rolle, für die ABC steht, die hier nicht genannt werden soll. Um etwa die eine oder andere Verknüpfung zu lösen. Und wieder zu knüpfen. Damit man mich aber recht versteht, mein Name ist Thomas Hilprecht jr. aus Lübeck und auch das nur als Vorwand, um in dieser irrsinnig eleganten hecht- und taubengrauen Umgebung zu sitzen und der vollkommenen Stille zu lauschen – dem Ticken der Geldmaschinen fern in der Wallstreet, die in diesem Augenblick enorme Vermögen um drei Ecken herum verlagern. Zu diesem Anlaß trage ich City-Anzug und Armanikrawatte, ist das nun deutlich genug?

In Wirklichkeit – und um diese handelt es sich ja – bin ich nur hier um auszuloten, wie die Dinge liegen. Momentan. Wie weit die Vorkehrungen, die ich getroffen habe, ausreichen, um nicht weitere Vorkehrungen nötig zu machen. Bei diesen Brüdern hier.

Das Klo, übrigens, ist hier bei Brower's eine Erfahrung für sich (es ist eine Reise wert). Es ist, glaube ich, den Exekutiven vorbehalten, ein sanftes lavendelfarbenes Gehäuse mit einem Fußboden aus nichtrostendem Stahl, insofern eisklar hygienisch. Ich könnte mir aber vorstellen, daß eine entsprechende Frotteematte etwa, oder ein kleiner weißer Puff dieses Kabinett zum bevorzugten Daueraufenthalt macht – birgt es doch einen verborgenen Luxus, den man anderswo nicht so leicht findet. Lehnt nämlich der Benutzer sich am Ende zurück – ich möchte mich nicht allzu genau ausdrücken – lehnt er sich also zurück, löst er damit, ohne einen Finger zu rühren, einen gezielten rhythmischen Warmwasserstrahl aus, mit anschließendem Trockenfön. Und zwar ohne alles Zutun, ein Service eindeutig nur für Exekutive – ich sah später in der Halle eine zweite WC-Tür für Angestellte. Warum ich soviel Worte mache, weil das Leben der Reichen eben doch Vorteile birgt. Und wenn man mich fragte, ob ich hier wohnen könnte, dann sage ich, ja, hier könnte ich wohnen.

Im übrigen wird es keinen weiteren Besuch mehr geben, der Besucher mit der Armanikrawatte wird sich noch im Fahrstuhl auflösen (Wollschal und Mütze).

*

Ich sehe sie auf dem Bahnsteig stehen, gleich als ich mit der Rolltreppe heraufkomme. Es sind zwei. Sie stehen am Zeitungsstand, haben aber keine Zeitung gekauft, vielleicht können sie gar nicht lesen. Unschlüssig von einem Bein auf das andere tretend, mich sehen sie nicht.

Also trete ich hinter die beiden und sage liebevoll:

«Na, ihr Kacker».

– – –

«Bis hierher ist es ja gut gegangen, aber wird es so weitergehen?», sage ich.

Sage ich natürlich nicht.

Es muß ein Foto von mir existieren, anders kann ich es mir nicht erklären. Vielleicht ein Paßfoto, eine alte Familienaufnahme, die ich nicht hatte beseitigen können, eine Schulfeier in Minden? Was weiß ich. Zumindest ein Suchbild müssen sie sich angefertigt haben, wie sonst hätten sie mir bis hierher folgen können. Und ich spreche nicht von dem kleinen Herrn, der mir bisweilen unverhofft gegenübersitzt, ich weiß gar nicht, ob er dazugehört. Ein Steuerfahnder vielleicht, ein netter älterer Herr. Aber ich zahle gar keine Steuern, und es gibt viele nette Herren, die alle irgendwann einmal im Zug sitzen, nein, diese – ich meine diese! – sollte ich doch ernst nehmen.

Wie sich wahrscheinlich herausstellen wird.

Der eine ist immer untersetzt, vierschrötig, stämmig, wahrscheinlich der Schläger. Der andere ist länger, hält sich aber nicht gut, etwas krumm, aber er ist schnell. Gesichter haben sie eigentlich keine, und wenn, dann sind es Nasen und Ohren ohne wirklichen Zusammenhang, gelegentlich ein Goldzahn. Außerdem tragen sie oft Sonnenbrillen, dunklen Nadelstreifen. Ich weiß nicht, warum sie das tun, ein Klischee, immerhin hilft es, sie herauszupicken.

Aber es muß ein Foto von mir geben.

Auf der Rückfahrt von Hamburg, Lokalzug 18:30, ist die Verbindung nicht so glücklich. Aufenthalt in Schwerin anderthalb Stunden, die ich wahrnehme, um am Marienplatz einige Dinge zu erledigen. Was ich auch tue. Die öffentliche Toilette liegt dort unter Straßenniveau mit je einem Eingang von der Schmiedestraße her, von der Kurzstraße und vom Wittenburger Berg, man sollte sie nur beim Hinausgehen nicht verwechseln. Ein Dreieck, schlechte Luft, die üblichen Schwanzdarstellungen an den Wänden, ein Ort, den man möglichst kurz benutzt. Ich bin allein, über mir die geriffelten Glasziegel, die hier in Eisenrahmen die Decke bilden, auf der oben, auf dem Platz, Menschen laufen.

Als ich sie höre.

*

Sie kommen von zwei Seiten, von der Schmiedestraße herunter und von der Kurzstraße. Ich studiere gerade eine der Inschriften an der Spülwand, die besonders rüde und besonders prominent in Knallrot (offenbar Lippenstift) aufgetragen ist und wundere mich über die simple

Gewaltdarstellung mit zwei Bällen und einem Zylinder. Ich weiß nicht, wer das behauptet hat, aber betreffs Inschriften soll Schwerin, das gute Schwerin, bis nach Leipzig hinunter für seine Pissoirs berühmt sein. Jetzt weiß ich es und wundere mich.

Als ich sie höre.

Es sind sandige Tritte auf den Steinstufen, sowohl von der Kurz- als auch der Schmiedestraße her, anscheinend tragen sie dasselbe Schuhwerk – ich habe immer festgestellt, daß solche Geräusche nicht nur viel über die Schuhe, als auch deren Träger einiges aussagen, denke da zum Beispiel an das durchgehend steinharte Klonk der Damen über Vierzig in Unterführungen. Nun in diesem Fall sind es also amerikanische Kreppsohlen (1946), die sich zwar lautlos, aber etwas klebrig laufen und leicht etwas Sand annehmen können.

Auf den Steinstufen.

Studiere gerade die Inschrift «best prick in town, next best 4568 miles West in Brooklyn». Ziemlich schräg. Jetzt weiß ich es, es war Josef Breitenbach, der das behauptet hat und es war auch nicht Schwerin, es war München, das er damit gemeint hat. Mein erster Impuls ist Unbeteiligtsein, da halte ich mich gefälligst raus, mein zweiter ist, Treppe gewinnen: Der Ausgang zum Wittenburger Berg ist ja frei, soweit ersichtlich. Man sagt, angesichts des Todes werde die Welt klein, das Gesamtleben rausche in einer Sekunde vorbei. Nun, in meinem Fall war es die Toilettenanlage, die klein wurde, die mir in der Todessekunde in Modellgröße vor Augen stand, rechts die Treppe zur Kurz-, links zur Schmiedestraße und am fernen Ende des Dreiecks zum Wittenburger Berg hin. Das Vorne und Hinten betreffend sowie meinen gegenwärtigen Standpunkt. Und – man hält es nicht für möglich – vor meinem geistigen Auge standen sogar die ornamentierten grünen Gittertüren draußen (nachts geschlossen), an denen nun wahrhaftig die Zeit vorbeigegangen war. Nur um die Sekunde auszufüllen. Und da muß mir wohl ein Fehler unterlaufen sein.

Denn wie ich mit einem Sprung den dritten Ausgang erreiche, laufe ich doch dem professionell viereckigen Mann, dem bulligen, direkt in die Arme. Und sage auch noch «Hoppla».

Ganz schlimm.

Man muß sich das Ganze sehr ernst vorstellen, alles gleichzeitig und gleichzeitig in lauter Ewigkeiten, immerhin geht es um ein ganzes gelebtes Leben.

Zum Beispiel habe ich plötzlich diese Mettlacher Fliesen, mit denen der Boden hier ausgelegt ist, unmittelbar und dicht vor Augen. Die körnige Struktur, das abgetretene Geäder, flach am Boden liegend, mit der Schläfe aufgeschrammt. Es s i n d Mettlacher, die braunglasierte Art, – das ist eines der Dinge, weshalb ich Schwerin liebe, daß überall noch das alte echte Zeugs erhalten ist. Ernstlich aufgeschrammt und eindeutig zu Schaden gekommen. Eben sage ich noch Hoppla, und im gleichen Augenblick befinde ich mich ganz unten, weiß noch nicht einmal, wie ich dorthin gekommen bin. Plötzlich und ohne jeden Übergang.

Der Mann trägt anstelle einer Waffe eine Gummiwurst in der Hand – eine überdimensionale Krakauer – wahrscheinlich handelt es sich um ein ganz ausgeklügeltes Instrument, einen sandgefüllten Fahrradschlauch etwa, mit dem sie zuschlagen, ohne direkt zuzuschlagen – jetzt holt er wieder aus – – –

Ich darf diese Gewalt beschreiben, ich tue es nur einmal und dann nie wieder. Es ist eine brechende Gewalt, eine plattmachende, Brechreiz erzeugende Last, die vom Himmel stürzt. Ganz häßlich. Als ich mit ihr auf dem Boden aufschlage, hat sie sogar eine Farbe, ein häßliches

Gelb, selbst der weiche Gummiknüppel hat eine Farbe, er drückt eine Ewigkeit lang auf meinen Kopf. Einmal, zweimal, schließlich wollen sie mich ja nicht totschlagen, sie brauchen mich ja noch für ihre Zwecke.

«Hast du ihn?»

«Weiß nicht, – ja.»

Stößt mich mit dem Fuß an, anscheinend will er mich umdrehen. Ich aber weiß, daß die Rückfahrt nun beendet ist, alle Rückfahrt ist beendet, der Schaden ist groß und nicht wieder gutzumachen. Ein bleibendes Vermächtnis.

«Ich glaube, – ja.»

Und, offen gestanden, ich glaubte es auch. Keine Ahnung, wie sie es hatten anstellen wollen, meine Reste von hier fortzuschaffen, aber sicherlich hätte es auch dafür eine Lösung gegeben. Bewußtlos war ich nicht, doch tot, oh ja, tot bin ich sicherlich gewesen. Und was die Lösung betrifft, hätte sie mir sicherlich nicht gefallen. So aber, wie die Dinge lagen, kam plötzlich ein ungeheurer Schwall die Treppe herunter.

*

Es muß ein Betriebsausflug gewesen sein, eine Jubiläumsfahrt. «Tag der Offenen Straßenbahn». Ein besonderes Ereignis jedenfalls, in jedem Fall aber eine Fügung Gottes. Man bedenke, hilflos flach auf dem Steinboden liegend, paralysiert und zusammengeklöppelt einer grausamen Verpackung entgegensehend – und das wäre noch das Geringste gewesen – höre ich plötzlich zwanzig, dreißig, zweihundert Menschen die Stufen herunterkommen. Alle in Uniform, alle mit Schirmmütze, ein ganzer Schwall von Schirmmützen. Ich bin sicher, niemals, weder vorher noch nachher, hatte diese Örtlichkeit am Marienplatz so viele Schirmmützen auf einmal gesehen. In meiner unendlichen Übelkeit sind sie mir wie die Heerschar Gottes erschienen, so wahr er mir helfe. Und man kann mir glauben, die Schweriner Straßenbahnuniformen sehen wirklich bedrohlich aus.

*

Er glaubt mir kein Wort.

Ich ihm aber auch nicht.

«Lieber Freitag», sage ich, «zu diesem Zwecke bist du doch erst erfunden worden, damit du mir meine Geschichten glaubst.»

Neuerdings will er mir weismachen, er lebe im englischsprachigen Raum, benutzt dazu kleine pfiffige Wendungen, «that settles it», «that does it». Ich hege jedoch einen ganz anderen Verdacht, der sich zunehmend verdichtet. Geschöpft aus Bemerkungen nebenher, winzigen Fingerzeigen, Distanz zum Nachbarn, Ruhe, Lärm, Mahlzeiten und ähnlichen Trivialitäten. Ich kann sehr wohl Zeichen lesen und mir ein Bild machen. Und ich schwöre – also, ich schwöre, daß ich ihn eines schönen Tages festnageln werde.

Außerdem, was ist unglaubwürdig an einer «Sonderfahrt», die eine Pause (Pinkelpause) einlegt. Ort, Zeit und Gelegenheit, das Schicksalhafte und das Gewöhnliche sind hier eine Ehe eingegangen. Wobei ich zugebe, daß es selbst für Schweriner Verhältnisse zu einer ungewöhnlichen Ansammlung von Uniformen gekommen war.

8

Lieber Freitag!

Hier bin ich.

Wo bist du?

Fidschi.

Lieber Freitag, wir machen jetzt ein Experiment: Ich sage dir, wo. Und du sagst mir, wie.

Wie?

Ich sage, wo wir uns befinden (Fidschi Inseln, Viti Levu), und du sagst, wie es dort aussieht (gesehen 1826 von dem sich annähernden Dreimastschoner «Endeavor».)

Viti Levu?

Viti Levu?

Das ist leicht.

So?

Die Insel sieht aus wie ein schlafender Mann.

– – –

Aus der Ferne.

– – –

Wie ein Riese, auf dem Rücken liegend, Nase, dicker Bauch, und zwei Bergkegel als Fußspitzen, stimmt's? – – Das stimmte allerdings, gesehen 1906 von dem Postschiff «Flying Perth» bei Annäherung an Viti Levu. Das hätte er sich aber ebensogut aus dem Internet herunterladen können. – Ich übrigens auch.

Bist du Männchen oder Weibchen?

Das kannst du dir aussuchen.

*

In dieser Zeit waren wir sehr oft umgezogen, von einer Stadt in die andere, zuletzt nach Minden. Nicht Minden an der Aller, das andere Minden – ich war damals zehn Jahre alt – es hatte für meinen Vater eine Reihe beruflicher Fehlschläge gegeben, die uns, meiner Mutter und mir, damals noch verborgen blieben. Wir wohnten «Am Färbergraben» Nr. 10, hatten hinten im Hof ein eigenes kleines Flüßchen, einen langsamen dunklen Wasserlauf, wo gelegentlich ein altes Kinderbett oder eine Blechtonne vorbeizogen und wo ich an heißen Sommertagen bis zum Hals im Wasser stehen konnte – auf einer eisernen Leiter. Es gab sogar noch den eisernen Querträger mit Rollketten, an denen die Färber ihren Rupfen ins Wasser gelassen hatten, an denen ich hing und tiefgehendes Schiff spielte. Einen ozeantüchtigen niederländischen Teeclipper. Keine Schadstoffe damals, allenfalls weiße Blasen, die aber nach Seife rochen. Gelbe auch.

Mein Vater arbeitete in einer Bank im Zentrum, der «Westfälischen Kredit und Hypo», er war neu dort, ging jeden Morgen aus dem Haus und kehrte abends geduldig zurück. Ich will sagen, er machte noch nicht den gehetzten Eindruck, der uns Sorge bereitete. Wechselte dann zur kleineren «Mindener Sparkasse» über, ich glaube, so hieß sie. Oder «Mindener Volkssparkasse», hatte dort wohl einen Direktionsposten inne, ich erinnere mich vor allem an die blaue Markise an der Vorderfront, die nicht farbecht war.

Ich hatte als «Neuer» in der Schule keinen leichten Stand. Da war zunächst die Sprache, der schwer einfühlbare Dialekt dieser Gegend mit merkwürdigen ä- und ö-Lauten, die überall dort im Gestrüpp hingen, wo man sie nicht erwartete. Auch trugen sie in der Schule alle diese merkwürdigen Hosen, irgendwie breit geschnitten aus ganz grobem Drillich. Hosen wie die Stauer. Alle trugen sie, nur kaufen konnte man sie nicht, denn so kurz nach Kriegsende gab es nichts zu kaufen. Schließlich konnte ich meine Mutter von der Notwendigkeit überzeugen, mir eine solche Stauerhose aus einer alten Decke zu nähen, die dann auch entsprechend ausfiel, eher dazu beitrug, meine Stellung in der Klasse weiterhin zu schwächen.

Wat soll'n dat vorställen?

Von meiner Mutter war auch sonst wenig Beistand zu erwarten, sie füllte nur weiß und lymphatisch unsere zwei Wohnräume aus, wie eine Wolke, weiß und weich: Deine Klassenkameraden, ach ja, mit denen wirst du dich sicherlich gut verstehen.

Hast du denn schon einen Freund?

Nein.

Das war ein trauriges Kapitel, ich saß allein, ganz vorn Mitte, weil alle anderen Bänke besetzt waren. Und ich hatte auch gleich anfangs keine glückliche Hand, wenn ich zum Beispiel das exakte Gewicht des Erdballs oder die Jahreszahlen des ersten und auch des zweiten punischen Krieges freihändig hersagen konnte. Oder besonders unglücklich, wenn die Klasse hoffnungslos über einer fünfseitigen Pyramide brütete und ich, vortretend, eine solche freihand an die Tafel zeichnete. Jawohl, und ich diese, zur Tafel vortretend, freihand korrigierte, jawohl.

Wer war Savonarola?

– – –

Wer war Savonarola?

Ich hob den Finger.

Mein Hintermann pflegte mich dann in den Rücken zu pieken, er benutzte dazu einen überlangen Bleistift, den er unter seiner Tischplatte in die Ritze meiner Rückenlehne steckte. Er piekte aber auch zwischendurch, gelegentlich, wie um mich daran zu erinnern, daß ich sowohl die punischen Kriege als auch das Gewicht des Erdballs besser vergessen sollte. Pieken – was sage ich, es waren Dolchstöße, die mein Herz trafen. Wie gern hätte ich ihn zum Freund gehabt. Er war sehr hübsch, Noswitz war sein Name, gebräunt und schlank war er, wohlmöglich Kind reicher Eltern. Ausgestattet mit einer ganz besonders großen und breiten Stauerhose.

Heul doch!

Ich heule ja gar nicht.

Heul doch!

Wenn ich mich nach einem Pieken schnell umdrehte, saß er da, aufrecht mit gespitztem Mund, den Blick zur Decke gerichtet. Noswitz. Und hinter ihm, Reihe auf Reihe, saßen sie, die Pohlmanns, die Görzen, die Kuhnerts, alle mit gespitztem Mund, alle gespannt, womit der Neue wohl jetzt wieder aufwarten würde: Geburtsdatum und Todestag Mozarts?

Doch, einen armen Jungen gab es, ein Häufchen, das in der äußersten Ecke saß und mir von dort aus zulächelte. Aber der wiederum war mir zu arm, der kleine Dämel, zu ärmlich mit seinen dünnen Ellenbogen und dem grasgrünen Pullover. Der Junge war ja schon froh, wenn niemand ihm sein Pausenbrot wegnahm (rohe Gurke wahrscheinlich). Das Jahr schritt voran und mit ihm alle gleichschenkligen und rechtwinkligen Dreiecke, alle Wallensteins Lager und Tode, während er mich mit seinen himmelblauen Augen aus seiner Ecke anflehte. Helfen konnten weder er mir noch ich ihm, grausam, ja, zeigt es doch wieder einmal, wie Kinder sind. Auch war sein grüner Pullover am Bündchen stark ausgebessert.

*

Es geschah am letzten Tag vor den großen Ferien.

Ich hatte längst gelernt, hinten herum über die Wiesen nach Hause zu gehen, um die massierte Gruppierung der Stauer vor der Schule zu vermeiden. Sie hingen dort regelmäßig nach Schulschluß herum, genauer gesagt, vor dem Lakritzenladen gegenüber. Sie taten mir ja nichts, im allgemeinen, aber es war wieder ein solcher Tag gewesen, an dem ich unglücklicherweise den genauen Lichtweg oder die Lichtwege konvexer und konkaver Linien gewußt hatte, was ja nicht unbedingt nötig gewesen wäre. Ging also besser hinten herum, bog soeben um die Mauerecke an der Ziegelei, immer noch relativ wachsam nach meinen Erfahrungen – – – doch da stand das Komitee. Ich wurde bereits erwartet.

Da war der Pohlmann, der riesige Flegel, der Görtz – auch nicht viel netter –, die Brüder Mittag, Heiner und Jan, beide ziemlich das Übelste, was die Parallelklasse zu bieten hatte, und natürlich Schulte, Fasser, Bähr, die immer dabei waren. Alle großmächtig in Stauerhosen, von denen die meisten hätten von selbst stehen können. Noswitz war nicht dabei.

Ich sollte also in die «Kuhle» springen?

Genau das!

Die «Kuhle» war eine jenseits der Wiesen gelegene Sandgrube von beträchtlicher Tiefe – erst ging es die Wiesen hinan, dann kam ein steiler Abriß, im freien Fall glatte zehn Meter hinab von der Grasnarbe bis zum schräg auslaufenden Sandhang unten. Ein Hochgebirge. Ich hatte dort niemals jemanden springen sehen, aber angeblich sollte das ja eine Mutprobe sein.

Der man sich unterziehen mußte.

Für was?

Für die Stauer.

Ich sollte also – laßt mich das einmal zusammenfassen – zehn Meter im freien Fall in die «Kuhle» springen, um bei den Stauern (oho!) aufgenommen zu werden?

Schulte, Fasser, Bähr nickten sehr ernsthaft, und auch der Görtz. Pohlmann – soviel bemerkte ich – nickte nicht. Die Brüder Mittag blickten beiseite.

«Tja Kinder», sagte ich, «das ist natürlich ein verlockendes Angebot, dem ich schwerlich widerstehen kann.»

Jetzt nickten auch die Brüder Mittag.

«Nur ist es im Augenblick nicht ganz opportun», ich hatte tatsächlich opportun gesagt, «der Zeitpunkt ist nicht ganz glücklich gewählt, da ich von Mutter und Vater zu Hause zum Kaffee erwartet werde (Vater war seit Tagen verreist), warum verschieben wir die Sache nicht ein wenig?»

Erntete damit nur drohendes Starren. Selbst der verhältnismäßig menschliche Görtz starrte wie Nero persönlich.

«Warum vereinbaren wir nicht einen Termin», schlug ich vor, «einen, an dem Vater und Mutter nicht auf mich warten, sagen wir, nächste Woche, Montag zum Beispiel, an dem ich in die Kuhle springe (springen werde, korrekterweise).»

Sie starrten mich drohend an.

«Großer Schwur», beteuerte ich, «beim Zeus und gekochten Mäuseeiern.»

Das hatte wohl den Ausschlag gegeben, anscheinend überzeugten sie die Mäuseeier. – Jedenfalls bis zum Montag.

*

Am Montag tauchte ich unter.

Ich nahm die Sache sehr ernst. Am Montag begannen die großen Ferien, alle Kinder gingen schwimmen, gingen zum Abkochen, Wandern im Odenwald, Obstlese mit fröhlichen Feriengenossen, und ich – – ich tauchte unter. Nicht ahnend, wie tief und auf welch lange Dauer dieses sein sollte. Dauer eines ganzen künftigen Lebens.

Eigentlich hatte ich gar keine Chance. Draußen würden sie mich überall finden und drinnen, also drinnen, in der Stube, in den großen Ferien, im Sommer bei badeblauem Sommerwetter hätte ich es unter gar keinen Umständen durchgestanden. Nicht in der Stube und nicht sechs Wochen lang.

Im Hof? Also, der Hof war mit einem Durchgang frei von der Straße her zugänglich, bot keine Deckung – einen kleinen toten Winkel unter der Kellertreppe vielleicht und einen zweiten hinter dem alten verrosteten Badeofen, der in der linken, der Straße abgewandten Ecke stand. Dort hätte ich sogar hineinkriechen können. Nachdem ich aber eine Stunde lang – es war der Dienstag – drinnen gekauert hatte, taten mir die Knie weh. Mein Stolz war auch verletzt.

Am Mittwoch kamen sie.

Einer, es war der Schulte, kam sogar an die Wohnungstür und fragte nach mir. Zufällig war ich gerade dabei, einen Topf fürs Abkochen zu suchen, und konnte mich knapp hinter dem Schrank verbergen, sehr knapp. Während meine weiße Mutter, die mich nicht sah, behauptete, ich sei ausgegangen, jedenfalls glaubte sie, mich nicht gesehen zu haben. Möglicherweise.

Das durfte natürlich kein Dauerzustand bleiben.

Abkochen war drinnen nicht möglich, dazu brauchte man ein Feuer und genügend Freiraum für die ganze Schweinerei, die da entstand. Aber das sollte ich vielleicht erklären, Abkochen war damals das ultimative Spiel, das zu einer Zeit gespielt wurde – als es nichts zum Abkochen gab, ultimativ nichts. Ich hatte mich für den toten Winkel hinter dem verrosteten Badeofen entschieden, und hatte meine Ingredienzien bereits gesammelt – es war am nächsten Vormittag, am

Donnerstag –, alles, was man brauchte, Sägespäne, Zeitungsschnipsel, einen Haufen rostiger Nägel, alte Leimreste, die ich aufweichen würde, dazu Brennessel, Löwenzahn und zwei verlassene Wespennester vom Dach. Oh, als besondere Zutat grüne Schmierseife, die hatte ich als Rest in einer Tonne gefunden. War soeben damit beschäftigt, mit dem Topf etwas Wasser aus dem Kanal zu schöpfen, als ich drei von ihnen sah.

Sie schauten von der Straße her in den Hof, konnten mich aber nicht sehen, weil ich unten auf der eisernen Leiter stand, um das Wasser zu schöpfen. Um mich aber jetzt noch in meinen Badeofen zu verziehen, war es eindeutig zu spät. Görtz, Pohlmann und einer von den Mittagbrüdern, glaube ich, vielleicht auch noch ein Vierter.

Jetzt kamen sie den Durchgang entlang.

Lieber Gott.

Und richtig, sie kamen in den Hof – ich sah sie durch die Grashalme am Grabenrand, jetzt bis zur Brust im Wasser stehend –, sie untersuchten als erstes den Badeofen, und den toten Winkel hinter dem Badeofen, dann, als sie mich offensichtlich nicht entdecken konnten, den toten Winkel unter der Kellertreppe. Kamen jetzt direkt auf mich zu, ich tauchte unter.

Ich sagte ja, daß es ernst zu nehmen war. Ich tauchte ganz unter, indem ich mich mit den Füßen festhakte und mich unter Wasser zog. Gegen den Auftrieb. Diese technische Leistung muß ich vollbracht haben, ohne mir über die gegenläufigen Kräfte überhaupt im Klaren zu sein. Ich hatte mir den Topf über meinen Kopf gestülpt, hatte mir somit einen genügenden umgestülpten Luftvorrat mit nach unten genommen – – – es war ein großer Topf, also sagen wir, drei Minuten Vorrat?

Und dann nur noch Dröhnen.

Nur noch Schwärze mit einem blassen Lichtstreifen am unteren Topfrand, die kompakte Luft dröhnte in meinen Ohren. Sie hätten mich trotzdem leicht entdecken können, senkrecht unter sich, aber darauf, so senkrecht, sind sie wohl nicht gekommen, die Vollpflaumen. Drei Minuten und noch eine vierte, eine fünfte, dann barst mir die Lunge – dann ist sie geborsten.

Sie waren weg.

*

Mein Vater war gar keine Hilfe, er war in letzter Zeit viel abwesend, meist auf Geschäftsreisen, die ihn über ganze Wochen fernhielten. War eigentlich auch abwesend, wenn er sich vorübergehend einmal zu Hause aufhielt. Dann stand er nur untätig herum, oder er betätigte sich auf seine Weise, kehrte zum Beispiel den Gehsteig vor dem Haus, Papier und altes Laub, das er auf einen Haufen kehrte, um dann den Haufen nach einer Weile wieder zu verteilen. Er nannte das «Umschmutzen», sehr eigen –, meine Mutter und auch ich sahen es mit Besorgnis –, dann war er wieder eine ganze Woche lang verschwunden.

Während ich mich eigenem Überleben widmete. Genauer gesagt, war ich so völlig von meiner neuesten großen Erfindung überwältigt, daß ich zwei ganze Nächte lang nicht schlafen konnte. Man denke: Ein Leben unter Wasser, und das ganz ohne Stauer und Gebrüder, ein überwältigender Gedanke.

Ich habe mich ausführlich darüber belesen. Anscheinend hatte ich die Taucherglocke erfunden, den Caisson. Es gibt eine ganze Wissenschaft, die sich ausschließlich mit diesen Phänomen beschäftigt, oder jedenfalls gab es sie, nachzulesen im Großen Meyers Lexikon von 1892, ganz unten im Bücherschrank, mit wunderschönen Stahlstichen, Druckverhältnissen und sonstigen Tabellen. Vor allem die Relation von Lunge-Herz-Kreislauf und erhöhtem Druck im Caisson betreffend. Denen ich Rechnung trug, den Verhältnissen, indem ich eine ganze Nacht lang im Bett mit aller Kraft gegen die zugehaltene Nase blies, als Preßatmung, sozusagen, zum Training für den Überdruck. Sicherlich ganz falsch, aber eigentlich doch einleuchtend, wie man sich gut vorstellen kann. In großen Tiefen wird durch den Druck Sauerstoff in das Blutplasma gepreßt, welches dann beim Auftauchen entweicht und zu Luftembolien führt. Die sogenannte Taucherkrankheit. Die ich im Bett simulierte – immerhin habe ich keinen Schaden davongetragen.

In dreißig bis vierzig Metern Tiefe …

In hundert Metern Tiefe.

Zweihundert?

Ich nahm an, daß ich im Färbergraben mit etwa zwei bis drei Metern zu rechnen hatte, und damit schlief ich durch bis zum Morgen. Das war dann der Freitag.

*

Am Freitag, also am fünften Ferientag, begutachtete ich den verrosteten Badeofen im Hof, ein großes Ding, das heißt, es war kein ganzer Ofen mehr, nur noch das Blechgehäuse, der untere Heizteil fehlte. Ich wuchtete es aus seinem Grasbett hoch, einst hatte es wohl seine drei- bis vierhundert Liter Badewasser gefaßt, eine Art Haube, unten offen, aus diesem geriffelten bronzebraunen Blech, innen emailliert, um Wasser zu halten. Und nicht einmal schlecht, wahrscheinlich.

Es war vormittags gegen neun an diesem schönen Sommertag, die Sonne stand schon hoch und heiß im viereckigen Stück Himmel über dem Hof und versprach noch heißer zu werden. Jede Art der Arbeit unterliegt Gesetzen von Kraft und Zeit: Zeit mal Kraft ist gleich Entfernung, in die ein Gewicht zu transportieren ist – und natürlich das Gewicht selber – oder: Entfernung dividiert durch Zeit ist gleich der Kraft, die dazu benötigt wird. Oder: Gewicht durch Kraft ist gleich Zeit – laß mich nachdenken. Es war jetzt neun Uhr und es waren fünfzehn Meter.

Bei verhältnismäßig ebenem Boden.

Aber eben nicht eben genug, um das Ding zu rollen. Wie gesagt, die Sonne stand hoch und würde bald noch höher stehen. Nie zuvor in der Geschichte der Menschheit wurde ein solches Gewicht jemals bewältigt, ein schier menschenunmögliches Unternehmen. Ein Obelisk vom Ausmaß eines Stadtviertels. Dreitausend Sklaven des Pharao, dunkel getönt und nur mit Lendenschurz bekleidet, wuchteten hoch, legten flach und wuchteten wieder hoch. Dreitausend sehnige, ausgemergelte, zu Höchstleistung angepeitschte Körper.

In sengender Sonne rhythmisch singend.

Hochwuchtend, flachlegend, hochwuchtend, flachlegend.

Ich schwöre, ich war tief kupferfarben, ich war bis aufs Blut ausgemergelt und überlebte fünfzehn Meter. Ja, aber ausgestattet mit der menschlichen Ingeniosität bezüglich Hebelwirkung, Rampeneffekt und schiefer Ebene, die hier ja nach Lage und immer im rechten Moment zur Anwendung kam. Die Ingeniosität.

Bis meine Mutter um zwölf zum Mittagessen rief:

Kommst du!

Ich komme.

*

Am Nachmittag ließ ich die Taucherglocke zu Wasser.

Ich will jetzt nicht allzu technisch werden, nur soviel, daß das ganze Unternehmen ohne die Färber vom Färbergraben natürlich nie möglich gewesen wäre. Ich will mir nichts vormachen, ohne Rollenzug, ohne Querträger, ohne überhaupt das ganze eiserne Gestänge meiner Färber hätte es gar nicht stattgefunden. – Die Rollen machte ich mit der Schmierseife, die an sich zum Abkochen bestimmt war, einigermaßen gangbar. Die Kette benutzte ich nicht, sie schien mir allzu verrostet (Bruch?), stattdessen eine doppelt gelegte Wäscheleine, durch die Nute des Badeofens gezogen, also im Effekt viermal Wäscheleine als Aufhängung. Die ich mit etwas Teer schwärzte. Sowohl zur Haltbarkeit als auch wegen der Sicht.

Die Welt unter Wasser. Sie ist in sich geschlossene, für den Menschen nicht zugängliche Existenzform, Schönheit sowohl als auch Grauen vereinend. Die aber, wie ich mich belesen hatte, sei es aus politischen oder sonstigen Notwendigkeiten zugänglich gemacht werden könne – oder auch zum Zweck des Abtauchens. Ich durfte mich da auf «Viertausend Meilen unter dem Meer» beziehen, nicht ganz mein Lieblingsbuch, immerhin glaubwürdig genug. Hatte auch «Hydropolis» gelesen und «Tödliche Sargassosee», auch «Jan und Hein, die Rabenknaben» und «Sea-Woman», letztes nicht ohne Erotik. Hatte ich alles gelesen und auch verstanden, und war auf die «Große grüne Dämmerung» ausreichend vorbereitet.

Und was das rein Technische anging, die laufenden Rollen und Blöcke, die Tampen und Taue, mit denen das Absenken des Tauchbehältnisses vor sich gehen sollte – ich spüre Zweifel –, so hatte ich auch meinen «Billy Budd» gelesen, meine «Weißjacke» und war seemännisch-nautisch nicht ganz ohne Fachkenntnisse. Was das Luven, das Brassen und Reffen und langsame Abfieren anging.

Einzig das Luftvolumen war eine unbekannte Größe und als solche zu berechnen, ich spreche von der in der Haube gefangenen Luft, die nach unten mitgenommen werden mußte. Zu berechnen und zu der verdrängten Wassermenge in Bezug zu setzen. Man versteht, daß es dementsprechend auch einiger subnautischer Kenntnisse bedurfte –, Gewicht der Wassermenge plus Gewicht des Behältnisses plus zusätzlicher Senkgewichte, die ich auch noch zu berechnen hatte.

Letztere übrigens brachten mich dann noch einigermaßen in Schwierigkeiten. Die Senkgewichte.

Der Nachmittag war bereits fortgeschritten, die Sonne stand schon tief, immerhin hatten sich meine Stauer zwei ganze Tage lang nicht blicken lassen und waren so spät kaum noch zu erwarten. Der Schrottplatz allerdings, auf dem ich geeignete Eisenteile oder Rohrstücke zu finden hoffte, war nicht ganz nahe, es war kein eigentlicher Schrottplatz, mehr ein wildes Gelände auf dem die Leute ihr Zeug abstellten, Autowracks, alte Kühlschränke, Fensterkreuze, derartiges. Ich war nicht gerade erpicht, mich hier in Gefahr zu begeben, aber ich brauchte meine Senkgewichte.

Nun war dieses Gelände von mehreren Seiten her zugänglich, vom Bahnübergang, von der Lankower Chaussee, und, für mich am nächsten gelegen, vom Prinzenweg, einer Kleingärtneranlage. Eine zipfelige Angelegenheit, im Inneren völlig unübersichtlich, vollgestellt, zugewachsen, die reinste Mördergrube, und ich hatte gerade meine Eisen beisammen, zwei dicke Rohrwinkel und den oberen Teil eines Motorblocks, als ich an der Bahnseite am Ausgang jemanden stehen sah. Jemanden? Einen der Mittagbrüder. Und ich denke noch, daß dann der andere nicht sehr weit sein dürfte …

Sie waren mir gefolgt.

Hatten mir aufgelauert wie einem dummen Huhn.

Durch meine Eisen, die ich mitschleppen mußte, einigermaßen behindert – ich hatte mir eine Art Hucke zurechtgemacht – bewegte ich mich so schnell und so leise, wie es mir möglich war, zum Ausgang Kleingärten, der am meisten vollgestellt und überwachsen war, wo ich am ehesten untertauchen konnte. Wo mich also der zweite Bruder bereits erwartete.

Vorläufig sah er mich noch nicht.

Ich habe es bereits erwähnt, die Brüder Mittag aus der Parallelklasse waren so ziemlich das Übelste, und nicht nur in der Parallelklasse. Beide fürchterliche Schlakse mit rohen nackten Armen, beide grobhäutig und picklig mit Händen groß wie Zigarrenschachteln. Jetzt pfiff der eine.

Die rote Farbe der Panik.

Ich lief so schnell und so leise wie möglich den ganzen Weg zurück, immer noch durch meine Eisen belastet, die ich nicht aufgeben wollte, fand sogar auf dem Weg noch eine Pieke, einen eisernen Zaunstachel. Und ich nehme an, es wäre zu einem Blutbad gekommen.

Aber dann pfiff der andere als Antwort auf die Lerche zurück. Hast du ihn, ja, du Idiot, dann schieß ihn rüber, du Idiot. Sie hatten mir gar nicht aufgelauert, die Idioten.

Es gibt ja auch Fußbälle.

So war der dunkelblaue Himmel wunderschön, die Welt war schön, der Hof war schön, der langsam fließende Färbergraben, als ich das Ding zu Wasser brachte. Und da hing es. Komplett mit Luftblase, berechneten Senkgewichten und vierfacher Wäscheleine. Ein Fuß tief unter der Wasseroberfläche und fertig zum Einstieg, als Mutter zum Abendessen rief:

Kommst du?

Ich komme.

*

Aber der Morgen.

Am frühen Morgen stand ein Flimmern über dem Horizont, bereit für einen heißen Tag. Ich packte meine Badesachen zusammen, versprach, mittags rechtzeitig zurückzukommen, und meine liebe Mutter, die mich ein Leben lang treu umsorgt hatte, winkte noch einmal von der Küche her: Komm wieder, Junge. Werde wiederkommen, ich versprach's, während der Blick aber bereits in die Ferne gerichtet war, die unendliche Weite im Auge, ich meine damit, daß sich die Unendlichkeit in meinen blauen Augen gespiegelt haben muß, als ich mit Seebeinen und bewegtem Herzen aus dem Haus stapfte. Von Salzgeruch umwittert, ja, aber auch vom Anflug einer fernen Zimtküste. Komm wieder, Junge, werde mein Bestes tun, nicht jeder Seefahrer fand sein nasses Grab.

Der Hof lag noch im Schatten als ich hinaustrat, aber am Graben, wo die eiserne Leiter hinabführte, hatte sich eine Sonnenecke gebildet, wie bestellt zum festlichen Auftakt – ich habe mich über dieses kosmische Zeichen, das eine ganze Kette nachfolgender Ereignisse einleiten sollte, nie genug wundern können. Ein Festakt am frühen Morgen: Die Schiffskapelle spielte «Fare well, fare well...» und dann noch «Gipsy Moth...», Wimpel wehten, gelbblau, schwarzweiß, rotgrün, eine fröhliche Menschenmenge winkte zum Abschied, dicht gedrängt, als ob hier die ganze Stadt auf den Beinen wäre – anscheinend hatte mein Unternehmen doch größere Popularität gewonnen. Und ich, mit einem letzten Blick, einem letzten tiefen Atemzug, stieg die Sprossen hinab in ein neues unbekanntes Abenteuer (Taucher von Surabaja).

Die Südsee hat hier, im berüchtigten «Tiefen Loch» zwischen den Marshal Inseln und Samoa eine Auslotung von zwölfhundert Metern, eine unvorstellbare dunkle Tiefe. Der Abstieg erfolgt durch immer schwächer beleuchtete Zonen, abhängig vom Abstand zur Oberfläche als auch von den im Wasser schwebenden Partikeln. Vom hellsten Türkis über flaschengrüne, seegrasverhangene Hallen hinab zu schwerem dunkelblauen Dämmern bis ganz hinab zu absoluter

Schwärze, wo nur noch selbsttätige Lichtpunkte leuchten, die Feueralgen, Martinslampen, Korallenfische mit blinkenden Punkten auf den Flossenspitzen und Seeaugen. Hier schafft der wachsende Druck zunehmend eigene Verhältnisse, die Köpfe werden größer, alle Körper dickwandiger. Man kann sagen, daß es sich um eine umgekehrte Welt handelt, eine Welt, die in ihrer tiefsten Tiefe die höchste Höhe widerspiegelt, wo die Luft dünn wird.

Ich hatte nächtelang die Luft angehalten, mit großer Anstrengung und eisernem Willen unter meiner Bettdecke, zwanzig Sekunden, vierzig Sekunden, sechzig! Während fern im Elternschlafzimmer mein Vater schnarchte und meine Mutter unruhig von Zeit zu Zeit aufstand und zur Toilette ging. Ich hatte gezählt, einundsechzig, zweiundsechzig, bis ich glaubte zu platzen. Ich glaube, am Ende hatte ich es auf anderthalb Minuten gebracht. Bin mir mit dem Zählen nicht ganz sicher.

So ausgestattet, mit solcher Taucherfahrung – die Bettdecke hatte auch noch mitgeholfen – stieg ich also an diesem denkwürdigen Morgen in meinen ganz eigenen Ozean, füllte meine Lunge zum letzten Mal, ich glaube mit fast doppeltem Volumen (das ist in diesem Alter möglich) und dann: Grün, grüne kühle Dämmerung, grün wie das Innere einer Bierflasche und genauso still.

– – – –

Ich hatte mir den Tod anders gedacht. Denn es war ein Tod, ein kleiner zumindest. Mit den Füßen, eingehakt in die eisernen Sprossen, zog ich mich hinab, ganz hinab, und noch weiter – erfuhr eine kurzdauernde Panik, die sich auf das Oben und Unten bezog, als ich den unteren Rand des Behälters spürte, der merkwürdig aufgebogen war, und wieso hatte ich das nicht vorher feststellen können –, schob mich darunter hindurch und tauchte drinnen wieder auf.

So einfach.

Nicht einfach. Ich glaube, ich sollte das mit großem Ernst behandeln: Ich konnte atmen! Die Möglichkeit des Unmöglichen, dröhnend und totenstill! Kann man sich das vorstellen, ich atmete eine unbegreifliche Luft, die sich dort unten befand, wo sie nicht sein konnte, und sie klang wie Donnerhall. Ich glaube, diese allererste Sekunde war reine Religion. Ich befand mich plötzlich in einem, (in meinem) Selbst, das ich mir selbst geschaffen hatte, und es war schwarz mit einer hohlen grünen Unterfläche. Später – das erste Mal hielt ich es kaum eine Minute aus –

bei meinem täglichen Tauchgängen später war es nur ein Umsteigen, ein Ein- und Aussteigen ohne wesentliche Religion, sozusagen, so wie man morgens zum Dienst geht. – Doch diese erste Sekunde, dieses allererste Atmen, werde ich immer im Gedächtnis behalten, sie hatte einhundert Jahre gedauert, und vielleicht stimmt das sogar.

*

Drinnen brachte ich ein Sitzbrett an, so daß ich, wenn ich die Beine anzog, im Trocknen saß. Auch ein Brettchen zum Aufstellen der Taschenlampe sowie eines Kompasses und einiger einschlägiger Bücher. Zwei kleine Bilder von Helgoland, ein größeres der Doumotu-Insel und ein ganz großes blasender Wale hatte ich an die Innenwandung geheftet; auch ein kleines Steuerrad aus Pappmaschee und ein von mir ausgefertigtes Kapitänspatent mit Siegel und Unterschrift – das alles wasserdicht in Plastiktüten transportiert und transferiert, glatt und fachmännisch (seemännisch).

Proviant war auch vorhanden. Vier Flaschen Limonade, eine Büchse Kekse, Kaugummi und ein Glas Rollmöpse, die ich allerdings nie aufaß. Ich hatte Schreibpapier zum Aufzeichnen submariner Begegnungen, zum Beispiel mit einem alten Motorradstiefel, der plötzlich in meiner Taucherglocke erschien und sich weigerte, wieder abzutauchen – wer weiß, woher er kam. Offenbar hielt ihn eine dicke Luftblase in der Schwebe. Ich schickte ihn dann weiter auf die Reise. Oder die Begegnung mit dem kleinen Karpfen, einem Baby, das neugierig war, und eine Weile in meinem Wasser schwamm. Ich muß das erklären: Dieser innere Wasserspiegel stand etwa eine Handbreit höher als der untere Rand des Behälters; höher konnte er nicht steigen, bedingt durch den Gegendruck meines Luftvorrats, der wiederum durch die Tauchtiefe bestimmt wurde. Ein selbsttätiger Balanceakt, sozusagen. Während ich, auf meinem Sitzbrett im Trocknen sitzend, auf einen kreisrunden Wasserspiegel herabsah. In welchem ein Karpfen schwamm. Ein Babykarpfen.

Das eigentliche Problem war der Luftvorrat selbst. Der Luftvorrat bestimmte die Länge des Aufenthalts dort unten, und die war dementsprechend beschränkt. Eine knappe halbe Stunde etwa. Ich versuchte einen Austausch mittels eines Gummischlauchs und einer Fahrradpumpe, aber das erwies sich als zu zeitraubend und auch anstrengend, wobei ich nur noch mehr Luft verbrauchte. Besser war ein kurzes Hochhieven und

Kippen des Behälters, eine ganz kurze Hieve und gleich wieder ins Wasser, das erwies sich als weitaus praktischer – nicht ganz ungefährlich allerdings.

Von meiner Mutter erfuhr ich, wie oft und in welcher Zusammensetzung die Stauer erschienen, das Paar Fasser und Büntig oder die zwei Mittag, oder Pohl alleine, dieser Flegel, wie auch meine Mutter übel vermerkte. Oder sie standen alle zusammen vor der Tür. Wie wenn sie mich beim «Lüften», wie wir Fachleute es nennen, erwischt hätten!

Ich lernte, mit dem Luftvorrat hauszuhalten, entwickelte ein Zeitgefühl, wann ich dort unten an die Grenze geriet, Klopfen an den Schläfen, beginnendes Ohrensausen. Oder noch besser: Der Luftvorrat war meine Uhr, allerdings glaube ich, daß es nur meinen zehn Jahren zu verdanken war, auf lange Sicht keinem Hirnschaden zu erliegen – immerhin handelte es sich um sechs Wochen Sauerstoffnot –, ein Erwachsener wäre wohl kaum so glimpflich davongekommen.

Sechs Wochen auf dem Grund des Korallenmeeres.

Zum Glück war draußen durchgehend heißes Wetter und das Flußwasser auf seinem langen Weg durch sommerliche Wiesen genügend erwärmt, so daß ich auch mit ausgestreckten Beinen immer noch im Warmen saß. Ich las den «Nautilus» und «Tödliche Sargasso-See», ich las «Unter Kraken und Haien» – wie sie mir gefielen, kann ich nicht mehr sagen, bißchen altmodisch vielleicht. Meine Stauer hätte ich gerne da oben stehen sehen, hatte aber leider kein Fenster zur Verfügung. Hätte mich sehr gefreut.

Sechs Wochen (unter Kraken und Haien).

Ich las «Die Perle» und «Kapitän Hornblower», lernte eine Menge. Vor allem aber las ich den «Seehund», Leben und Wirken des königl. preuß. Marineingenieurs Wilhelm Bauer, der 1850 ein erstes Tauchgefährt baute, mit dem er sich mit Hilfe eines Kurbelwerks freischwebend unter Wasser bewegen konnte. Dieses ausgeklügelte Kurbelwerk, einem Fahrradantrieb mit Pedalen nicht unähnlich, nahm für mindestens zwei Wochen meine ganze Vorstellungskraft in Anspruch. Sich unter Wasser weiterkurbeln! Ein kühner, wenn nicht kühnster Gedanke und ein Sprung in eine andere Dimension.

Ursprünglich als Spionagetaucher gedacht, sollte Wilhelm Bauers Gefährt der königl. preuß. Seekriegsführung einen neuen geheimen Impuls geben und lief unter dem Namen «Seehund», entsprechend damaligen Taktiken, als deklarierter Tauchbrander oder Brandtaucher, las ich. Es hatte die Form eines menschlichen Magens, vorn mit einer nasenartigen Ausbuchtung mit zwei Gucklöchern und zwei außen angebrachten dicken Gummihandschuhen an langen Stulpen zum Plazieren von Bomben an der Hülle feindlicher Schiffe, las ich.

Ich glaube fest, daß sich bis zum heutigen Tag noch magenähnliche Zeichnungen mit Zahnrädern, Pleuelstangen und Pedalen irgendwo in meinem Besitz befinden. Angefertigt unter seinerzeit erschwerten Umständen bei Taschenlampenlicht auf einer eigens angebrachten Zeichenplatte vor dem Sitzbrett. Auf dem ich völlig authentisch saß. Gleich mir saß nämlich auch der Ingenieur mit den Füßen im Wasser, welches er zum Einhalten der Senkhöhe entweder einließ oder auspumpte, je nachdem. So wie auch ich mit Wassermengen verfuhr, die ich berechnet hatte. Wie, wenn ich mich nun gleich ihm unerkannt durch den Färbergraben kurbeln könnte?

Unsichtbar durch den Stadtgraben und sogar ein Stück die Pregnitz hinab? Durch die Grünanlagen und ein anschließendes Fischbecken? Um mich dann an die Schule oder wenigstens den Schulweg heranzukurbeln, um ein paar

Brandsätze zu legen. Ich sah die ganze Sippschaft rennen, die Pohlmanns, Görtzen, Brüder Mittag, die Schulten, Fassers, Bährs und Büntigs. Verstört und wie von Sinnen aus der brennenden Schule flüchten. Vorsichtshalber fügte ich noch die Lehrer Rabemus und Meckel hinzu, die mir ebenfalls das Leben schwergemacht hatten. Außerdem war das Schulhaus immer ausnehmend häßlich gewesen – ein rotes Backsteingebäude mit unglaublich häßlichen gotischen Fenstern.

Was soll ich sagen, drei volle Tage kurbelte ich tatsächlich und körperlich in meinem tiefgehenden Gehäuse. Immer voran und voraus, immer mit dem Ziel vor Augen, und war danach so erschöpft, als hätte ich tatsächlich die ganze Strecke bewältigt.

Die Sache nahm leider ein unrühmliches Ende. Als nämlich der Ingenieur Wilhelm Bauer (1851) mit seinem «Seehund» eine erste Tauchfahrt im Kriegshafen von Kiel (Kieler Förde) unternahm und spurlos verschwand. Jedenfalls wurde das eigenwillig gebaute, mehr einem menschlichen Magen als einem Kriegsgerät gleichende Wasserfahrzeug künftighin nie wieder gesehen. Versank es, barst es in der Tiefe? Wurde es von den Engländern unter Wasser gekapert und nach Plymouth entführt? Man weiß es nicht. Im übrigen zogen wir, Vater, Mutter und ich, schon im darauffolgenden Herbst aus dem unseligen Minden fort – Vater hatte entweder seine Stellung in der Filiale verloren oder die Filiale wurde ganz geschlossen –, und das löste dann alle Probleme. –

Einzig mein kleiner Freund von der hinteren Bankreihe, den hatte es doch noch erwischt, er brach sich ein Bein. Angeblich war er eines schönen Tages in die «Kuhle» gesprungen – Natur kann grausam sein.

9

Lieber Freitag.

Jetzt weiß ich, wo du bist, du bist im Gefängnis.

– – –

Gib es zu, entweder im Krankenhaus oder im Gefängnis, eins von beiden, anders ist es nicht zu erklären, wenn ich die Abstände nehme, die du angibst.

– – –

Lieber Freund, da hilft kein Heulen und kein Zähneklappern, ich habe dich erraten, nein besser, ich habe dich errechnet, ohne jeden Zweifel, da hilft nichts.

– – –

Entweder Sanatorium oder Strafanstalt, da sitzt du ein. In Neustrelitz?

Nein.

Ich glaube, doch!

– – –

Du sagst, dein Nachbar schnarcht. Wie kannst du das wissen? Du sagst, er sei ein furchtbarer Prolet, er schnarche den Putz von den Wänden. Wenn er den Putz von den Wänden schnarcht, muß er ziemlich nahe liegen, gib es zu. Du bist in der Strafanstalt Neustrelitz (Justizvollzugsanstalt).

Nein.

Du bezeichnest deinen Nachbarn, der dir anscheinend sehr am Herzen liegt, als Proletarier ohne Vorhänge am Fenster, ohne Bilder an der Wand, ohne einen Blumentopf, den er haben könnte. Welches bedeutet, daß du einen hast. Einen Blumentopf.

Nein.

Mir ist bloß nicht klar, wie du tagtäglich an einen Computer kommst. Wahrscheinlich hast du einen Druckposten in der Anstaltsbibliothek, oder vielleicht in der Rechnungsstelle?

Du hast einen Kanarienvogel, sagst du, der Nachbar habe keinen, obwohl er sich einen zulegen könnte, der Prolet. Er habe sogar gedroht, deinem Vogel den Hals umzudrehen (den verdammten Hals), weil ihn das Gepiepse störe. Habe er gedroht!

– – –

Was ist das? Stehen bei euch die Türen offen? Im Sanatorium sind die Türen zu, und es gibt keine Kanarienvögel, oder doch?

Ich weiß es nicht.

Bis zum Bahnhof sei es ein guter Spaziergang

von zweitausend Schritt, sagst du, zweitausend. Anscheinend geben sie euch Brüdern viel zu viel Freigang. Neulich vor dem Bahnhof, wo du dir am Zeitungsstand jeden Samstag deine Zeitung kaufst, sagst du, komme dir der Kerl grinsend entgegen, grinse auf ganz gemeine Weise, tippe sich an die Stirn und dann quer über den Hals. Aha. Das bedeutet doch in einem Rotwelsch: Du hast einen Vogel, den werde ich kaltmachen. Das heißt es doch, gib es zu, und wieso kriegt ihr überhaupt so oft Hafturlaub, nächstens kriegt ihr noch Urlaubsreisen nach Kühlungsborn verordnet.

Wir kriegen gar nichts.

Ach nee.

Und den Kanari kannst du dir auch noch reinschieben.

Menschenskind, du sitzt in Neustrelitz, willst du das nicht endlich zugeben.

– – –

Da käme höchstens noch eine Kleingartenkolonie in Frage. Die armen Schweine dürfen ja auch nichts, keine Bäume, keine Sträucher, und Kanarienvögel schon gar nicht.

*

Ich hatte mir sogar die Mühe gemacht, nach Neustrelitz zu fahren, weit war es ja nicht, um die Strecke vom Bahnhof bis zur Haftanstalt abzuschreiten: Es waren zweitausend Schritt.

Aber zuvor noch ein kleines Geständnis. Es war nicht das erste Mal, daß ich mir Neustrelitz ansah, und es war auch nicht das einzige Neustrelitz. Ich hatte von jeher eine Neigung zu Gefängnissen, sind sie doch, meiner Meinung nach, der einzig sichere Ort, an dem man sich aufhalten kann – ich meine, der wirklich sichere Ort, ich übertreibe gar nicht. Ich denke an die ungeheuerlichen Sicherheitsmaßnahmen, die zu bezahlen kein normal lebender Mensch in der Lage wäre, die Schutzmauern, die Schutzgitter, Messerdrähte, Stahltüren, der ganze ungeheuerliche Eisenbeton, den sollte man sich einmal vor Augen führen. Ganz zu schweigen von Alarmeinrichtungen, Besucherschleusen, Körperscannern, Schußkanälen, Wachttürmen, Geländeradar und Pupillenerkennungsmaschinen, ich kann die Aufzählung gar nicht beenden, und ich spreche noch nicht einmal von den Personalkosten, die zu zahlen sind. Die Kosten für die teuerste Hollywoodvilla wären ein Pappenstiel gegen diesen ungeheuerlichen Luxus.

Der umsonst zu haben ist! Auf Staatskosten!

Ein einziger zu Recht oder zu Unrecht ausgelöster Alarm mit all den weitgreifenden und auch weiträumigen Konsequenzen, habe ich errechnet, entspricht ohne weiteres dem Äquivalent einer Hochseeyacht. Und das möglicherweise zweimal am Tag. Denn das gleiche Instrumentarium, gedacht, um Leute am Ausbrechen zu hindern, ist natürlich gleichsam geeignet, Leute am Einbrechen zu hindern: Jemand drinnen ist gleich jemand draußen. Ich möchte behaupten, selbst die ehrenwerteste Gesellschaft (!) dürfte nicht in der Lage sein, dort einen Killer hineinzuschicken, außerdem wollen sie mich ja lebend und nicht tot. Soviel zum Lob deutscher Gefängnisse.

Größten Respekt zum Beispiel habe ich immer diesen rollenden Stachelwalzen über Türen und Mauern gezollt, die man nicht zu fassen kriegt. Hellblau, hellrosa, beige, irgendwie pädagogisch.

*

Habe also die zweitausend Schritt abgezählt. Durch den leicht aufwärts führenden Tunnel in die Schelfstraße links hinunter bis zum Mühlplatz vorbei am Gasthof Altendorfer Schleuse auf die Pinnower Chaussee und dann immer geradeaus. Stand mit dem zweitausendsten Schritt direkt vor dem Eingang. Der Beweis.

Es ist ein langgestreckter mehrflügeliger Komplex, flach in die Landschaft gesetzt und gar nicht augenfällig. Mehr wie eine große Chaussee wirkend. Die umgebenden Mauern gar nicht hoch, weil tief in das Gelände gesetzt, man sieht nicht, daß es sich um zwei konzentrische Ringe handelt, die ringsum Laufbahnen für Wachhunde umschließen. Eine eigentlich ganz hübsche Anlage, vor dem Pinnower Wäldchen. Ich habe sie in weitem Bogen umrandet, indem ich darauf achtete, nicht ins Schußfeld der sicherlich vorhandenen Gefechtsstände zu kommen. Habe mich auch hier über die auf den Mauerkranz gesetzten rotierenden Stachelrollen gefreut, die in der Sonne glitzerten. Wie Spielzeug eigentlich. Es herrschte ausgesprochen schönes Wetter an diesem Tag, die Birkenstämme des Wäldchens sahen sonntäglich frisch gewaschen aus, behagliche Stille, und ich konnte mir gut vorstellen, wie ich jetzt mit den Wärtern drinnen einen kleinen Umtrunk nahm. Wobei es sicherlich nicht schadete, auch einmal einen Champagner auffahren zu lassen, nicht wahr, auch einmal ein Kaviarbrötchen zum guten Beginn.

Ich habe das Projekt seinerzeit sehr wohl

durchdacht, habe die vorhandenen Möglichkeiten aber auch Unmöglichkeiten durchgespielt und bin zu dem Schluß gekommen, mit Geld läßt sich alles machen. Man müßte versuchen, zwei, vielleicht sogar drei Zellen nebeneinander zu bekommen, in möglichst ruhiger Lage, also nicht gerade neben irgendwelchen Krakeelern. Ein paar Durchbrüche wären notwendig, ein paar Umbauten. Ich gehe davon aus, daß es sich um die genormte Zellengröße von drei mal dreieinhalb Metern Grundfläche handelt, mit Waschbecken, Klo, Bett, Stuhl und Tisch. Das muß natürlich gestaltet werden, ich brauche keine drei Klos. Und dann die Beleuchtung, die ist ganz unmöglich, also Leitmotiv: Bernstein. Dann die Materialien. Wir befinden uns immerhin im Gefängnis (Hochsicherheitsgefängnis), und da gibt es naturgemäß wenig Auswahl. Also gut, ich habe meine Gefängnisliteratur gelesen, in Falladas «Blechnapf» verwenden sie gekautes Brot in größeren Mengen, Schuhwichse, Teile von Kehrbesen. Naja. Im «Chateau d'If» ist es ausgekratzter Mauerstaub, ganze Wagenladungen davon, Gesteinssplitter, Splitter von Särgen. Ich weiß nicht, ob man in Neustrelitz so sehr viel davon erwarten kann. Es ist nur ein Spaß, obwohl ich hier tatsächlich ganz gern ernsthafte Überlegungen anstellen möchte. Im «Alcatraz» ist die Grundsubstanz, mit der gebaut wird, schon sehr viel realistischer, es sind Beziehungen! Es sind politische, lokale oder sonstwelche Beziehungen, die sich zum Einsitzen günstig auswirken. Nicht nur bestes Essen betreffend, auch Vorhänge, Mobiliar, selbst Wandverkleidungen, Gipsplatten zur Raumaufteilung und sanitäre Einrichtungen. Die Gefängnisleitung ist involviert, aber auch behördliche Einrichtungen außerhalb. Am deutlichsten wird die Antwort im «Goodfellah's» gegeben, dort ist es Geld. Blankes, solides, ganz vordergründiges Geld, in genügender Menge und an den richtigen Stellen plaziert, wobei selbst diese, die Plazierung, einem soliden, festgeschriebenen Code unterliegt. That does the Job. Da werden selbst Glasfenster und Polstertüren geliefert. Eine Spiegel-Bar? Selbstverständlich. Es ist alles eine Frage der Größenordnung.

Jawohl, ich habe mich umgetan. Ich habe die Anstalten Malchow und Neuruppin in Betracht gezogen, die Anstalten Pritzwalk und Güstrow. Habe die Entfernung zum Bahnhof abgeschritten, dreitausend, viertausend, fünftausend Schritt, alles gute Spaziergänge. Alle Anstalten zumutbar, wenn auch atmosphärisch unterschiedlich. Malchow zum Beispiel zeigte sich sehr besucherfreundlich mit farbig gestalteten Schleusen und großem luftigen Besucherraum, eher an eine Kindertagesstätte erinnernd, auch mit entsprechendem Gebrüll erfüllt. Sagte mir nicht sonderlich zu. Atmosphärisch gab es natürlich noch ganz andere Kriterien, etwa die Geruchskulisse von säuerlich reinlich bis dumpfig angsterfüllt. Teilweise zugedeckt von frischen Farbanstrichen, trotzdem – das muß ich leider sagen – immer vorhanden. Oder die Geräuschkulisse, die allerdings war sehr unterschiedlich, und deshalb gebe ich alles in allem Neustrelitz den Vorzug: Das spezifische Knallen beim Einklinken der schweren eisernen Rollgitter. Welches man Besuchern im allgemeinen vorenthält, indem man zu Besuchszeiten eben nicht einklinkt. Nun, in Neustrelitz hatte man Gummistopper verwandt, und die minderten den Gesamtpegel natürlich ganz gewaltig.

Darf ich sagen, daß ich meine Hausaufgaben gemacht habe, ich glaube, ich darf.

Und nun frage ich dich noch einmal ernsthaft: Bist du (oder bist du nicht) im Gefängnis?

– – –

Nein (was nein).

——

10

Lieber Freund.

Wer kann sagen, was der Mensch zu seinem Glück braucht, ist es Geld oder ist es Liebe. Darüber haben sich schon ganz andere Geister ausgelassen. Ich sage dir:

Es ist Liebe.

– – –

Und das Geld.

*

Mein Vater hatte den Wunsch, daß ich Bankkaufmann lernte, und arrangierte für mich eine Lehre in der Lübschen Kredit- und Handelsbank. Nicht, daß er mich zwang, das war nicht seine Art, aber er hatte den Ausbildungsplatz arrangiert, und ich war mir auch nicht ganz sicher in meinen Berufswünschen. Genauer gesagt, erschien mir eine diesbezügliche Zukunft etwas farblos, ich konnte den Höhenflug von Giro und Inkasso, der mir bevorstand, nicht ganz nachvollziehen. Kreditbanken machten mir ein wenig Angst, Pfand- und Leihbanken auch, und was das Verschreibungswesen anging, das Wechsel- und Schuldgeschäft, sah ich mich bereits gestrandet. Ich sah mich an einem Klappult sitzen.

Aber ich wollte ja meinen Vater nicht enttäuschen. Wir waren inzwischen in eine größere Stadt gezogen – welche, möchte ich nicht sagen –, wo ich keinerlei Schwierigkeiten mit der Schule hatte, ich war dort kein Zugezogener, weil jeder irgendwie zugezogen war. Die einen kamen von …, die anderen von …

Eines Tages im Oktober, es war ein verhangener Tag, trat ich meine Lehre an, und fand mich zusammen mit fünf weiteren Anwärtern, alle etwas betreten, in der Schalterhalle der «Lübschen» ein. Die ihrerseits mit ihren Granitsäulen und den hochangebrachten kunstvoll vergitterten Fenstern einiges zum Betretensein beisteuerte. Vater hatte mir zum Antritt einen korrekten dunklen Anzug ausgesucht, anthrazit mit feinen Streifen und irgendwie zu eng, ich meine, er paßte, er war speziell für meine Ausbildung in der Bank gekauft, nur daß ich mich darin nicht bewegen konnte. Tut mir leid. Und wie ich sah, waren meine fünf Kollegen in so ziemlich derselben Verfassung.

Nun muß man wissen, daß im Bankwesen entgegen aller Zeitmode auf seriöse Erscheinung gehalten wird. Korrekter Nadelstreifen auch für die Lehrlinge, ich will nicht sagen als Kleidervorschrift, aber eigentlich doch. Und so standen wir dann als kleine uniformierte Dunkelmänner in der Halle, als die Schalter geöffnet wurden, und sahen beklommen aus, in unseren Anzügen. Sechs blasse Lebenskünstler. Nachmittags gingen wir auf die Berufsschule.

«Was hattet ihr denn heute Schönes?»

«Den Lombard.»

Da war mein Vater dann zufrieden.

*

Vater gab selbst das beste Beispiel, ging Punkt acht Uhr zehn aus dem Haus, um acht Uhr dreißig bei seiner Bank einzutreffen – es war nicht die meine –, in der Vossischen Handelsbank, einer relativ kleinen Privatbank in der vierten Etage eines Geschäftshauses in der Kaiser Allee (jetzt weiß man, um welche Stadt es sich handelt). Ich habe ihn einmal dort besucht, ein Messingfahrstuhl brachte mich direkt in die Etage, die wie eine Unterwasserwelt bläulich beleuchtet war. Er hatte kein eigenes Arbeitszimmer, anscheinend bewegte er sich in mehreren Bereichen, jedenfalls tranken wir unseren Kaffee in einer bläulichen Nische im Flur.

Sagte ich acht Uhr zehn? Ich habe auf die Uhr gesehen, es war immer genau acht Uhr elf, wenn er die Wohnung verließ, und er trug immer den gleichen schwärzlichen Anzug, von dem er aber anscheinend mehrere gleiche besaß. Ich glaube, er hatte eine Methode, die blanken Stellen an Ellenbogen und Unterarm mit Hirschhornsalz zu behandeln, damit die Anzüge immer neu aussahen, jedenfalls sah ich ihn einmal in der Küche damit hantieren. Acht Uhr elf hin und Punkt fünf Uhr dreißig zurück, denn Mutter war damals schon sehr krank, und die Hilfe verließ fünf Uhr dreißig das Haus.

Jede Woche einmal, zumindest aber jede zweite Woche mußte mein Vater verreisen. Er blieb dann über Nacht weg und kam am zweiten Tag sehr spät nach Hause, von Mutter immer sehr besorgt empfangen – ich bin mir nicht sicher, ob sie Genaueres über seine Tätigkeit wußte, wahrscheinlich nicht. Ich wußte es auch nicht, einmal aber sah ich seinen Aktenkoffer, ein eckiges funktionelles Ding, offen auf dem Schreibtisch stehen: Innen war er mit einem Stahlnetz ausgeschlagen, er hatte zwei Zahlenschlösser, innen auch noch eines, das ein gesondertes Fach versperrte. Offenbar war der Mann mit größeren Geldbeträgen unterwegs. Eine Kette fürs Handgelenk gab es nicht, dafür aber einen merkwürdigen schwarzen Ring am Griff. Mein Vater transportierte Geld? Ein Geldträger?

*

Im übrigen gestaltete sich mein Werdegang in der Bank zunehmend erfolgreich. Mein Platz war im vierten Folgeraum hinter der Schalterhalle, zugänglich durch einen langen Gang, der aber nur durch schulterhohe Trennwände gebildet wurde, dahinter saßen unnahbare Geschöpfe in schwarzen Röcken und cremefarbenen Oberteilen, die uns Lehrlinge keines Blickes würdigten. Genauer gesagt, gab es eigentlich nur Trennwände in diesem Bankgebäude, so daß man oberhalb einen Stein durch die ganze Länge hätte werfen können, nur daß nach hinten die Abstände immer enger wurden, immer schmaler, und ganz hinten in grellem Kunstlicht saßen wir – ich an einem Tisch von der Größe eines Plättbretts.

In den ersten zwei Monaten sortierte ich ausgehende Briefe, die ich in ein Kuvert mit Sichtfenster schob, das erforderte einige Aufmerksamkeit. In den nächsten zwei wechselte ich in die Geheimabteilung, wo die Kuverts keine Sichtfenster hatten, sie waren innen geschwärzt, nach einem weiteren Monat durfte ich sogar die Adressen schreiben. Daneben viermal in der Woche Berufsschule. Was hattet ihr?

Lombard.

Doch, einen Freiraum hatten wir, wir trugen weiße Socken. Zu unseren Anzügen trugen wir keine schwarzen, auch keine dunkelgrauen, anthrazit- oder asphaltfarbenen, nicht einmal mittelgraue trugen wir. Wir trugen weiße Socken. Das ist jetzt ausschließlich für Eingeweihte bestimmt, von London bis Singapur gab es damals – ich weiß nicht, wie es heute ist – ein geheimes Abkommen, eine Übereinkunft, Stolz der Banklehrlinge und symbolischer Protest. Jedenfalls blitzte es zwischen Hose und Schuh, wenn man unter die Tische schaute, und was sollte eine Bank dagegen einzuwenden haben.

Wir waren die «Whitesocks».

Und ja, einer von uns, er nannte sich Mortimer, hatte den Bogen ganz besonders heraus, er trug die allerweißesten Socken überhaupt, von allen bewundert, aber auch natürlich entsprechend beneidet. Sie waren wahrlich wie Leuchtfeuer. Woher bezog der Mortimer seine Socken? Bis wir darauf kamen – das heißt ich selber kam darauf: Eines Tages nach Bankschluß ging ich nichtsahnend die Kaiser Allee hinunter, sah vor mir im Gedränge weiße Socken blitzen. Wer ging dort? Mortimer. Nichtsahnend fröhlich. Hallo, altes Faß, wollte ich rufen, wie hängt's denn, wie ist denn das Befinden, und wollte schon aufschließen. Da biegt der Mortimer plötzlich ab und betritt ein Bandagengeschäft, einen Laden für medizinische Artikel, Urinflaschen, Blindenstöcke, Verbandsrollen. Ich sehe ihn am Ladentisch mit dem Verkäufer verhandeln, sehe diesen einen Karton bringen, aus dem er etwas entnimmt. Bis es mir plötzlich wie Schuppen von den Augen fällt: Arztsocken. Mortimers Geheimnis waren Arztsocken.

*

Ja, da gab es natürlich kein Halten mehr. Mein armer Vater sagte dazu gar nichts. Stand da mit seinem Koffer, und wenn ich ganz ehrlich sein soll, empfand ich ihn damals als ziemlich unmodern. Man bedenke, in Zeiten weltweiten bargeldlosen Verkehrs transportierte er Geld in einem Koffer? Wechselgeld für die Kinokassen? Tageseinnahmen von Kaisers Kaffeegeschäft? Ja, wenn es sich um irgend etwas Verdecktes gehandelt hätte, aber für die Vossische Handelsbank im vierten Stock?

Einmal war der Koffer verschwunden. Vater

hatte ihn auf den Schreibtisch gestellt, in seinem Arbeitszimmer, am Samstag, mit Sicherheit um drei Uhr dreißig. Jetzt war er weg. Niemals, nie zuvor hatte es in diesem Haus einen solchen Weltuntergang gegeben, man hätte meinen sollen, daß hier die gesamte Existenz überhaupt in Frage gestellt wurde, alles vorherige und alles künftige Leben, es wurde nicht gebrüllt, es wurde nur totenbleich gesucht. Aber das war die wirkliche Totenblässe, so als ob hier jeden Augenblick der Executer erschiene. Ich saß in meinem Zimmer und hörte die ganze Misere, half auch noch suchen. Also um drei Uhr dreißig hatte er den Aktenkoffer noch stehen sehen. Mit Sicherheit.

Wieviel war denn drin?

Frag nicht! sagte Vater totenbleich.

Sag mal, sagte ich, meinst du etwa den, der auf dem Schreibtisch steht? – – –

Na, da steht er doch. – Da steht er nicht. – Da steht er doch. Da stand der Aktenkoffer tatsächlich unter dem Schreibtisch, vierzig Zentimeter tiefer. Also gut, ich hatte nur eine Notiz schreiben wollen, schließlich hätten sie ja auch etwas besser hinschauen können. Nicht meine Schuld. Zeigte es doch schließlich nur, in welch schlechter Verfassung sich mein Vater befand, und eigentlich hätte er mir leid tun müssen. Heute ist er tot. –

Aber vielleicht noch ein Wort zum modernen Geldverkehr. Ich meine den wirklich modernen, wie er wirklich stattfindet. Bewegt werden da nur noch Zahlen, eigentliches Geld gibt es gar nicht mehr. Ich spreche von den bunten Scheinen mit Kopf und Zahl und dem fruchtlosen Bemühen, sie einigermaßen fälschungssicher zu machen. Bargeld, um es einmal ganz drastisch zu sagen, Bargeld ist nur noch Ballast, nur noch totes Gewicht.

Bewegt wird etwas ganz anderes.

Wenn zum Beispiel eine Bank, sagen wir, die BFG, die Bank für Gemeinwesen, zweihunderttausend an die National Westminster in London, 50 Lombard Street sendet, dann tut sie das gar nicht, weder brieflich noch per Kabel oder durch sonstwelche telegrafischen Boten. Vielmehr speist sie die zweihunderttausend in ein potentielles Depot ein, ein einziges großes Zahlungsgebäude sozusagen, bestehend aus Milliarden und Abermilliarden Potenzen. Wo sie auf unerklärliche Weise verschwinden. Die Zweihunderttausend. Um aber, das ist die moderne Zeit, auf Abruf sofort wieder zu erscheinen.

Wenn man den Code kennt.

Es ist ein Sterben und eine Wiedergeburt mit null Verzögerung. Wobei sich dann das Neugeborene plötzlich in London befindet? Wie war das möglich, man weiß es nicht. Und es gibt auch keinen Code (den man kennt), es gibt Milliarden und Abermilliarden Codes, die noch dazu verschlüsselt sind, und selbst die Schlüssel sind möglicherweise noch verschlüsselt. Zu alledem.

Mit einem Wort: Geld wird nicht geschickt noch versendet, und schon gar nicht in ledernen Handtaschen, die plötzlich unter dem Tisch stehen.

Das sollte ein Witz sein.

– – –

Vater sagte dazu kein Wort. Er stand da in seinem sorgfältig aufgedämpften Anzug, ich sehe ihn noch heute vor mir, mit der mit dem Lederpflegemittel behandelten Tasche in der Hand. Stand da völlig unmodern, fest im Glauben, fest in Position, wie wir es heutzutage gar nicht mehr zustande bringen würden, stand da und blickte auf meine weißen Socken.

Und dann erzählte er mir die Geschichte von Sindabati, dem Geldträger.

11

Die Geschichte von Sindabati, dem Geldträger.

Wenn der Großfürst von Radjnapur dem Großfürsten von Mahadnapur die Daghi, die Mitgift seiner sehr schönen Tochter Namu zustellt, dann hat er zwei Möglichkeiten: Er kann die fünfhundert Goldstücke, die fünf Körbe Perlen und den makellosen Saphir «Himmelsauge» im Geleitzug, bestehend aus vier einander mißtrauenden Hofbeamten sowie vierzig ausgesucht tapferen, kampfkräftigen Wächtern in voller Rüstung und Ausrüstung schicken – womöglich auf Kriegselefanten mit Aufbauten aus gestacheltem Leder, die den ganzen beschwerlichen Weg entlangtrompeten. Woraufhin Räuber aus allen Landesteilen herbeiströmen würden, da ein solcher Zug natürlich nicht unbeachtet bliebe, und es käme dann auf die Kampfeskraft beider Seiten an, ob die Daghi jemals ihr Ziel erreichten. Denn wieviele Räuber gibt es im Land.

Oder.

Oder der Großfürst von Radjnapur kann seine Schätze dem Sindabati anvertrauen, dessen Geschäft und Kunstfertigkeit darin besteht, all diese Räuber aus allen Landesteilen eben n i c h t herbeiströmen zu lassen.

Da wird etwa ein verhärmter Bettler, ein armseliges Stück Mensch, das niemand haben will, mit Fußtritten zum Tor hinausgetreten. Seine unsägliche Habe wird ihm nachgeworfen, ein paar Lumpenballen und dreckige Körbe. Mit Hohn und Gelächter wird er weitergetreten und weiter, weil niemand ihn haben will. Bis nach Mahadnapur wird er getreten, vom dortigen Großfürsten sehnlichst erwartet.

Oder besser noch – der Bote ist mit entsetzlichen Geschwüren behaftet, ein Aussätziger, dessen bloße Nähe genügt, um ihn mit Steinwürfen weiterzutreiben. Und weiter und weiter. Die Schönheit dieser Version aber liegt in der Unberührbarkeit, weil niemand auf dem langen Weg nach Mahadnapur Hand an die unsäglichen Wikkel legen würde, mit denen die Kandaharbeulen und Aleppobeulen umwickelt sind und die möglichen Multanbeulen, fünf laufende Meter verkrusteten Tuches, das sich vorzüglich zum Transport von fünfhundert Goldstücken eignet. Ganz zu schweigen vom Bauchsack, der eignet sich noch besser. Und der hängt nun wirklich unsäglich durch.

Obwohl.

Obwohl es den einen oder anderen findigen Räuber geben mag, der – findig wie er ist – trotzdem dort hineingreift, um es dann ein Leben lang (?) bitter zu bereuen: Die eine Möglichkeit birgt immer auch die andere Möglichkeit, lieber Sohn.

Liebes Söhnlein.

Deshalb wäre kontrapunktisch noch eine dritte, eine noch ausschließlichere Bettelversion zu erwähnen, nämlich die des n a c k t e n Bettlers, du siehst, wir bewegen uns hier schon im Sprachgebrauch der Kunst. Und zu Recht. Denn wer kann schließlich einem Nackten in die Tasche greifen. Ein eindrucksvolles Bild übrigens, dieses heulende, sich grauweiß auf der Straße wälzende, nur mit einer notdürftigen Schicht von Fett und Asche bedeckte Wesen, das nichts, aber auch gar nichts sein Eigen nennt, außer vielleicht einen handgroßen Fetzen fürs Geschlecht. Und vielleicht noch seinen Glauben. Denn den hat er ja noch, nehmen wir an, Glauben an ein Vorleben als Käfer, dem es noch erheblich besser ging als diesem Bündel Mensch. Und wo will der findige Räuber denn da noch hineingreifen?

Außer…

Ja, da müßte man schon sehr genau hinsehen, um den vierzehnkarätigen «Großmogul», den gelben Diamanten von Srinagar zu entdecken, den unser Sindabati im Mund trägt, und der ihn auch noch als Taubstummen ausweist. Denn reden kann er ja nicht, mit dem Ding im Mund.

*

Du siehst, mein Sohn, die Kunst wird gemessen an ihrem Feinheitsgrad, für jede elegante Lösung gibt es eine noch elegantere. Du willst deinen Reichtum nicht zeigen, also zeig ihn nicht. Aber weil du ihn nicht zeigst, denkt man, du w i l l s t ihn nicht zeigen – also zeig ihn doch und man denkt, du willst, daß man denkt, du seist reich, also – denkt man – bist du nicht reich!

Ist das einleuchtend? Ich glaube, ja. Es ist nicht nur die doppelte, es ist bereits die dreifache Verneinung, mit der wir es zu tun haben, doch vielleicht ist sie dem Räuber – dem findigen jedenfalls – auch einleuchtend? Denn Sindabati tritt jetzt in vollem Gepränge auf, hoch zu Roß, weit ausladend, Kopf erhoben, unter Umständen dem Bettelvolk kleine Münzen zuwerfend. Vielleicht übernimmt er sich dabei ein wenig, trägt einen goldgewirkten Umhang und einen Dolch im

Gürtel, der doch recht protzig ist. Zu protzig, eigentlich, um getragen zu werden. Ein Angeber? Ein Windhund, der sich aufspielt, aus welchen Gründen immer? Oder einfach nur ein Gimpel, ein eitler Fant, der es nötig hat. Auch ist sein Gaul verdächtig hochgewiehert, und das ist immer ein sicheres Zeichen. Nein, der Mann hat kein Geld, bei dem ist nichts zu holen, das ist klar.

Und es ist hohe Kunst, mein Sohn.

Hoher Kunstfertigkeit bedarf es, diesen Balanceakt zwischen Sein und Schein (und Nichtsein) zu vollziehen, die Halbseidenen sind es, die Scheinfürsten, die von Hof zu Hof ziehen und überall vor die Tür gesetzt werden. In unsere Sprache übersetzt «schäbige Eleganz», die ja auch ihre Meriten, vor allem ihre Technik hat: Ich denke da an einen seriösen Nadelstreifen, dessen blanke Stellen mit Hirschhornsalz kaschiert werden, oder an die zu dick gebundene Krawatte, die Schuhe aus Schlangenleder (?), von der Rolex aus Hongkong ganz zu schweigen. Und die Unterwäsche ist wichtig, die muß schäbig sein – obwohl nicht sichtbar – ist doch der Träger immer auch Träger seiner Unterwäsche und benimmt sich dementsprechend. Mit grauen Rändern und Löchern unter der Achsel, möglichst einmal zu wenig gewaschen, der Träger wird dann immer etwas Ausweichendes haben. Es gibt sogar Duftwasser, die diesen Effekt unterstützen, nämlich auf unglaublich billige Weise teuer zu riechen. Hohe Kunstfertigkeit.

Hohe Kunst, mein Sohn.

Doch die höchste …

Die allerhöchste, die wir uns denken können, nicht nur halb, sondern überhaupt nicht vorhanden zu sein, das ist die Kunst des Mittelmaßes, mein lieber Sohn. Die Kunst der absoluten Durchschnittlichkeit! Und da scheiden sich nun die Geister. Nicht arm, nicht reich, nicht groß, nicht klein, nicht grob, nicht fein, nämlich überhaupt nicht, ganz und gar. Ohne jegliche Attribute, ganz ohne Aussatz, ohne hochgestriegelte Gäule, aber auch ohne Duftwasser oder Portemonnaies, bei denen die Pappe durchscheint. Es ist, um es auf höchste Ebene zu stellen, die Kunst des Weglassens.

Mein Sohn.

Dabei schaute er auf meine Socken.

Eines Morgens verläßt Sindabati sein Haus, einen Würfel mit zwei Fenstern und einer Tür, er wird auf der Straße zweimal gegrüßt von Leuten, die er nicht kennt, einmal wird er nicht gegrüßt, den allerdings kennt er. Es ist heiß, er trägt helle

Kleidung, wenn es nachher kühler wird, trägt er dunkle, er hat sich die Haare schneiden lassen, aber nicht zu sehr. An diesem Morgen, es ist ein Mittwoch, nimmt man an, daß es abends regnen wird, also nimmt er es auch an. Brille trägt er keine, ist aber kurzsichtig. Aus einem Haus, einem Würfel mit zwei Fenstern und einer Tür tritt ein Mann, geht die Straße hinunter in heller Kleidung, er trägt keine Brille, nimmt aber an, daß es später regnen wird, vorläufig schwitzt er und fährt sich mit der Faust über die Stirn. Der Mann, nein, der andere Mann trägt helle Kleidung und wird einmal gegrüßt, Sindabati zweimal, der dritte Mann, der aus dem Haus getreten ist, grüßt ihn. Er glaubt an Regen, geht die Straße hinunter, wird von dem anderen Mann gegrüßt, Sindabati, der Geldträger, geht die andere Straße hinunter. Siehst du?

Was du nämlich nicht siehst, sind die fünfhundert Goldstücke, die er sich an einer Schnur fünfmal um den Leib gewickelt hat und den sechzehnkarätigen «Stern von Madras» trägt er nicht im Mund, sondern in der Faust, mit der er sich über die Stirn fährt, während er die Straße hinunter geht.

So geht das.

«Ich weiß», sagte mein Vater, «daß du in deiner Bank nicht übermäßig glücklich bist. Daß dir diese geordneten Verhältnisse, wie sie geboten werden, wenig erstrebenswert erscheinen, ich weiß. Das gute Ein- und Auskommen, mit Pensionsanspruch, selbst die vorhandenen Aufstiegsmöglichkeiten erscheinen dir wenig verlockend.

Allzu mittelmäßig.

Ich weiß.

Deshalb laß dir sagen, mein Sohn, Mittelmäßigkeit ist eine Gnade! Das magst du vielleicht noch nicht einsehen, aber laß dir sagen, sie ist die wahre Tugend, die den Menschen durchs Leben bringt.»

Mit einem ausdrücklichen Blick.

«Und deshalb so sehr erstrebenswert.»

«Wie aber», fragte ich beklommen, «ging sie dann weiter, die Geschichte des Sindabati, des Geldträgers, wie ging sie denn aus?»

«Sie ging gar nicht aus», erklärte mein Vater, «sie hat kein Ende.»

*

Eines Tages – eines schönen Tages am Ende des Monsuns, als die Mantu-Bäume ihr rotes Kleid trugen, als Mandelmilch in der Luft lag und jedermann sich leicht fühlte – nahm Sindabati sein Söhnchen beiseite und führte ihn in sein Arbeitszimmer im hinteren Teil des Hauses. Dazu mußten sich beide bücken, um unter dem Türbalken hindurch zu kommen, und drinnen richteten sie sich auch nicht auf, nahmen auf dem mit Perlmuttsternen eingelegten Rosenholzboden Platz, den niemand, der draußen auf der Straße ging, hier drinnen vermutet hätte. Sindabati auf einem großen Pfauenkissen und das Söhnchen auf einem kleinen. Und dann erzählte er ihm die Geschichte vom Geldträger, er erzählte sie ihm sehr schön, damit dieser, das Söhnchen, sie seinem Söhnchen eines Tages genauso schön weitererzählen konnte.

12

Lieber Freitag, Herzensbruder!

Es ist geschehen, sie haben mich.

Wer hat dich?

Sie haben mich gefunden, ich bin dran.

Woran, um Gottes willen?

Sie haben mich aufgespürt, Herzensbruder, hier in Grevesmühlen, sie haben mich am Wikkel, verfluchte Scheiße, ich muß verschwinden und zwar schleunigst die Fliege machen, tut mir leid. Du wirst jetzt für einige Zeit nichts von mir hören.

*

Ja, gleich am Morgen, gleich als ich aufwachte hatte ich dieses Gefühl, eine irgendwie schlechte Aura, sie störte mein Ritual. Und als ich aus der Bahnunterführung auf die Straße trat, hatte ich es wieder. Das Gefühl. Ich machte meine Besorgungen, in der Eisenwarenhandlung, im Gemüsekeller am Markt, im Seilergeschäft Tenzien – so etwas gibt es hier noch –, ging sogar zum Stadtamt, zur Abt. für Versorgungsfälle. So etwas leiste ich mir manchmal. Aber als ich wieder auf die Straße trat, spürte ich das Ziehen im Nacken, oder wie soll ich mich ausdrücken, und als ich mich umdrehte – – wie ich mich umdrehe, steht da ein dicker Mann, völlig …

Was soll ich sagen.

Völlig harmlos.

Die Otto-Grotewohl-Straße ist um diese Zeit fast leer, das Internet-Café sowieso geschlossen. Um diese Zeit. Kein Schritt hallt, keine Bahngeräusche, es ist tiefer Mittag in Grevesmühlen. Die Abzweigung Augustenstraße mit dem Eingang zur Unterführung leer, fast lächerlich leer, die Unterführung, in die ich eintauche, grünlich gekachelt, bräunlich abgesetzt. Und ich bin auch schon halbwegs durch, durch den Tunnel, also knapp bei meiner Bhn W4 angelangt, als ich vor mir diese Silhouette sehe. In besserer Verfassung hätte ich sie kaum bemerkt.

Sie steht vorgebeugt, offenbar wartend oder verharrend im Tunnelausgang, etwa dreißig Meter vor mir, unbeweglich und eindeutig nicht ortsansässig. Grevesmühlener laufen immer möglichst schnell durch, weil es hier etwas stinkt – sie sollten wenigstens die schwarzen Pfützen beseitigen.

Soweit, so gut.

Mein Gefühl hatte nicht getrogen.

Aber wie ich mich nun umdrehe, um den Rückzug anzutreten, denn der steht mir ja immer noch offen, wie ich also nach hinten schaue, zeichnet sich dort im Tunneleingang eine zweite, noch eindeutigere Silhouette ab. Vorgebeugt wartend. Mit einem Ding in der Hand und auf gar keinen Fall ansässig. Was soll ich sagen, es hatte wirklich nicht getrogen.

Ich bin dran.

Ich habe jetzt zwei Möglichkeiten, ich kann zügig weitergehen, ganz hindurch, und dem Mann am Ausgang in den Bauch stoßen. Oder. Ich kann den Augenblick nutzen und mich in Luft auflösen. Sie können aus der Helligkeit hier drinnen kaum etwas erkennen, sie werden denken, ich hätte eine Abzweigung genommen, die dann gar nicht vorhanden ist. Sie werden eine verrostete Eisentür finden und sich wundern. Ich kann mir den Ablauf genau vorstellen, auch wieviel Zeit für das Wundern verbleibt. Die ich nicht abzuwarten gedenke.

Um das ganz klarzustellen, es handelte sich um keine Panik.

Keine übereilte Reaktion meinerseits.

Ich bin von unten gleich ganz durchgelaufen, in gerader Linie durch die gesamte Bahnmeisterei, durch alle Haupt- und Nebenflügel gleich bis zum Ausgang Bleicherstraße. Draußen herrscht noch immer tiefer Mittag, kein Hund, kein Mensch, ich bin schnell gelaufen aber nicht zu schnell. Es sind acht Minuten zu Fuß bis zum Bahnhof, und es steht immer ein Zug bereit.

Nicht einmal die Zahnbürste hatte ich mitgenommen, keinen Hut, keinen Mantel – den lehmgelben Mantel mit dem lehmgelben Hut. Nicht das schöne Eßbesteck aus Dresden und nicht die Komfortdecke, nicht einmal meine geliebte Flauschjacke hatte ich mitnehmen können. Und ich habe mich nicht ein einziges Mal umgesehen.

*

Lüttich.

Sich in Lüttich ins Bild zu fügen ist eine Herausforderung. Es hätte auch Koblenz oder Saarbrücken sein können, doch erscheint Lüttich als Aufenthaltsort weitaus unsinniger, ideal für einen Ortswechsel. Lüttich ist völlig veraltet, hier treffen Neunzehntes Jahrhundert, wallonische Küche und ausgesprochener Deutschenhaß aufeinander. Kein Mensch, der seine Sinne einigermaßen beieinander hat, würde sich hierher verirren, im Vergleich zu Grevesmühlen ein Alptraum. Vor allem ist es die Sprache, die besonders unsinnig erscheint, eine Art französisches Platt, ein Patois, auf das sie hier auch noch stolz sind. Schwer zu imitieren. Ich habe immer den Grundsatz befolgt: Wenn in Rom, tu wie die Römer tun, dagegen heißt es hier: Wenn in Lüttich, beileibe keinen Lüttich-Dialekt sprechen, man erkennt dich sofort. Meinetwegen sprich Lothringisch, besser noch Kanadisch, das kann niemand kontrollieren. Fremdenlegionfranzösisch.

Du siehst, lieber Freitag, ich bin in vollem Gange, eine neue Deckadresse zu erfinden. Etwa als Handlungsreisender Frasonpierre, der sich auf der Rückreise (von Köln) im Abteil erster Klasse befindet. Von Familie, Frau und zwei Kindern in Lüttich – vielleicht etwas zwiespältig – erwartet? Der Mann hat ein Strichbärtchen, wie es heute nicht mehr modern ist, das ihm aber das Air eines sinnlichen Mannes verleiht. Vertreter für Weine? Soweit will ich nicht gehen, aber eine Getränkefirma ist ihm anzumerken (dazu kreiere ich einen leicht säuerlichen Geruch), auf keinen Fall ist er ein Deutscher.

Ich kann natürlich auch noch eine Baskenmütze drauflegen, oder besser einen Hut mit schmaler Krempe, wie ihn Jean Gabin trägt, und in Wirklichkeit ist Lüttich natürlich eine wunderschöne Stadt, wenn man den richtigen Blickwinkel hat.

*

Wie immer ist es ein regnerischer Tag, spätnachmittags, um halbfünf, als ich auf der Station Longdoz in Lüttich eintreffe, wie immer ohne Gepäck. Allenfalls mit einem Täschchen, in dem sich ein Viertel einer kalten Hasenpastete sowie eine angebrochene Flasche Languedoc befinden.

Wenig Betrieb auf dem Bahnhof. Ich haste über die Überführung, kein Mantel, auch etwas drahtiger als sonst, wahrscheinlich wegen der sehr eiweißreichen Küche. Ahh, Herr Qualtin auf der anderen Seite, ich grüße. Der Mann hastet wie ich, wahrscheinlich von einer Freundin kommend, von Frau und zwei Kindern zu Hause (zwiespältig) erwartet. Er trägt einen lang herunterhängenden Schal, der ihm hinten fast in die Kniekehlen reicht, und ich mache eine mentale Notiz, mir auch einen solchen zuzulegen. Es ist die Gegend der kleinen, aber sehr eleganten Geschäfte um die Passage Lemonier herum, durch die ich haste. Das Spiel der schwarzen Lichter, der Messingblitze und der offenen Düfte, wie wir sagen. Obwohl Bruxelles uns immer den

Rang ablaufen möchte. Da ist ein Eckladen im Passagenkreuz, ein irrsinnig elegantes kleines Ungeheuer in grauschwarz gestreiftem Samt, in dem es alles gibt, alles für den Herrn, grau schwarz gestreifte Krawatten, Tigerzähne, kleine goldene Segelschiffe, Reiseetuis, Globusse aus Leder, kleingemusterte Seidenschals und, was immer ganz besonders elegisch macht, ein riesiges beleuchtetes Steuerrad aus Messing.

Denn dieses ist die Verfassung, in der man sich hier befindet, elegant und mutlos. Und das gilt ganz besonders für Handlungsreisende, die spätnachmittags auf dem Bahnhof eintreffen, Strichbärtchen oder nicht, Hasenpastete oder nicht, die Zugehörigkeit muss von innen her erarbeitet werden. Denn jetzt betrete ich die Selbstmörderbrücke. Das ist der lange eiserne Bogen über die Marne, gleich hinter dem Zentrum, wo sie Fanggitter am Geländer angebracht haben, wenn das etwas aussagt über diese Stadt der Witwen. Der Wind weht, die Lichter schimmern elegant, die Seele ist schwarz. Meine Seele. Von niemandem und nichts erwartet. Von gar nichts, weder Frau noch Kind, noch von einem Dialekt, den ich sowieso nicht sprechen kann. Man sieht, ich versuche hier eine Desolation zu vermitteln, ein Gefühl des Unwiederbringlichen, das notgedrungen jeden Menschen auf dieser Brücke über die Marne befallen muß, insbesondere aber den, der sie so schwer und unwiederbringlich betritt wie ich. Der Wind weht, das Wasser rauscht…

Und dann das Wunder?

Ich möchte die Position nicht allzugenau angeben. Man geht also über die Brücke, unter der sie draußen vor dem Geländer eigenartig bauchige Drahtnetze gespannt haben, dann noch ein Stück die Rue sous l'Eau hinunter bis zu der Kohlenhandlung rechter Hand, wo sich ein schmaler Durchgang befindet, diesen auch noch hinunter bis zum Wasserwerk – das heißt, die Mauer mit den Eisentüren gehört nicht dazu, es sind Abstellplätze, die ganze Reihe hinunter und von der Straße her zugänglich. Ich weiß nicht, was die Leute hier abstellen, ihre Motorräder oder, was weiß ich, ihre Bootsausrüstungen. Ich jedenfalls schließe die Nr. 14 auf, ja, mit einem Schlüssel, dazu muß ich allerdings erst das verrostete Fahrrad und den Sack mit Blechbüchsen forträumen, auch noch die alte Feuerharke oder was das sein soll, aber dann schließe ich auf. Es ist sogar geheizt.

Ein sanftes teefarbenes Licht empfängt mich, eine leise Musik aus «Hotel Costes», beim Eintritt automatisch einsetzend, der Glenfiddich in der Karaffe, auf den lege ich Wert. In der Glaskaraffe auf dem Tisch. Beim Eintritt.

Oh ja, auch der leise Zimtgeruch der Wandverkleidung empfängt mich – dieses Holz ist in Lüttich leicht zu beschaffen, es dient zur Herstellung von Zigarrenschachteln (das habe ich früher nicht gewußt), und zwar der ganz teuren Sorten: Cuba fußlang mit der Bauchbinde. Nun, meine ganz persönliche Zigarrenschachtel hier mißt 3 x 2,5 Meter, 3 Meter hoch, mit Wasser- und Lichtanschluß, und sie empfängt mich wie einen langentbehrten Freund. Hinter dem Fensterschlitz an der Rückwand geht es tief hinab in einen Garagenhof und dahinter noch tiefer in die Kohlenhandlung mit ihren schwarzen Halden und den mechanischen Schauflern, wo ein Hund bellt. Ein ferner Hund im Hintergrund.

Ich bin zu Hause.

*

Wenn ich jetzt den Kleiderschrank öffne, hängen dort Mantel und Hut, oh ja, der gleiche lehmgelbe Mantel und der gleiche lehmgelbe Hut, auf dem Küchenregal liegt das sehr schöne Eßbesteck aus Dresden, auf dem Sofa die Komfortdecke, und die Perlmuttzahnbürste mit dem Lichteffekt, wenn man sie dreht, ist auch die gleiche – sogar die geliebte Flauschjacke befindet sich zusammengerollt auf dem Stuhl, wo sie hingehört – sie sieht etwas zu neu aus, ungetragen, aber das ist sie auch und wird es nicht lange bleiben.

Morgen früh, wenn ich aufwache, werde ich mich nicht erinnern, jemals an einem anderen Platz gelebt zu haben, jemals als Nicht-Lütticher. Ich werde mich wohl befinden und voll restauriert einem angenehmen, vielleicht etwas leichtfertigen lütticher Tag entgegensehen. Ich werde zur Rue Prison Tallot vorgehen, wo sie einen exzellenten Limburger zum Frühstück servieren, mit einem kleinen Weißwein, wunderbar! Heiße Waffeln, einen Café au chaud, Gott, tut der gut. Und ich werde mich dann noch entschließen, das blödsinnige Paar Sattelpistolen zum Anstecken zu kaufen, achtzehner Gold von Friquot. Geld genug scheint vorhanden.

Übrigens. Die Stahltür, ich meine die dicke eiserne Tür, hatte ich diesmal also nicht installieren müssen, ich wollte es nur erwähnen.

13

Lieber Freitag.

Ein Umstand bereitet mir Sorge. Wieso hatte ich die beiden Gangster nicht frühzeitig entdeckt. In Grevesmühlen sieht jeder jeden mindestens einmal am Tag, spätestens am Nachmittag, auf der Otto-Grotewohl-Straße. Ich wußte doch, wie sie aussehen, ein Dicker und ein Dünner, also wieso. Dafür gibt es nur eine Erklärung.

Man mußte sie ausgewechselt haben.

– – –

Sie wechseln sie aus!

*

Ich gebe zu, es macht mir Angst. Bisher habe ich mich einigermaßen darüber hinweggesetzt, das sollte man mir zugestehen. Einigermaßen fröhlich. Ich habe meine Brüder Karamasow einigermaßen lächerlich gemacht (ich darf sie doch so nennen), ich habe mit Entsetzen gespielt, gewissermaßen.

– – –

– – –

Ich werde dir sagen, wovor ich Angst habe. Vor der Fingerfolter. Davor habe ich Angst, da beschleicht mich das Entsetzen, vor der ganz gemeinen und simplen Methode. Daß sie mir zusetzen, daß sie mir die Finger zerquetschen. Es soll Stunden um Stunden dauern, wie man hört, und es gibt nicht einmal die Möglichkeit, gnädig das Bewußtsein zu verlieren, weil es nur die Finger sind.

Lieber Freitag, erkennst du die Tragweite?

*

Dazu muß ich aber weiter ausholen ...

Mein Vater hat gesagt, «wer dich nicht kennt, kann dich nicht verraten». Damit meinte er seine heißgeliebte Anonymität, die er Zeit seines Lebens vertrat. Und auch weiterhin zu vertreten versuchte, im Umgang mit Leuten, in der Wahl seiner Adresse, obwohl sich einiges bezüglich unserer Vermögensverhältnisse verändert hatte. Vater war fein geworden, er trug nun bestes Tuch, maßgeschneiderte Hemden, er fuhr einen Maybach, der ja auch nicht gerade billig ist, hechtgrau speziallackiert, blank wie eine Glasscheibe. Verstieß damit eigentlich gegen seine eigenen Prinzipien. Unsere liebe Mutter, Ehefrau, Schwester, Schwägerin und ehemals weißer Geist des Hauses war nur noch bettlägerig, ein Trauerspiel. Ich hatte meine Lehre als Bankkaufmann beendet und war, wenn man so wollte, tätig, wenn auch zeitlich begrenzt. Denn wir sind sehr oft umgezogen damals, nach Essen, nach Ludwigshafen, später nach Berlin. Es hielt meinen Vater leider nicht sehr lange an einem Ort, er kutschierte in seinem Maybach umher, und dann waren wir wieder umgezogen.

Zuletzt nach Luxemburg.

*

Luxemburg stellte eine Art Kulmination dar, in Luxemburg war man angekommen, und nicht nur finanziell. Wir bewohnten eine kleine «Obere Villa», die Vater zu einem, wie ich annehme, beträchtlichen monatlichen Preis gemietet hatte, einen viereckigen Turmbau mit seitlichem Flügel in massisch pompejanischem Stil. Es gab viele solcher Villen wohlsituierter Leute in dieser Lage, alle mit Blick über das Alzette Tal. An sich war das Haus viel zu groß für uns, und seit Mutters Tod herrschte Lotterwirtschaft, die jeder Schönheit abträglich war. Überall lag Zeug herum, das schöne Goldmosaik im Eingang war mit nassen Mänteln zugehängt und die Figuren des Treppenaufgangs im Staub vergraut. Überhaupt wurde Vater zunehmend nachlässiger, seit diese große lymphatische Frau von uns gegangen war. Ihre stille weiße Gegenwart füllte noch immer die Räume, ein ans Fenster gerückter Stuhl, den niemand fortgerückt hatte, eine geklebte Tischdecke, in die sie mit dem Brotmesser gefahren war, ein Handtuch (ihr Handtuch) am Haken. Ich glaube, zu Lebzeiten hatte Vater sie nie völlig wahrgenommen. Jetzt finde ich ihn plötzlich im Badezimmer, wo er selbstvergessen auf eine Haarbürste schaut, die dort liegt. Oder er steht in der Halle, steht dort mit geneigtem Kopf und horcht, horcht auf was? Weißt du nicht, daß ich schlafe? Ich muß das leider sagen, weil die Dinge eben doch nicht ganz so lagen, wie sie lagen, und die letzte Konsequenz – Gott steh mir bei – definitiv die letzte sein würde. Mein Vater, «Der Eismann» oder «Der Mann im Eis».

Einmal, als ich von meiner Arbeit in der Bank nach Hause kam, stürzte er mir mit einem anscheinend allzu hastig gepackten Koffer entgegen, ein Hemdsärmel hing heraus, und den Hut hatte er sich verkehrt herum übergestülpt. Er brüllte mir etwas zu und ich dachte, er hätte vielleicht einen eiligen Auftrag und der Flieger startete in wenigen Minuten. Es dauerte aber fast sechs Wochen, in denen ich vor Angst verrückt wurde – bis er zurück kam, und das ohne große Erklärung. Ich gebe aber zu, daß ich damals bereits meine eigene Erklärung hatte, eine sehr bestimmte sogar, schließlich hatten sich ja genügend Hinweise angesammelt. Nein, bezüglich Mitwisserschaft bekenne ich mich durchaus schuldig, immerhin war ich in diesen fast sechs Wochen nicht zur Polizei gegangen.

Oh, das habe ich vergessen. Zwischendurch kamen zwei Herren, die sich höflich nach meinem Vater erkundigten, beide viel zu gut gekleidet, es klingelte, und da standen sie vor der Tür. Sie erschienen sogar zweimal, ein Kleiner und ein Großer, der Kleine hatte Schuhe aus weißem und braunem Leder, die wie Tiere im Zoo aussahen. Die Höflichkeit reichte auch nur bis zur Mitte des zweiten Besuches, brach dann abrupt ab, und beim Verlassen des Hauses tat der Größere der beiden etwas Eigenartiges, er drehte sich plötzlich um und zeigte mit dem Finger auf mich. Was immer das bedeuten sollte.

*

Luxemburg war zu dieser Zeit gerade entdeckt worden, ich meine das Luxemburg der Steuermüden, der braven kleinen Betrüger, die hier Tag für Tag eintrafen und honorig durch die Stadt liefen. Voller Angst, versteht sich, aber auch voller Bedeutung und Gewicht, weil sie sich für reich genug hielten, von dem Umstand, der sie herführte, Gebrauch machen zu müssen. Mit gesetztem Kinn und feinem Lächeln und möglichst unerkannt, natürlich, daran erkannte man sie.

Genauer gesagt gab es drei Sorten, die sich im Stadtbild abzeichneten: Die teure Sorte, die mit rothaarigen Sekretärinnen im «Grand» oder im «Imperial» abstieg – mit schwindelerregendem Blick auf die Unterstadt –, wobei diese, die Sekretärinnen, eine Nacht lang ungeniert laut stöhnten (ich habe es gehört). Die zweite, die mittlere Sorte hingegen, war eigentlich die interessantere. Es waren Ehepaare, ältliche oder mittelalterliche, Hand in Hand, er hellgrau mit Mütze, sie im Kostüm von Hertan (nicht Hertie). Das war das Interessante, daß sie sich an der Hand hielten, wohl weniger aus Liebe: Sie kamen im Auto mit Düsseldorfer Kennzeichen und wurden hier für einen Tag kriminell. Und dann gab es noch die wirklich Kriminellen, die mit kleinen Schachteln im Bahnhofsviertel abstiegen, klar erkennbar als untere Sorte. Sie trugen feine Anzüge, nein, keine Streifen, derzeit trugen sie Hahnentritt, dazu Schuhe aus weißem und braunem Leder, naja, das ist natürlich ein dummes Klischee, in Wahrheit waren sie nicht zu erkennen, außer daß sie im Hotel Rio oder im Great Western abstiegen. Der Bahnhof in Luxemburg übrigens ist ein phantasievolles Gebäude im Ananas-Stil der Jahrhundertwende mit wuchernden Säulen, Türmen und Figuren, und insofern schon eine Reise wert.

*

Es kam der Tag, an dem mein Vater zusammenbrach, laut und scheppernd in der Küche, wo er Kartoffelkroketten für sich in der Pfanne briet. Ich hörte das Geräusch vom oberen Stockwerk her, es war ein Stapel Geschirr, der zertrümmert am Boden lag, daneben mein Vater mit ausgebreiteten Armen. Ich glaube, er hatte zusammenbrechen w o l l e n, angesichts der fürchterlichen Lage, in die er sich gebracht hatte, das glaube ich heute, damals dachte ich zunächst, er hätte einen Herzschlag erlitten.

«Vater!»

Er betrachtete mich, als ob er mich zum ersten Mal in seinem Leben sähe, dann richtete er sich auf.

«Erinnerst du dich an das Haus in Minden, in dem wir wohnten? Mit Mutter?»

«Vater!» rief ich, «beruhige dich doch!»

«Mit Mutter.»

«Es ist ja gut, Vater», rief ich in meiner Angst, «es ist nicht schlimm, es ist gar nicht schlimm, du bist gestürzt.»

«Nein, nein», beharrte er, «in Minden, weißt du, was da im Hof war, was ich da gemacht habe?» Was hatte er gemacht, den Dreck von einer Seite auf die andere gekehrt, wie ich mich erinnerte, von einer beschissenen Seite auf die andere.

«Nein, nein, was ich da hatte?»

«Was hattest du.»

«Einen Briefkasten!»

Einen Briefkasten, das machte mir nun wirklich Angst, daß er darauf bestand. Ich holte ein nasses Tuch, ein Glas Wasser, seine Herztropfen, hatte er überhaupt Herztropfen? Ich glaube nicht.

«Nein, nein», er richtete sich auf.

«Jetzt leg dich wieder schön hin, am besten aufs Sofa, siehst du, da kannst du mir in aller Ruhe die Geschichte von deinem Briefkasten erzählen.»

«Im Hof», krächzte er.

«Ja, ja, im Haus, eine ganze Reihe», beruhigte ich ihn, «für jede Wohnung einer.»

«Nein, nein», jetzt krächzte er wirklich.

– – –

«Der Briefkasten im Hof!!!»

Oh, Gott, es war heraus, Vater war wirr im Kopf geworden. – In diesem Augenblick schlug die Uhr in der Diele zwölf, und wie durch Zauberei schlugen kurz hintereinander auch die Uhren von St. Michael, von St. Jean und die der von hier aus nicht sichtbaren großherzoglichen Residenz – dazu muß man wissen, daß Luxemburg ein höchst dramatisches Stadtbild hat, reich gebaut, imponiert es vor allem durch dramatische Höhenunterschiede. Von den Festungswällen schaut man senkrecht zweihundert Meter in die Tiefe, wo kleine Eisenbahnen fahren, wo Parks und Obstgärten sich erstrecken, Kinderspielplätze mit ganz winzigen Kindern ohne Laut bei diesem Höhenunterschied. Das erklärt auch, daß die Stadt selbst niemals, weder von den Habsburgern, noch den Franzosen oder Niederländern je erobert wurde. Man saß hier immer in Sicherheit.

Zwölf Uhr. –

14

Lieber Freitag.

Man nennt es einen «Briefkasten». Leute kommen und legen dort etwas ab, und dann kommen andere Leute und holen es sich. Es ist ein geheimer Ort, ein Versteck. Ein Schließfach, ein Sandkasten auf der Straße, ein blindes Loch, ein Schrotthaufen irgendwo in einem Hof.

Wir wollen uns jetzt nicht hinstellen und behaupten, wir hätten gar nichts gewußt. An der einen oder anderen Stelle ist natürlich immer etwas durchgesickert. Nicht umsonst hatten wir uns Sorgen gemacht, Vaters Tätigkeit betreffend, ich weiß, daß meine arme Mutter oft geweint hat, dabei gab es eigentlich gar keinen Grund. Vaters Tätigkeit hat sich, genau genommen, immer noch in den Grenzen des durchaus Legalen bewegt – er betreute das Geld anderer Leute, viel Geld, großes Geld, sehr großes Geld. Nur fragt es sich, wessen Geld. Leute kamen und legten es ab, und er nahm es und leitete es in die Kanäle seiner Bank ein, wo es verschwand. Wo es durch die unendlichen Verästelungen lief, durch das

Geben und Nehmen, durch die Zinssätze und Währungsdifferenzen und die Zinssätze der Zinssätze, wo es zum Rüstungsfonds und Staatsdarlehen von Venezuela wurde oder Kamerun. Als Rücklagen, Optionen und Kursgarantien, die sich veräußern ließen, und wenn das viele Geld, das sich möglicherweise auch noch vermehrt hatte, wieder in der Mindener Filiale erschien, war es gewaschen, war es – das viele schmutzige Geld – sauber.

Vater, der Geldwäscher.

*

Jawohl, eines Tages hatte er mich beiseite genommen, um ein ernstes Wort mit mir zu reden. Ich war acht Jahre alt damals, ich weiß es, weil ich etwas ziemlich Schlimmes angestellt hatte. Er sagte:

«Verbrechen zahlt sich nicht aus!»

Crime does not pay.

Das hatte er gesagt und hatte es ernst gemeint, soweit es die Folgen, die Proportion von Gewinn und Verlust betrifft, und den Dauerschaden, der unweigerlich resultiert. Was ich nur bestätigen kann. Noch heute empfinde ich ein Schamgefühl, weniger über das, was ich getan hatte, als daß es so leicht entdeckt wurde. Ich habe es nie wieder getan. Dabei hatte das Ganze eigentlich mehr Symbolcharakter gehabt.

– – –

Kindergeburtstag. Gartenfest mit allem, was dazugehört, Torte und Kakao, Trampolin für Sechs- bis Achtjährige, alle Freunde waren da, Mädchen mit Zöpfen, eine großspurige Eisenbahn wurde zwischen Blumenrabatten aufgebaut. Denn es war ein reiches Kind, ein Kind reicher Eltern, dessen Gabentisch wir hier bewundern durften. Da gab es zum Beispiel diese Kinderpost, oh, so etwas hatte man noch nicht gesehen, ich glaube, auf der ganzen Welt gab es keine üppigere Kinderpost. Mit Briefen, Briefmarken, Briefwaage, Paketwaage, Paketen, einen ganzen Schaltertisch gab es, mit Glasabteilungen, Zahlkarten, Postanweisungen, Wertsendungen. Und dann gab es natürlich auch Geld, ganze Packen davon, in großen Mengen und hohen Nominationen. Ich weiß nicht, vielleicht sollten Lotterieeinnahmen transportiert werden? Oh, es war wundervolles Geld, absolut echt und feingestochen, die blauen Hunderter, die braunen Tausender – wir lebten ja noch in der Mark-Zeit – sogar das Papier fühlte sich echt an, von Künstlerhand geschaffen.

Das hast du gestohlen?

– – –

Alles?

– – –

Ich habe den Augenblick genutzt und die ganze Sore abgeräumt. Alles. Ich habe nicht widerstehen können, die Versuchung war zu groß gewesen. Habe mich aufs Fahrrad gesetzt und bin an den Lankower See gefahren, es hätte auch Amerika sein können oder Australien. Natürlich war es nur Spielgeld, es hatte nur ein Viertel der normalen Größe, und insofern natürlich nur Symbolwirkung. Aber es war wirklich gut gemacht und das Verbrechen war auch echt sowie Sühne und Zeichnung fürs künftige Leben. Geistig jedenfalls.

Die Entdeckung war denn auch auf dem Fuß erfolgt, gleich als ich abgefahren war. Man hatte den ganzen Garten abgesucht – obwohl der Eigentümer gar keinen Wert auf die Postgebühren gelegt hatte –, das Geld war verschwunden. Und wer war noch verschwunden?

– – –

Als ich mich um zehn Uhr nachts endlich nach Hause traute, fand ich dort die ganze liebe Geburtstagsgesellschaft versammelt, alle Freunde und Schulkameraden, alle Mädchen mit dicken Zöpfen. Um zehn Uhr nachts, so sind die Menschen beschaffen.

Mein Vater sah sehr ernst aus (Crime doesn't pay).

*

«Aber wie», rief ich aus, «wie konntest du dich bloß mit solchen Leuten einlassen, du weißt doch, was das heißt!»

«Du hast keine Ahnung», ächzte er, «heutzutage kann man sich seine Kundschaft nicht mehr aussuchen, du weißt nichts!»

Ich wußte nichts. Hier stand ich in dieser Luxusvilla im pompejanischen Stil in Luxemburg mit einer Menge Scherben auf dem Fußboden und einem zusammengebrochenen Vater auf dem Sofa – so weit immerhin hatten wir es gebracht. Und wie, um Himmels willen, hatte er sich überhaupt mit solchen Leuten einlassen können!

– – –

Folgende furchtbare Geschichte: Da hatte es also einen Schrotthaufen im Hof gegeben, in dem Haus am Färbergraben, wo wir wohnten. Einen alten verrosteten Badeofen in der Ecke. Oder ist es eigentlich nur die Hülle eines Badeofens gewesen, verrottet, verbeult und mit Gras überwachsen. Unter all dem Gestrüpp und Bewuchs kaum zu sehen.

Also dieser Schrotthaufen hatte unten ein Loch, gerade groß genug, daß ein Kind hätte reinkriechen können, nicht größer. Aber auch nicht kleiner. Oder um eine Tasche mit Geld reinzuschieben, möglichst dreckig, oder einen anderen dreckigen Packen, oder sonstwas. Wenn man versteht, was ich meine.

Dieser «Briefkasten» lief hervorragend, er lief ideal. Leute kamen und legten ab. Und dann kamen sie wieder und legten wieder ab. Der Zugang war frei und dennoch abgeschottet durch die Toreinfahrt. Bei Nacht. Und auch bei Nebel. Schlimmstenfalls sogar bei Sonnenschein.

Er lief so gut, daß er fast als Modell gelten konnte.

Und dann war er weg.

– – –

Ja, eine fürchterliche Geschichte. Eines Tages plötzlich über Nacht, man weiß nicht wie, war der gute Badeofen verschwunden. Hatte sich schier in Luft aufgelöst. Keiner weiß, wie es geschah, am Morgen war die Welt nicht mehr dieselbe, selbst das Gras war verschwunden, anscheinend hatte sich jemand ausgiebig bedient.

«Jemand», ächzte der Vater.

– – –

«Na, und? Wieviel ist es denn gewesen, wieviel Geld?»

«Das weiß ich doch nicht», krächzte er.

Dann packte er mich am Arm, so wie es Sterbende tun, die noch etwas sagen wollen und nicht mehr dazu in der Lage sind.

«Ich habe eine faule Zahl eingespeist. Ich hatte die Wahl: Mein Leben oder eine faule Zahl.»

– – –

Eines von beiden.

*

Eines jedoch blieb bei der Geschichte im Dunkeln. Wenn jemand das Geld nehmen wollte, wieso hatte er dann den ganzen Ofen genommen? Ich meine, das wäre doch nicht nötig gewesen. Oder wer, um alles in der Welt, sollte denn so blödsinnig sein, eine alte Rosthaube zu stehlen. Frage ich.

Vater hatte ständig einen gepackten Koffer im Flur stehen. Immer bereit stand er eigentlich jedem im Weg, war aber inzwischen bereits Bestandteil des pompejanischen Treppenaufgangs geworden. Vater zeigte mir einmal, wieviel er wog, nämlich gar nichts. Er zeigte es mir, indem er den Koffer mit zwei Fingern hob und eine Weile ausgestreckt hielt. Voller Stolz. Ich habe bei Gelegenheit einmal hineinschauen dürfen, und ich muß sagen, der Inhalt berührte mein Herz, das heißt, die Umsicht und Präzision, mit der er zusammengestellt war, berührten es. Mein erfindungsreicher Vater hatte hier eine Universalgarderobe erfunden, die jeglicher Klimazone von der Arktis bis zu den Feuchttropen gerecht wurde. Ich übertreibe nicht, wußte er doch nie, wohin es ihn verschlug.

Zum Beispiel der Mantel, ein federleichtes Ding für notfalls schwersten Regen, ja, aber dieser hatte auch ein Doppelfutter aus einer silbrigen Folie, sogenannter Weltraumfolie, die also im Bedarfsfall zehn Grad Kälte abhielt, oder mehr. Ich versteige mich sogar zu der Annahme, daß es da auch noch Luftkammern gab, die zur weiteren Isolation aufgeblasen werden konnten, zugetraut hätte ich es ihm.

Oder der Anzug. Es gab nur einen, aber es waren zwei, ein Wendeanzug, innen naturschwarz und außen neutral kokosfarben. Oder umgekehrt. Er war noch federleichter und für Rio oder Singapur geeignet, – damit er aber auch in Moskau getragen werden konnte, gab es noch ein langes Unterzeug aus Angorawolle, Oberteil und Unterteil in einem Stück, so leicht, daß es praktisch davonflog. Also damit hätten sich noch zehn weitere Minusgrade bequem aushalten lassen.

Die Erfindung des superleichten Reisens. Ich glaube, ich hatte meinen Vater nie mehr geliebt als beim Anblick dieses Kofferinhalts. Federschuhe mit Luftkissen, Aluminium-Rasierer (Skelettausführung), Minibürste, Mini-Zahnbürste, Mini-Aspirin, Hosenträger aus Angelschnur, Tennispullover aus Daunen, Hemden aus gar nichts. Dieser Mann reiste leicht, so wie man von einem Zimmer ins andere geht.

Ich vergaß, zu diesem Anzug gehörte noch ein separater Kragen, ein Latz aus schwarzem Satin, der auf das Schwarz gesetzt eine Art Smoking-Effekt ergab, einen Tuxedo. So daß selbst einer Gala in Rio oder einem Opernball in Moskau beigewohnt werden konnte. Ich nenne hier nur Beispiele, in Wirklichkeit war der Kofferinhalt noch viel erstaunlicher. Jedes Stück hatte Vater bis auf das letzte Zehntelgramm reduziert, in jahrelanger Erfahrung, bis hin zum reduzierten Reiseschmöker. Ein wirkliches Abbild seines Lebens.

Um aber die ganze Tragödie zu sehen: Reiste mein Vater fast ohne Gepäck, reise ich heutzutage ganz ohne, ohne jegliches. Ich trage gar nichts, ich gehe zu Fuß, benutze auch keine Taxis, die sich leicht verfolgen lassen, benutze keine Rolltreppen, die nicht eine Gegenrolltreppe haben, so daß ich mich notfalls auf die Gegenseite schwingen kann. Das geht aber nur ohne Gepäck.

*

Vaters Zusammenbruch hatte in der Folge doch einiges verändert. Ich spreche von mir, Vater war nach einiger Zeit wieder derselbe. Die Stadt war dieselbe, unser Haus, die Straße, aber ich eigentlich nicht. Vater ging inzwischen wieder in seine Banque de Luxemburg und ich ging in meinen Crédit Lyonnaise, man darf aber nicht vergessen, daß ich einer zarteren Generation angehöre. Sah ich ein geparktes Auto vor dem Haus, das sich länger als einen Tag nicht von der Stelle rührte, sah ich einen bärtigen Mann an der Ecke und wohlmöglich einen zweiten Bärtigen an der anderen, war ich bereit, sofort abzureisen.

Vater war inzwischen wieder erstaunlich gelassen. Ging mit mir weiterhin ins Fleur de Lit, unseren Mittagstisch, wo wir sogar eigene Servietten hatten. Ging mit mir am Marktplatz einen heben, um die – übrigens auch sehr paranoischen – Tagestouristen mit ihren Aktentaschen zu begutachten. Vaters Lebensgeister bewegten sich überhaupt wieder in aufsteigender Linie, ich vermerke das, weil uns damit das Folgende um so härter traf. Einmal kam er mit einem Vogel nach Hause, einem ziemlich häßlichen Ding aus weißem Pappmaschee, er hatte es in irgendeinem trendigen Laden gesehen und sein Herz daran gehängt. Es sollte wohl ein Adler sein, Symbol für Freiheit und freiem Davonfliegen, aber es sah eher wie ein trauriger Kakadu aus.

Was hast du denn da um Gottes willen angebracht, hatte ich noch gesagt, das ist ja eine wirkliche Mißgeburt, ein wirklich trauriger Vogel. Nein, ich hätte es nicht sagen sollen, nicht im Hinblick auf die kommenden Ereignisse. Immerhin hatte er sein Herz daran gehängt.

Eines Tages also kommen wir nach Hause. Wir hatten wohl wieder einen Umtrunk genommen, oder war es eine späte Tasse Kaffee im Scène Noir nach Bankschluß. Vater bemerkte es gleich in der Haustür, weil es metallisch roch. Ich roch nichts.

«Es riecht metallisch», sagte er, «was ist das?»

In der Eingangshalle war nichts zu sehen, da stand nur der Palmkübel mit der Kentiapalme sowie das Telefon auf einem Tischchen, aber nach ein paar Schritten blickt man in das Arbeitszimmer, und dort: Chaos.

So etwas hatte ich zuvor nur in Kinofilmen gesehen.

Hier war jede Schublade herausgerissen, jedes Buch aufgefleddert, Zeitungen, Akten, Rückseiten von Bildern, jedes irgendwie Papierene, selbst harmlose Adventkarten, Geburtsgrüße zerfetzt und zerschreddert, die vierundzwanzigbändige Enzyklopädie vollkommen auseinandergenommen, jeder einzelne Band vollkommen aus der Bindung gerissen. Ein einziger wüster Haufen. Als ob eine Herde Hunnen sich darüber hergemacht hätte.

Sogar der Kakadu …

«Was haben sie bloß mit dir gemacht!!!»

Also, dem Kakadu war wirklich übel mitgespielt worden. Die Flügel waren abgerissen, die Beine abgerissen, der ganze Vogel umgestülpt und ausgeweidet. Der Kopf fehlt ganz – wir fanden ihn nachher im Klo.

«Was ist dir geschehen!!!»

Ja, so war Vater. Hier hatte sich Ungeheuerliches begeben, Werte waren zerstört, die Ordnung, der Anstand, die Menschlichkeit in Frage gestellt, hier war eine ganze Bibliothek vernichtet! Gar nicht zu reden von unersetzlichen Dokumenten, von Belegen und Quittungen. Die ja auch nicht mehr zu ersetzen waren. So gründlich hatten sie gearbeitet, so sorgfältig diese Welt zerkleinert. Und er?

Er grämte sich um einen häßlichen Vogel.

So war der Mann.

Nachher saßen wir erschöpft in den beiden Sesseln, deren Polster in Streifen geschnitten waren, und besprachen die Lage, soweit da noch etwas zu besprechen war. Wir hatten uns zur Beruhigung erst einmal einen Tee bereitet, bestehend aus Mate und Coca-Blättern, den Vater von einem seiner Ausflüge mitgebracht hatte und der wirklich ungemein beruhigte. Denn das scheint eines dieser Phänomene zu sein, daß nämlich größte Aufregung, allergrößte, im Gegenzug in große Ruhe münden kann. Weshalb wir am Ende da saßen, als hätten wir ein höchst befriedigendes Tageswerk vollbracht.

«Was aber», fragte ich ihn, «haben die Brüder denn so sorgfältig gesucht?» Ich wußte es ja, das heißt, ich wußte es eigentlich nicht.

«Den Schlüssel.»

«Den Schlüssel?»

«Den Schlüssel», bestätigte er.

Inzwischen hatten wir ein Feuer im Kamin entfacht, in dem die Überreste einer einst umfangreichen Bibliothek brannten, und ich darf sagen, munter brannten. Zur Zeit waren es Teile der Encyclopedia Britannica sowie ein halber Zentner unbezahlter (oder bezahlter) Rechnungen. Und zugleich eine Art Befreiungsakt.

«Sie haben ihn aber nicht gefunden.»

«Den Schlüssel?»

«Den Code. Weil er nirgends steht, deshalb, er steht nur hier», Vater tippte sich an die Stirn, «nur hier drin.»

Wer hatte denn jemals wissen können, wie gut Winnetou I, II und III brennen. Ein halber Meter Journal für das Bankgewerbe, Donnerwetter. Die Hitze wurde so groß, daß wir anfingen, Hemd und Hose auszuziehen, wir wurden sogar lustig.

«Du hast also den einen faulen Betrag mit einem anderen faulen Betrag gedeckt?»

«Was hätte ich sonst tun sollen.»

«Und diesen faulen Betrag mit einem weiteren – – – wie oft hast du denn das gemacht!»

– – –

«Vater», rief ich voller Entsetzen aus, «das war das Geld der…» Ich sprach es nicht aus, ich konnte es nicht aussprechen. Schlimmer hätte es gar nicht kommen können.

«Na und», fragte ich mit weiterem (sehr viel weiterem) Entsetzen, «wieviel war es denn, wie viel?»

«Frag nicht.»

– – –

Und dann packte er meinen Arm – aber so gewaltig, daß ich dachte, er wollte ihn mir neu einrenken. Ich habe mir später überlegt, daß, wenn diese Idioten irgendeine Wanze zurückgelassen hätten, irgendwo, hätten sie jetzt hören können, was sie wissen wollten, und wir hätten uns den ganzen Aufwand sparen können. Aber sie hatten eben nicht, diese Idioten.

«Du mußt jetzt zuhören!!! Ganz genau zuhören!!!»

«Vater!»

«Nein, jetzt nicht. Du mußt dir das jetzt ins Hirn brennen!»

«Brennen?»

«Brennen», bestätigte er, «niemals und nirgendwo hinschreiben!»

Er hob den Finger.

«Der Code besteht aus fünf Zahlen und vier Buchstaben. Er lautet:

. . . .

———

15

Lieber Freitag.

Ich schreibe dies ihm und seinem Schicksal zum Gedenken, und es ist ein trauriges Kapitel, das ich schreibe.

Mein armer Vater.

Ich hatte seine Seele einmal in einer Schreibtischschublade gefunden. Skizzen und Pläne, einen ganzen Haufen, ich habe geweint. Pläne für Schlafsäcke, für Polsterstiefel, für warme Mützen, Körperhüllen zum Überleben in Eiswüsten. Man bedenke, Eiswüsten! Ausgemessen, berechnet, sorgfältig beschriftet, eine Arbeit zum Weinen.

Da ist dieser Mensch, der sich anscheinend nichts sehnlicher wünscht, als dorthin zu gehen, wohin ihm niemand folgen kann. Im Eissack, in der Polarausstattung, man bedenke. Es war nicht so sehr die völlig unsinnige Vorstellungskraft, die mich weinen machte – die Amundsens und Eriksons hatten auch ihre Einfälle –, es war die Sorgfalt, mit der hier ein eisiger Traum geplant worden war. Die unbeirrbare väterliche Präzision.

Die Arktis.

Sie ist nicht stumm, sie singt. Sie verspricht immerwährende Einsamkeit, es sind die feinen Eiskristalle, die aneinanderreiben, ein immerwährendes Sirren, in das überlaut knirschend ein Tritt hineinfährt. Die anderen sind dann kaum noch zu sehen, anfangs hatten sie aufgeholt, später sind sie zurückgeblieben, bald werden sie im flachen Licht verschwunden sein. Du gehst, du gehst immer weiter.

Sie können dir nicht folgen, weil ihnen Eiszapfen unter der Nase wachsen, bei sechzig Grad Minus. Als Beispiel. Du hast dir erfindungsreich einen Tropfenfänger gebaut, ein Töpfchen in der Kopfhaube, so daß dir keine Eiszapfen wachsen. Du gehst, gehst immer weiter, fernab das Jaulen der Verfolger.

Immer nach Norden, in die Nacht hinein, in den weißen Tod (die Nacht ist weiß), hier kann kein lebend Wesen, nicht einmal Milzbrandbakterien können hier bestehen.

Hast du das gewußt?

Daß die Eiswüste nachts trommelt?

Selbst dem Eis ist es bei Minus achtzig Grad zu kalt, es zieht sich zusammen, es reißt und fegt in Splittern davon. Und du gehst hinein in den dröhnenden Horizont, wo die weiße Sonne eine Handbreit hoch steht (es ist Mitternacht), dein Todesurteil an dir selbst zu vollstrecken. Ist das genügend unwirtlich? Ich glaube nicht, daß es etwas noch Unwirtlicheres geben könnte. Und dann bleibst du stehen, neben einer Eisbarriere etwa, oder einem Gletscherturm und legst dich schlafen.

Du legst dich …???

Ja. Du bist müde vom Fußmarsch, du gähnst, hier oder hundert Schritte weiter, es ist gleich, wo du dich hinlegst. Hauptsache, es ist gemütlich. Denn du bläst dich kugelrund auf, ziehst Hände und Füße aus den Zipfeln und machst dir einen heißen Tee hier drinnen. Einen Grog. Und wenn du noch etwas lesen willst, vor dem Einschlafen, knips die Leselampe an. Du kannst dich sogar an- oder ausziehen, es ist genügend Platz, tagsüber bist du sowieso im Unterzeug gelaufen, jetzt ist Zeit für einen Wechsel. Und dann schläfst du. Weich? Weich und sicher, Weiß in Weiß, von außen bist du sogar unsichtbar, und du träumst von der Südsee.

Hier muß ich allerdings um viel Nachsicht bitten.

Für meinen armen Vater.

Und um technisches Verständnis muß ich auch bitten, denn ein solches Unternehmen ist heutzutage mit den heutigen Materialien ohne weiteres möglich. Da schneidert er sich einen Körpersack, ein geräumiges Viereck mit vier Zipfeln an den Ecken und einer Kopfhaube obenauf – die sieht bei Vater wie ein übergroßer Kaffeewärmer aus. Die Weltraumfolie hält nachweislich zwanzig Grad Minus ab, er nimmt sie aber nicht doppelt, er nimmt sie fünffach, sechsfach, das dürfte wohl ausgereicht haben. Zehnfach?

Soweit ist es doch durchaus machbar?

Die vier Zipfel sind dann für Hände und Füße gedacht, besonders die unteren Zipfel, mit denen er dann wandelt, der wandelnde Schlafsack. Es kann ja noch ein kleiner Schlitten hinterhergezogen werden, ein Kinderschlitten zum Transport, von Pemikan und konzentriertem Bohnentopf. Und ja, etwas Energie brauchen wir auch noch, in Form dieser superflachen Leichtbatterien, die eine Menge Saft speichern.

Das wandelnde Körperhaus (mein Vater).

Die Nacht trommelt.

Die Verfolger jaulen von fern.

Der Vater schreitet in gemütlichem Zuhause.

Hast du gewußt, daß selbst die blasseste Polarsonne, knapp über der Horizontlinie, immer noch ein paar Zellen bewegt, so daß es wenigstens für das Leselämpchen ausreicht? Also gähnst du und läßt dich in eine passende Mulde rollen. Und das alles in dieser wundervollen Tarnfarbe.

Weiß in Weiß.

*

Eines Tages kam ich von meiner Banktätigkeit im Crédit Lyonnaise nach Hause und fand die Haustür offen. Ich erinnere mich, es war ein unverantwortlich schöner Spätnachmittag, die Straße still, die Luft seidig und voller Verheißung. Oder nein, es lief doch anders. Eigentlich hatte ich gedacht, Vater nach Bankschluß im Scène Noir oder wenigstens im Fleur de Lit anzutreffen, wo wir als Stammkunden sogar eigene Serviettenringe hatten und wo man draußen sitzen konnte, um die Touristen zu begutachten – die Luft war voll von Verheißung. Aber anscheinend war Vater schon früher nach Hause gegangen. Als ich in unsere Straße einbog, war sie völlig leer, ich sah gleich, daß die Haustür nur angelehnt war, ich stieß sie an, das Schloß war im Block herausgebrochen. Ich glaube nicht, daß es noch reparabel war.

Dieses Mal hatten sie die Palme aus dem Kübel gerissen, sie lag mitsamt dem Ballen vor der

Treppe, gründlich zerstochert, der Ballen. Ich weiß nicht, was er ihnen erzählt hatte, es muß das Falsche gewesen sein. Und das Dröhnen im Haus, das ich hörte, hörte ich wohl in meinem Kopf.

Ich fand ihn in seinem Arbeitszimmer ausgebreitet auf dem Boden, eigentlich sah er ganz friedlich aus. Mit Ausnahme des roten Flecks auf der Stirn waren keine Zeichen von Gewalt zu entdecken. Ein starkes Herz hatte er nie gehabt.

—

16

Lieber Freitag.

Stelle dir einen Mann vor, der sich nirgendwo befindet: Das bin ich. Es gibt keine Spuren von ihm, keine Forderungen, keinen Anspruch, keine unbezahlte Rechnung. Es gibt auch kein gebrochenes Heiratsversprechen, nicht einmal die abgeschnittenen Haare beim Friseur gibt es. Der Mann, der sich nirgends befindet, befindet sich überall. In Saarbrücken u n d in Kaiserslautern.

*

In Kaiserslautern in der Einkaufszone betrete ich als blonder langhaariger Mensch das große Untergeschoß des Hertie und komme als Rentner mit Mütze in Saarbrücken wieder heraus. Dazu trage ich diesen besonderen fremdenfeindlichen Ausdruck im Gesicht, und, lieber Freitag, das geht am besten am «Franzosentag» einmal in der Woche, wenn die Franzosen von jenseits der Grenze einkaufen kommen und die Preise hochtreiben. Dann ist es leicht, sich zu verlieren, alles ist austauschbar. Selbst die Fahrkarte ins Nichts, hin und zurück, und die Lulle im Mundwinkel.

Oder London.

In London treffe ich nicht auf dem Victoria-Bahnhof ein, mittags um zwölf, sondern nachts um drei London Bridge Station, wenn kein Mensch auf dem leeren Bahnsteig und draußen kein Taxi zu finden ist, nur heringfarbene Hauswände, die sich in den Pfützen spiegeln. Auf dem langen, erst aufwärts, dann abwärts führenden Weg über die Themse kommt mir höchstens ein Nachtschwärmer mit einem Vampirgebiß entgegen. Das sind diese Plastikdinger mit den langen Eckzähnen, die sie sich aufstecken, ich gehe aber weiter, weil ich weiß, daß ich drüben noch einen 15ner Nachtbus kriege, der dann tatsächlich kommt.

An der West-Indian Dock Road steige ich aus, nun ist es nicht mehr weit. Sie haben hier Glaskästen auf die alten Speicher gestellt, gläserne Luxusvillen hoch oben, die alle so aussehen, als sei kein Mensch zu Hause. Aber täuschen wir uns nicht, hier kostet der Quadratfuß eintausend Pfund, was sage ich, zweitausend Pfund, und sie sind ganz sicherlich zu Hause.

Ein warmer Wind von der Themse her. Ein

nobles schwarzes Haus, das oben noch Frachtkräne hat. Eine gußeiserne Treppe. Eine Tür, anscheinend aus Sperrholz, wie sie es hier wundervoll dick liefern, aber innen trägt es eine Schicht Stahlnetz, eine englische Spezialität. Und täuschen wir uns nicht, selbst Abstellräume kosten hier eintausend Pfund pro Quadratfuß, selbst Besenkammern ohne Ausblick. Am Morgen bin ich vollkommen verwirrt, ich wache in einem Zwielicht auf, blicke durch das kleine Fenster, vom Bett her, auf eine solide Wand und weiß überhaupt nicht, wo ich mich befinde.

Also versuche ich aufzuwachen. Ich kenne diesen Geruch nach alten Holzbalken und Desinfektion und, oh ja, einer bestimmten Biersorte mit Minze. Sofort gelüstet es mich nach einem englischen Frühstück. Dies ist England! Mit dem wundervoll nussigen Haferflockenbrei, Aal in Aspik, Eiern mit gebratenem Speck und geheimnisvollen Würstchen, in denen sich Brot befindet. Ich will diese dickgeschnittenen schwarzen Scheiben, denen man auch nach zehn Jahren nicht auf die Schliche kommt. Vor allem will ich den schweren schwarzen Tee mit Milch und Zukker. Der hilft. Der hilft auch über den Wetterwechsel, der hier alle halbe Stunde stattfindet.

Dann ist alles geklärt. Als ich ins Freie trete,

sind dort soeben zehntausend Banker mit der Hochbahn eingetroffen und strömen jetzt über die Straße, alle in schwarzen Anzügen und blauen Krawatten. Keine Königin zu Pferde. Ich glaube aber, ein paar weiße Socken entdecken zu können.

Während an den Bankparterren die hochangebrachten Blumenkästen mit hochreichenden Spritzapparaten gewässert werden. Auch so eine Spezialität.

Oder Warschau.

Ich kann es nicht leugnen, in Warschau beschleicht mich immer eine Verzweiflung. Ich weiß nicht, woran es liegt, möglicherweise sind es die Schiebermützen. Zwei Männer mit Schiebermützen stehen vor mir auf der Rolltreppe, nicht direkt, direkt vor mir steht eine Mutter mit Kind und Kinderwagen. Nun laufen die Rolltreppen auf den Warschauer Bahnhöfen sehr schnell, beängstigend schnell, ein früheres Geschenk der Sowjets, so daß die Mütter spezielle Klappkinderwagen benötigen, um sich überhaupt transportieren zu lassen. Für die Männer ein offensichtlich erotisches Stimulans, sie lehnen alle schräg auf den Gummihandläufen, als ob hier etwas abliefe. Aber vielleicht ist es auch nur eine generelle Freude am Fortschritt.

Jedenfalls fällt ein plötzlicher Wechsel in die gegenseitige Fahrtrichtung hier weniger auf als in irgendeiner anderen europäischen Großstadt, denke ich mir. Nur daß sich die beiden Herren weiter vorn unmittelbar nach mir auch über die Handläufe schwingen!

Das ist Warschau.

Als ob sie mich durch ein rückwärtiges Auge unter Beobachtung gehalten hätten. Nun gibt es eine raffinierte Verfolgungsart, bei der sich der Verfolger nicht hinter, sondern vor seinem Opfer befindet, während dieses, das Opfer, sich nach hinten absichert und gar nicht weiß, daß es dieses nach vorn tun müßte.

Ich weiß es.

Also schwinge ich mich, und sie schwingen sich über die Handläufe, mit unseren Schiebermützen, an sich nichts Ungewöhnliches in Warschau, trotzdem erfahren wir den ganzen Unmut der Bevölkerung. Wir werden gestoßen und geschlagen, sie möglicherweise mehr als ich, weil sie zwei sind. Weil sie ununterbrochen sich auszuweisen bemüht sind. Ich werde dann am Ende der Rolltreppe abgeführt, so geschehen am helllichten Tag auf dem Wroclav Bahnhof vor einer Menge, die es eigentlich hätte besser wissen müssen. Daß sich die Angelegenheit dann als ein Mißverständnis herausstellte, ändert für meine Person nichts an der Tatsache – man hatte mich mit meiner Mütze für einen Betrüger, einen gewissen Irkuts gehalten, für den in der Bahnhofshalle eine Falle aufgestellt worden war. Man verhörte mich auf einer gelbgefliesten Polizeiwache gleich hinter den Toiletten.

«Bist du besoffen?»

«Eigentlich nicht.»

«Was hast du dich dann über die Handläufe zu schwingen, bist du besoffen?»

Was sollte ich dazu sagen.

«Falls es sich noch nicht herumgesprochen hat, hier herrscht Ordnung in Polen!»

*

Die Mützen übrigens, solche wie ich eine getragen hatte, sind signifikant, obwohl rund im Schnitt, irgendwie unverantwortlich eckig gefaltet, auf eine unverantwortliche Weise. Das Ergebnis ist denn auch wenig Vertrauen erwekkend. Kein Wunder, daß man mich für einen Betrüger gehalten hatte.

Athen.

In Athen herrscht auch mehr Ordnung als man denkt, obwohl ich wenig darüber aussagen kann. Der Fisch wird hier mit Zimt zubereitet, bei Hitze sehr angenehm. Und in den Altstadtläden kann man kleine Blechbrunnen kaufen, die, an die Wand gehängt, aus kleinen handgefertigten Messinghähnen Wasser spenden. An sich sehr hübsch, wenn sonst nur braune Brühe aus der Leitung kommt. Das griechische Konfekt hat auch seinen Stellenwert, auch die nett gelispelte griechische Sprache, aber eigentlich weiß ich nicht, was ich hier überhaupt zu suchen habe.

Ich hätte den Zug nach Istanbul nehmen sollen, denn dort wartet ein Hotel auf mich, ein ganz und gar verschwiegenes aus Vaters Zeiten. Wir hatten dort einmal übernachtet, als uns Vaters Tätigkeit noch weit herumführte. Ich erinnere mich deutlich. Es bestand aus einem engen Hofschacht, auf den sämtliche Luftzufuhr mündete, eine erstickende Angelegenheit, Fenster zur Straße gab es keine. Im Beyoglu Viertel. Soweit ich mich erinnere, gehörte es einem Herrn Güllül Pascha, jedenfalls war das der Name des Hotels. Wir verbrachten nur eine Nacht, und am Morgen wachten wir vergiftet auf, mein Vater noch mehr als ich, mit Kopfschmerzen und Übelkeit auf der Straße, offenbar hatte sich die mangelnde Sauerstoffzufuhr mit dem Zimt im Fisch (nein, das ist griechisch) vereint, sagte mein Vater, und beklagte sich bei Herrn Güllül. Dabei war er selber schuld. Denn hier nun wird die ganze Tragweite deutlich: Das Hotel gehörte meinem Vater! Ja, du hörst richtig, eine seiner obskuren Anlagen, irgendwie hatte er ja auch sein eigenes Geld waschen müssen, soweit er es als seines betrachtete.

Und hier nun kommt die zweite Überraschung: Jetzt gehört es mir!

Das Güllül Pascha im Beyoglu Viertel.

So mir nichts, dir nichts, tut mir leid, werde es aber trotzdem nicht aufsuchen, jedenfalls nicht in absehbarer Zeit.

*

Also doch Warschau. Ankunft ein Uhr nachts. Ich habe dreizehn Stunden Bahnfahrt hinter mir, in den letzten beiden mit dem Kopf in ständiger Schwebe. Jeder Platz ist besetzt, ich habe Schwierigkeiten, meine Beine unterzubringen, weil mein Gegenüber, ein starker alter Mann mit einem Eßkorb auf den Knien, zwar ißt, aber dennoch schläft und seine Füße unter meinen Sitz stellt. In Ziadoz, kurz vor Warschau, wacht er auf und blickt wild um sich, seinen Korb habe ich seit einer halben Stunde festgehalten. Wer weiß, wohin diese Leute alle wollen, es ist entmutigend. In dieser Nacht. In diesem Zug, wo draußen eine lichtlose, nasse Landschaft vor dem Fenster heult, das sich anscheinend nicht ganz schließen läßt. Gott sei Dank sitze ich nicht in Fahrtrichtung, so daß es mich nicht direkt anbläst. Das Paar direkt am Fenster sitzt vereint unter einem Mantel und die Dame im Tangokleid neben mir (sehr polnisch übrigens) hat sich in eine pflaumfarbene Flauschdecke gehüllt. Dann ist da noch ein junger Mann, Schauspieler, wie er wiederholt behauptet, er sieht aber nicht unzuverlässig aus, und eine rothäutige Frau, die nach einer starken Seife riecht, auch sehr polnisch. Ich selber, nur noch fröstelnd, weiß nicht, ob ich das hingekriegt habe, das richtige Bild, jedenfalls reise ich mit einem schweinsledernen Pappkoffer, den ich nachher irgendwo stehen lassen werde.

Warschau, Wroclav-Bahnhof, nachts um eins.

Unter der schwachen Bahnsteigbeleuchtung sind ganze Schicksale versammelt, sitzen auf abgestelltem Gepäck und warten, worauf, auf den Zug nach Lodz. Junge, immer noch hübsche Bräute in ganz billigen Blusen und dünnen Mänteln. Soldaten mit eigenartig geformten Kappen, die anscheinend durch kleine Pappdeckel viereckig gehalten werden, mit einem Gestellungsbefehl nach Rzeszow in der Tasche, die meisten schlafend. Und die Gruppe Wanderarbeiter aus der Gegend von Olsztyn, etwa zehn oder zwölf, auch in tiefem Schlaf. Einige haben sich direkt auf das Pflaster gelegt, auf Zeitungen oder Pappen, und die Entmutigung ist auch bei der schlechten Beleuchtung des Bahnsteigs sichtbar.

Ich stelle mir vor, wie ich nun völlig erschöpft ebenfalls dort sitzend oder liegend die Nacht verbringe. In der Zugluft, im leisen Sprühregen, inmitten krächzender Rangiergeräusche und frierender Soldatenbräute. Stattdessen bin ich aber weitergegangen, dorthin, wo sich am Ende des Bahnsteigs dieser mit ein paar Stufen im Dunkeln verliert. Wo sich das Gelände der ehemaligen Eisenbahner Darlehenskasse Masowinia erstreckt. Dort gibt es eine Kohlentür in der Mauer, braunfleckig und wahrscheinlich seit Jahrzehnten festgerostet und nicht mehr in Gebrauch. Und dennoch gibt es da einen gut geölten kleinen Schlitz in dem Rost (mit Geld ist alles zu erreichen), in den nun mein Schlüssel paßt, ich glaube, man hatte es fast geahnt.

Das Licht empfängt mich, der leichte warme Holzgeruch, Musik aus «Hotel Costes», es ist sogar vorgeheizt. Und wenn ich den Schrank öffne, hängt dort dieser wunderbare lehmgelbe Mantel, den ich in Dijon – war es Dijon? – hatte zurücklassen müssen. Es ist kein Gelb, es ist eine schattige Herbstfarbe, und ich hatte damals gleich den ganzen Satz gekauft. Zahnbürste auf dem Toilettensims – man ahnt –, perlmuttartig mit dem Lichteffekt. Während draußen das Brummen eines der neuen schweren Fernzüge schwach angeschlagen zu hören ist. Ich darf sagen, beim besten Willen, also beim allerbesten Willen kann mich hier niemand finden, besser, also besser kann sich kein Mensch auf dieser Welt verbergen. Das darf ich einmal erwähnt haben.

*

Und warum gibst du ihnen nicht, was sie haben wollen, ich meine, warum gibst du es denn nicht einfach her?

Weil, lieber Freitag, weil es mein Erbe ist!

– – –

Um das es sich hier handelt.

– – –

Das, was mein Vater mir vererbt hat!

Und was ist das?

Es sind fünf Zahlen und vier Buchstaben.

Nun, wieviel ist es, ich meine: W i e v i e l ?

Frag nicht.

*

Ich habe sogar erwogen, meinen Wohnsitz ganz auf die Schienen zu verlegen, auf eine rollende Bahnmeisterei sozusagen, eine permanente Schlafwagenreservierung, möglicherweise sogar zwei Abteile nebeneinander. In früheren Zeiten wäre das ohne weiteres möglich gewesen, als die Bahnlinien noch private Unternehmungen darstellten. Da wurden ganze Salonwagen an die regulären Züge gehängt, ganze Palast-Suiten für die Eigner solcher Extravaganzen. Doch auch heute gibt es noch Exoten, die Kontingente ihres bewegten Bahnraums verkaufen. Auf Jahrzehnte. Zum Beispiel auf der Strecke Bombay – Malabarküste, oder, noch ausgedehnter, Istanbul – Teheran – Karatschi, danach Bangkok – Singapur, auf der sogenannten Goldenen Route. Die, zwar im ganzen nicht durchgehend, mit angehängten Kurswagen dennoch besteht. Hin und zurück zwei Monate, zu Monsunzeiten sogar drei Monate. Ich sehe da ein feines kleines Kompartment in teefarbener Seide und teefarbener Täfelung mit der Perlmuttzahnbürste im Bad, Musik «Hotel Costes», während draußen dunkle Tempelstädte vorbeifliegen.

Deswegen mußt du aber nicht erschrecken, es ist nur eine Vision, eine Idee. Die rosenrote Nacht, der Zimtgeruch, die von den Tempelstufen Gebete herübersendenden Heiligen, während du an deinem Fensterplatz deine Papaya schlürfst. Das ist der allergrößte Luxus. Es gehört ein Gewürzkern hinein, den die Paschtunen Jel nennen, die Singhalesen Moo. Es werden auch eine Menge Elefanten an der Strecke stehen, und zur Kühlung wird an den Haltestationen ein Block Eis aufs Dach gelegt. Eine ziemlich luxuriöse Version, zugegeben, auch wenig sozial gedacht, immerhin wurde sie von mir erwogen.

Ich gebe hier noch einen Geheimtip: Die Bergbahn am Pancha Punga – nur für Plantagenbesitzer.

—

17

Lieber Freitag.

Ich werde dir jetzt jemanden vorstellen, einen Freund, einen wirklich guten Freund, auf den ich baue, dem ich vertraue und der mein Geld bewacht. Deshalb mußt du aber nicht eifersüchtig sein, er ist nur eine Maschine.

Mein Rechner.

Mein treusorgender Kassenwart. Der alle meine Fehler, die mir in meiner Unvernunft unterlaufen, sorgsam und treulich korrigiert. Er ist noch weniger als eine Maschine, nur ein Programm, immer bereit und an jedem x-beliebigen Punkt der Welt abrufbar, in jedem auch nur halbwegs abgefahrenen Internet-Café.

Ich nenne ihn den «Dicken», weil er soviel Platz einnimmt, siebzehn volle Seiten mit allen Unterprogrammen und Statistiken, und es werden noch mehr werden. Und er hat Charakter, ich habe ihn mit einer blaugelben Bauchbinde ausgestattet, oben in der rechten Ecke trägt er ein Image, ein daumennagelgroßes Gesicht, das lachen und weinen kann oder sich in maßlosem

Staunen zu einem O rundet, wenn ich wieder einmal einen Fehler begangen habe.

Ich tippe: «Tokio Amalgated 300 kaufen», dann tippe ich: «Performance».

Er rollt eine lange Liste auf, die bis in das Jahr 1968 zurückreicht, dann rollt er Graphiken auf, alle wie Apfelsinenscheiben, und danach Stapelsäulen in den unterschiedlichsten Farben.

Ich tippe: «Kaufen.»

Ich tippe: «Kaufen.»

Er zeigt ein kleines graues Schild: «Wollen Sie wirklich kaufen?»

Ich tippe: «Kaufen.»

Er: «Wirklich?»

Mein zarter Dicker.

Dann ist er beleidigt. Erkennbar an seinem Gesicht, das sich nicht bewegt, nicht lacht oder weint, oder sich zu einem O formt, einfach nur verharrt: Beleidigt.

Mein Kassenwart. Ich weiß, daß er eine Seele hat, und das kann ich auch beweisen, ich glaube, er hat sogar Religion. Dieser «Dicke» existiert, und er weiß, daß er existiert, denn wie sonst könnte er blockieren und sich selbst in Frage stellen, wenn gelegentlich logische Unstimmigkeiten auftreten, die er korrigieren muß. Er weiß, daß er es weiß, also existiert er. Ist das zu sophistisch? Nein, es ist Religion, jedenfalls soweit es meinen Rechner betrifft.

Neulich hat er mich vor einer großen Dummheit bewahrt. Ich wollte unbedingt einen ganzen Block Tsing Tao kaufen, welches natürlich ein höchst problematisches Angebot darstellte. Viermal siebzig Meter, von Ecke zu Ecke, mit der entsprechenden Einwohnerzahl, ich weiß, dümmer geht es eigentlich gar nicht, auch wenn es sich nur um ein Papier handelt. Je mehr du hast, desto mehr können sie dir nehmen, lieber Freitag, je reicher du bist, desto ärmer können sie dich machen, das solltest du wissen.

Mein Dicker wußte es und konterte kurz: «Access denied.» Zugang verweigert.

Ich konnte mir das natürlich nicht gefallen lassen und drückte auf: «Kaufen, kaufen, kaufen.»

Er zeigte ein kleines graues Schild:

«Access denied.»

Hinterher hatte sich ganz offen herausgestellt, daß es sich um eine Finanzgruppe äußerst windiger Hypothekenanlagen handelte, ich habe vergessen, wie die Brüder hießen, aber mein Geld wäre weg gewesen. Also erzähle man mir nicht, Maschinen hätten keine Seele.

«Access denied.»

Nein, er hat meinen größten Respekt, und ich nehme es respektvoll hin, wenn er mich zur Ordnung ruft: In diesem Fall hatte er vorher lange gerummelt, hatte alle möglichen Graphiken von Mobilien und Immobilien aufgerollt, auch Unterlagen zur proportionalen Berechnung des Gesamtvermögens abgerollt – ich hätte gar nicht gewußt, woher nehmen.

«Data unprotected.»

Dazu hatte er mit seinem Image die Stirn gerunzelt. Also wenn das nicht überzeugt! Obwohl es ja diese eigenartig rüde Sprache im Computerleben gibt, die «Master» und «Slave» unterscheidet. Also, manchmal weiß ich wirklich nicht, wer hier was ist. Obwohl. Ich meine, ich bin schließlich derjenige, dem der ganze Laden gehört, sozusagen, der Besitzer, wenn ich das anführen darf.

Und die Größenordnung des Vermögens, von dem hier die Rede ist, dürfte schließlich auch noch eine Rolle spielen.

– – –

Du hättest gern gewußt, wieviel es ist. Lieber Freitag, ich könnte es dir sagen, ich könnte dich mit der Anzahl der Nullen zutiefst erschrecken. Nur soviel: Es ist nur Papier, für meine Vorstellung sind es gar keine richtigen Gelder, ich meine, wenn ich mir vorstelle, was ich mir dafür kaufe, eigentlich nur Notierungen. Bei dieser Anzahl von Nullen. Nicht einmal Papier ist es, genau genommen, es ist nur ein Programm, das mir ein eigenwilliger Kassenwart aufgerollt hat, ein bei Licht besehen doch sehr eigenwilliger.

Das ich aber in diesem Augenblick mit einem einzigen Knopfdruck löschen könnte. Also, wer ist hier «Master».

Soll das wirklich gelöscht werden?

– – –

Wirklich?

——

18

Lieber Freund.

– – –

Der Mensch ist sich selber sein eigenes Haus, so
kommt er rüber und so geht er raus,
mächtig und prächtig,
ärmlich erbärmlich,
das ist der Mensch und so sieht er aus.

*

Der Kerker von London, der «London Dungeon», hat eine neue Adresse. Er ist jetzt in einem neuen Betonbau in der Temple Street, unweit der Cheapside, untergebracht, man weiß nicht, was sie sich dabei gedacht haben. Äußerlich transportiert er überhaupt nichts, kein Grausen, keinen Schauder, nicht die leiseste Düsterkeit bringt er herüber, außer daß man sich vor der glatten Fassade fürchtet. Und da nützt auch die Plakatwand über dem Eingang mit dem «grünen Mann» nichts.

Wir Londoner können das nur bedauern.

Vorbei die Zeiten, da man von der London

Bridge kommend in Richtung Bermondsey Market den «stench» der Straße genoß – es war nicht gerade ein Uringeruch, aber scharf war er. Man watete durch den fußhohen Papier- und Gemüsebelag, der sich an den Markttagen angesammelt hatte, genauer gesagt war es ein wandernder Belag, durch den man watete, denn die Märkte lagen immerhin noch eine halbe Meile entfernt. Diesen und den hellen Ton von Eisen erinnere ich. Parallel zur Straße fuhr die Bahn.

Klirrend und bedrohlich.

Denn jetzt komme ich zur eigentlichen Attraktion dieser Gegend. Die Bahn fuhr hoch oben auf einer schwarzen Trasse, sechs oder sieben Gleise breit, einer Galerie von gemauserten Bögen, jeder Bogen ein tiefes schwarzes Loch und einer neben dem anderen.

Diese Eisenbahngalerie – um die Jahrhundertwende gebaut – hatte ursprünglich wohl als architektonisches Wunder gegolten. Jetzt war mindestens jedes zweite Bogengewölbe verschalt und besetzt mit Werkstätten, Möbellagern, was weiß ich, Gasdepots, Tankstellen. Sogar eine Suppenküche befand sich hier, und gleich hinter der Buck Street, die schwarz durch eines der Bogenlöcher verlief, waren die nächsten sechs oder acht Bögen vollständig zugemauert: Der «London Dungeon».

Es hätte keinen passenderen Platz finden können. Ich bin dort gewesen, ich kann mitreden.

Drinnen herrschte totale Nacht. Die Masse des Gesteins grollte dem Besucher in den Ohren, sie grollte wirklich, wenn oben Züge liefen, und er spürte das Gewicht. Gleich am Eingang stand der Kerkermeister, ein grünlicher, viereckiger Gewalttäter mit einladendem Grinsen, das sehr echt aussah. Ich hatte einmal seine Kinnlade angefaßt und träumte noch lange davon. Und spätestens mit Entrichtung seines Eintrittsgeldes von drei Pfund weiß der Besucher, daß er hier alle Hoffnung fahren lassen kann. Denn jetzt wurde es dunkel.

Das Tonband. Sie ließen dieses grauenhafte Tonband laufen, entsetzliche Schreie, tief aus dem Erdinneren dringend, in Abständen dumpf und dann ganz schrill quieckend, als ob da zwischendurch Ohnmachten stattfanden. Und dann wurde es noch dunkler und es gab kein Zurück – aber man hatte es ja so haben wollen, für seine drei Pfund.

Da war ein Fenster, ein viereckiges Loch in der Wand, durch das man in einen der tiefgelegenen Kerker sehen konnte. Da rang eine arme Frau die Hände, die Füße hatte man ihr gequetscht und den Mund mit einer Eisenbirne verschraubt. Ich fühlte meine gesträubten Haare, ich glaube, es lief sogar eine mechanische Ratte umher. Zwei Stunden Kerkerhaft und ein lebenslänglicher Dauerschaden des Besuchers.

Oh, es waren auch bildungswerte Dinge zu bewundern, Heinrich den Vierten in seiner Mission, den Iren die Köpfe abzuhacken, das Totenbett Richards des Ersten, William den Vierten mit den Pocken, Edgar den Dreizehnten als Büßer mit entfernter rechter und linker Hand, die spektakuläre Hinrichtung von Perkin Warbeck, alles lebensgroß. Für die Hinrichtung gab es einen eigenen Raum, in dem schreckliche Geräusche, Knirschen und Reißen zu hören waren, und der Geruch angesengten Fleisches. Offen gestanden, weit mehr hatten mich die authentischen Werkzeuge beeindruck, obwohl sie Imitationen waren, nehme ich an, die Stockeisen, die Blöcke, die Zangen und Zwingen, ja, auch die Prügelmaschine – oh ja, deren Gebrauch konnte ich nachvollziehen, ein Kasten, der nur den blanken Hintern freigab. Gut nachvollziehbar. Dazu bröselten die alten Ziegel von den Wänden und vom Gewölbe tropfte das Sickerwasser, ein großes Szenario damals und, mit der neuen Adresse, ein ebenso großer Verlust heute. Wahrscheinlich haben sie jetzt den ganzen Dauerschaden für Schulklassen aufbereitet und entsprechend entfettet. Sie kriegen ja alles hin und werden auch noch den Rest der Welt ruinieren. Meine Meinung.

*

So wird es nicht sehr verwundern, wenn ich jetzt mit dem Schlüssel in der Hand von der London Bridge kommend in die Buck Street einbiege.

Fünf Wochen lang hatte diese Bahntrasse, beziehungsweise der unterirdische Teil derselben, bestehend aus acht gemauerten Gewölbebögen samt Durchbrüchen zum Verkauf gestanden, regulär auf dem Immobilienmarkt, regulär als Immobilie. Natürlich ohne Heinrich den Vierten und Richard den Ersten. Zu übernehmen waren lediglich noch einige feste Einbauten wie Schafotte und Gitterkäfige. Übrigens auch der «grüne Mann», den hatten sie nicht mitnehmen wollen.

Das Objekt hatte ja einige Tücken aufzuweisen, mangelnde Lüftung, mangelnde Lichtverhältnisse, Mauerschwamm, gehobener Geräuschpegel durch durchfahrende Züge und auch sonst alle möglichen Verwerfungen, alle geeignet, den geforderten Preis auf ein Minimum zu drücken. Denn wir wollen uns nichts vormachen, es würde einiger Größe bedürfen, sich hier unter den gegebenen Umständen häuslich einzurichten.

So hatte ich denn am Ende und nach zähen Verhandlungen nur noch einen einzigen Opponenten, der Kontra bot, eine Abfallverwertungsgesellschaft, der die Finsternis nichts auszumachen schien, die dann aber doch den freien Himmel vorzog, irgendein gestaltloses Gelände in Canningtown. Naja. Ich hatte mich ernstlich gewundert, daß ich überhaupt noch etwas bezahlen mußte. Im Endeffekt.

Und zu meiner eigenen Überraschung: Ich hatte den «London Dungeon» gekauft regulär als Immobilie auf dem Immobilienmarkt. In London. Also sieht man mich an diesem schönen Londoner Abend einen Schlüssel hervorziehen und die schwere Eisentür aufschließen. Als letztes sehe ich noch die Sonnenkringel an der gegenüberliegenden Hauswand und habe das Ding-Dong, Ding-Dong im Ohr, das Lied der Verzweiflung, als ich nun meine Unterwelt regulär als Eigentümer betrete.

Gleich vorne steht der «grüne Mann», riecht etwas streng, wahrscheinlich ist die Holzwolle innen stockig geworden. Ich horche in die Tiefe, wo ein entferntes Wassertropfen hörbar ist, sehr entfernt, das ganze Ausmaß verdeutlichend. Als

Beleuchtung gibt es hier nur eine einzelne bescheidene Birne oben an der Decke, die nicht sehr hilft, das Dunkel zu erhellen, nächstens werde ich rote Lampions anbringen. Ich gehe einen Schritt und noch einen Schritt, Eintritt brauche ich nicht zu zahlen, noch einen Schritt – und dann klickt die Gittertür hinter mir ins Schloß. Und zwar laut, das erzielt dann einen zusätzlichen Schaden.

Habe ich das vergessen. Diese «Schleuse» gehörte auch noch zu den abzulösenden Einbauten (ohne Figuren). Ein Gitterraum mit zolldicken Gitterstäben und je einer Tür vorne und einer hinten, die automatisch ins Schloß fallen, wenn der Besucher hindurchgeht. Damit sollte wohl vermittelt werden, wie es sich anfühlt, wenn die Tür ins Schloß fällt. Für immer und ewig. Zur Anschauung steht da noch die Streckbank im Raum, mit Seilzügen an den vier Ecken.

*

Aber ich sehe, daß ich die Geschichte von hinten aufziehe. Als Anfang sollten die Brüder Karamasow auf dem Bahnhof Paddington ihren Auftritt haben. Nachmittags um fünf Uhr von der Underground kommend, auf den Platz vor der großen Anzeigetafel einbiegend, wo man auf die

Anzeige für den Zug nach Bath wartet. Genauer gesagt, lauert. Denn sie bringen die Anzeige immer ganz knapp, zwei Minuten vor Abfahrt des Zuges, und jeder rennt. Ich sehe also die Brüder kommen – sie hatten sicherlich nicht die Underground, sondern ein Taxi genommen, die Stände sind gleich nebenan –, und denke noch, das ist lächerlich dicht, wie mir die Brüder auf den Fersen sind, und woher wollen sie wissen, daß ich nach Bath fahre. Während mir zum soundsovielten Mal aufgeht, wie lächerlich es ist: Immer einen Schritt zu kurz und immer einen Schritt voraus. Wie ein Wettlauf zwischen Achill und dem Lahmen, mit dem der Mathematiklehrer die Differentialrechnung zu erklären versucht. Achill läuft zehnmal so schnell wie der Lahme, dieser hat zehn Schritt Vorsprung. Aber wenn Achill diese zehn Schritt bewältigt hat, ist der Lahme einen Schritt weiter. Bewältigt Achill diesen einen Schritt, ist der Lahme eine Handbreit weiter – bewältigt Achill auch diese Handbreit, ist er einen Fingerbreit weiter … wie man weiß, erreicht Achill den Lahmen nie. Wenn es auch nur eine Haaresbreite ist. Die Annäherung im Unendlichen, so ungefähr darf man sich mein Verhältnis zu den Brüdern vorstellen. Eine einzige Katastrophe.

Ich weiß, woran es liegt. Ich gebe ihnen Hinweise, die eben keine Hinweise sind. Ein zerknitterter Fahrschein hier, ein Wort zum Nachtportier da, eine Mütze am Haken, keine Mütze am Haken, zwei hinterlegte Postnummern. Nicht, daß ich sie ihnen gebe – im Gegenteil, ich bin ja von krankhafter Vorsicht erfüllt –, aber irgendwie gebe ich sie ihnen doch. Katz und Maus, ich die Katz oder sie die Katz?

Jedenfalls habe ich sie auf ausreichende Weise durch ganz London geführt, immer mit einer Buslänge Vorsprung. Zu den Stoßzeiten kann man sich sogar zum nächsten Bus vorhangeln, wenn er vor dem roten Licht steht, zum nächsten und übernächsten, die da aufgereiht stehen, die 15ner, die 23er, 40er, im großen Stillstand um fünf. Ich habe die Methode studiert und beherrsche sie, meine Brüder Karamasow aber eben nicht. Am Aldgate kurz hinter Bloom's hatten sie mich verloren, das heißt, ich sie, und mußte zurückstoßen, fand die beiden mit hängenden Köpfen an der Haltestelle vor Bloom's (best kosher Restaurant west of Suez) und mußte sie erst einmal wieder in Gang bringen – zumindest bis Limehouse Corner und wieder zurück.

An der London Bridge allerdings verlor ich sie dann endgültig – oder sie mich. Aber die Brücke begeht man zu Fuß, wobei die beiden langen gebogenen Gehwege wenig Deckung bieten, das heißt, gar keine. Deshalb hilft nur schnelles Laufen bis zur London Bridge-Station, und zwar blind, ohne sich umzusehen, und wie ich mich am Ende umsehe, sind da auf der ganzen langen Strecke keine Brüder mehr vorhanden. Nun gut, immerhin hatte ich ihnen die Richtung aufgezeigt, sollten sie gefälligst selber sehen, wie sie zurechtkamen.

Nächtliches Bermondsey. Nach einem anstrengenden, wenn auch erfüllten Tag gehe ich nach Hause. Die Luft ist feucht, feiner Sprühregen, der schon seit zwei Stunden anhält. Vorne hinkt jemand über die Fahrbahn, in einer Pappbude hat es sich jemand gemütlich gemacht, sonst kein Mensch auf der Straße. Bermondsey. Ben's Zeitungsstand im dritten Mauerbogen hat noch Licht, man kann dort auch Wetten abschließen und Postwertzeichen kaufen. Ben macht sogar Überweisungen und darf es tun, darüber wundere ich mich jedesmal. In der Garage im fünften Bogen kaltes Licht von Neonröhren, dort ist aber kein Mensch zu sehen. Ich überquere die Buckstreet, die im schwarzen Tunnel verschwindet, und schließe meine Eisentür auf. Drinnen fällt mir sogleich das Phänomen des wandernden Echos auf, keine neue Erfahrung, aber sie fällt mir immer wieder aufs neue auf. Mehr ein Raunen, ein ganz sachtes Wispern. Wenn ich den Schlüssel auf die Steinplatte lege, dann setzt sich das als dünner Klang in die Tiefe fort, dünn ausgezogen, als ob da ferne Seelen antworteten. Ich bilde mir das natürlich nur ein, aber hohl klingt es hier in diesem Gemäuer, das steht fest.

Ich schreite dann hochnotpeinlich durch die leeren Kammern, wo noch immer Hand- und Fußeisen in die Mauer eingelassen sind. Auch die Winde zur Befragung, die ich hatte übernehmen müssen. Nun gut. Die Gummiköpfe, die in dem langen Galeriegang aus dem Boden ragen, schrecken mich nicht, sie waren wohl zum Abstolpern gedacht. Um den geehrten Besucher aktiv zu beteiligen. Und sind auch reichlich abgestolpert, wenn man so sagen kann. Welche Schrecken noch? Oh, die «Schleuse», wo ich mich vorsichtshalber außerhalb der Gitterstäbe an der Wand entlangquetsche, eingedenk der Möglichkeit, daß die beiden Gittertüren, ins Schloß gefallen, möglicherweise nicht wieder aufgehen – und wer hört mich hier?

Mein Haus um Mitternacht.

Ich betrete den großen Saal, in dem Anna Boleyn zu ihrer besten Zeit sechzehn Mal pro Tag enthauptet wurde. Alle dreißig Minuten, immer zur halben und zur vollen Stunde hatte sie ihren schönen blonden Kopf verloren. Den spektakulären Richtblock mit der ausgehöhlten Mulde für Hals und Schultern sowie das Richtschwert haben sie mitgenommen, aber das mannshohe Schafott steht noch. Es ist ein quadratischer Aufbau, ringsum mit einem gemalten Vorhang versehen, gerafft und mit Fransen. Ich habe die grelle Birne von der Decke geschraubt, so daß hier nur noch ein Notlämpchen, ein kleines Wachfeuer brennt, und das Raunen in dieser Halle, die hier hinten die volle Tiefe des Bogengewölbes einnimmt, in voller Höhe …

Und wundert man sich?

Das Raunen ist deutlich zu hören.

Ich glaube nicht, daß man sich wundert, wenn ich jetzt seitlich am Schafott ein Türchen öffne, den kleinen Einstieg in das Podium, daß es da herausdringt: Tango, teefarbener Tango, teefarbenes sanftes Licht, ein Anflug von Luxus, der da herausdringt – das ist das edle Dengue-Holz, mit dem das Innere ausgekleidet ist, das einen leisen Zimtgeruch vermittelt. Der Glenfiddich steht auf dem Tischchen. Die illuminierte Zahnbürste erwartet mich. Es ist sogar leicht vorgeheizt, das englische Wetter braucht immer eine Aufmunterung.

*

Ich habe traumlos bis zum Morgen geschlafen. Wohlbehütet hinter dreifach verriegelter Einstiegsluke. Höchstens, daß einmal mitten in der Nacht draußen ein scharfes Klicken durch die Bogenhallen wanderte. Und gleich darauf vielleicht noch ein zweites. Ich wartete: Ja, ein zweites. Aber dann war Ruhe, ich drehte mich befriedigt auf die andere Seite. Ruhe, Ruhe bis zum Morgen.

Am Morgen wachte ich erfrischt auf, nahm eine Dusche, frühstückte mit Kaffee und Toast, und einem Schlag Porridge, das ist hier üblich in England, um mich danach auf die Suche zu begeben. Was sich da möglicherweise über Nacht verfangen hatte.

Oh, vorher nahm ich noch die Donnerbüchse vom Haken. Das war ein Stück, das zu erwähnen ich vergessen habe, eher ein Pistol mit gebogenem Griff, aber groß wie ein Dampfhammer, ich hätte glatt meine Faust ins Rohr stecken können. Ein Stück aus der Schreckenskammer.

Jedenfalls war es geladen, dafür hatte ich gesorgt. Aber hier vielleicht doch noch ein paar Einzelheiten für den Fall, man zöge mich hinterher zur Verantwortung. Man kann also anstelle von Schwarzpulver, das heutzutage schwer zu beschaffen ist, für diese Vorderlader Leuchtpistolenpulver nehmen, es muß nur fest gestopft werden, und man benötigt eine Abdeckung, Watte oder sonstiges Werg. Als Geschoß kommt praktisch jegliches Eisen in Frage, was gerade zur Hand ist, aber auch jegliches. Das ist die Schönheit solcher alten Vorderlader. Ich hatte das Ding im Müll unter einem Haufen mottenzerfressener Gerichtsperücken gefunden.

Derart ausgerüstet stieg ich an diesem Morgen durch mein Haus, durch dunkle Flure und hallende Hallen, wo alles in Ordnung war, niemand zu sehen, kein Mann, keine Maus. Selbst die Gummiköpfe waren alle noch vorhanden und blickten mich mit stark abgenutzten Augen an. Nur an der Ecke zur «Schleuse» ließ ich doch lieber Vorsicht walten. Hier schob ich erst das Kanonenrohr sehr vorsichtig voran, ehe ich einen Blick riskierte: Es war alles in Ordnung.

Es waren zwei, ein untersetzter Bulliger und ein Dünnerer. Sie lagen in Hemdsärmeln auf dem Boden, hatten den Kopf auf das zusammengerollte Jackett gelegt, hatten es sich offenbar gemütlich gemacht, was hätten sie sonst tun sollen. Beim ersten Wort sprangen sie auf.

«Na, ihr Brüder», sagte ich, «habt ihr's euch gemütlich gemacht?»

Hatten auch gleich ihre Dinger gezogen, der dicke eine Walter PPK 8 aus dem Halfter, der Dünne eine große Baretta, nein laßt mich sehen, es war eine 357er Smith & Wesson Magnum (glaube ich), die er im Hosenbund stecken hatte. Also recht gut bestückt. Sie wußten nur nicht, wo sie sie hinhalten sollten.

«Jetzt legt mal eure Stücke ab und nehmt gemütlich die Hände über'n Kopf», sagte ich, «sonst knallt's!»

Ich hätte ja gerne einen Warnschuß abgegeben, hatte aber nur einen, außerdem befürchtete ich, daß ich danach die ganze Rückwand hätte restaurieren müssen, bei diesem Kaliber.

«Das ist nun eine fürchterliche Angelegenheit», sagte ich, als sie immer noch keine Anstalten machten, «ich habe Reißnägel und Schraubenmuttern geladen, mindestens zwei Pfund.»

Ich wartete immer noch geduldig.

«...und diese fürchterlichen gebogenen mit den zwei Spitzen, Krampen glaube ich nennt man die.»

Dann rief ich:

«Wummen runter!!!» und hörte zwei Plumpser, anscheinend hatten sie das Ofenrohr jetzt entdeckt, hatten in ihren sicheren Tod geblickt.

«Das ist recht», sagte ich, «ich weiß nämlich wirklich nicht, wie weit dieses Ding streut.»

Möglicherweise hätte ich mir selber noch etwas angetan. Wohlgemerkt, diese Konversation fand ziemlich im Blinden statt, ich brauchte nicht einmal den Kopf ganz vorzustrecken, jetzt konnte ich mir aber wirklich einen Blick leisten. Der Untersetzte also war wütend, er war rot angelaufen, der Hagere dagegen hatte es wohl aufgegeben, er war grau. Offenbar sah er seine weitere Karriere in Frage gestellt. Was wahrscheinlich auch stimmte. Ich will nicht sagen, daß er mir leid tat, der Rote noch weniger.

«Jetzt schiebt mal eure Stücke rüber, mit dem Fuß», bestimmte ich, «auch die 32er, die du da am Bein hast!» Ja, die auch. Ich studierte den Haufen. Die Waffe von dem Dünnen war tatsächlich eine 357er Magnum, dazu konnte ich mich nur beglückwünschen. Obwohl. Bei aller Heiterkeit.

«Wie heißt du?»

«Fedja.»

«Und du – – dich meine ich!»

«Kolja.»

Also Fedja und Kolja, nicht sehr überzeugend.

«Und jetzt gebt ihr mir die Nummer von eurem Chef, aber anständig! Sonst gibt's kein Frühstück!»

*

Und da hast du tatsächlich?

Ich habe tatsächlich dort angerufen und halte es, für sich gesehen, für ein absolut historisches Ereignis. Habe sogar die Gebrüder zum Tausch angeboten, man kann ja nie wissen.

Und du bist?

Bin allerdings auf wenig Gegenliebe gestoßen. Genauer gesagt auf eine Nummer, die ebensogut hätte dem Finanzamt gehören können.

Wen?

Was?

Wen?

Wen wollen Sie sprechen?

Nein.

Nein.

Von wo sprechen Sie denn?

Nein.

Hinterher berichtete ich den Brüdern Fedja und Kolja, sie seien gefeuert, beide. Da sei nun nichts mehr zu wollen. Ich meine, genug Mühe hatte ich mir ja gegeben, schließlich hätte ich mir ja auch eine der alten Richterperücken aufsetzen und sie zu fünfzehn Jahren verurteilen können. Das hätte mir auch angestanden. Bei schwerem Kerker. Bei Wasser und Brot.

*

Der Weiterverkauf der Immobilie ging relativ schnell und reibungslos vonstatten. Die Müllverwertung, mein vorheriger Rivale, hatte es sich inzwischen anders überlegt, sie hatte anscheinend doch kein Vertrauen mehr zum freien Himmel und wollte lieber unter Dach und Fach. Zahlte denn auch den geforderten Preis, mit einem gewissen Aufschlag, versteht sich, und war nicht direkt glücklich, immerhin bereit, das bestehende Inventar, bewegliches und unbewegliches, zu übernehmen, unter anderem die Gebrüder Karamasow.

19

Lieber Freitag.

London ist in jeder Hinsicht wohnlich. In jeder Ecke, es will scheinen, als ob man die wohnliche Proportion überhaupt erst erfunden hat. London ist aber auch eine Stadt, die uns eines lehrt. Die Verhältnismäßigkeit. Wie entsetzlich groß ist der Mensch, und wie entsetzlich klein ist er.

Nehmen wir den Finsbury Circle, ein feines, nobles, ruhiges Quartier nahe dem Bankviertel. Das Rund umstanden von Edwardischen Bauten, die mit ihren durchgehend stilreinen Fassaden eine architektonisch beeindruckende Gesamtkonzeption bilden. Nicht weniger beeindrukkend auch die Firmenschilder, durchweg Privatbanken, Traditionsnamen, Kanzleien der gehobenen Klasse, auch einige Privatmansions mit nur einer noblen Nummer auf Marmor. Und alle herrschaftlich hochpoliert. Es stehen Türwächter in Uniform, zumindest in langem Rock mit Zylinder vor den Portalen. Diese alle in Messing und schwarzem Lack.

Dem Spaziergänger allerdings, der die Rotunde umwandert, ist unter dem Blick der gehobenen Herren etwas beklommen zumute. Unter denen sich offenbar einige Admirale befinden. Er, der Spaziergänger, weiß, daß er hier nichts zu suchen hat und beeilt sich, den Rundgang zu beenden. In diesem frostigen oder doch sehr zurückgenommenen Klima. Bis ihm klar wird, daß die Blicke, die mißbilligenden Blicke nicht ihm, sondern einem ungebührlichen Vorgang in der Mitte des Platzes gelten.

Dort also war das Rund – und jetzt komme ich zu einer ureigensten Erfahrung – dank bequemer Vermögenslage seiner Anwohner kostspielig begrünt mit seltenen Bäumen und Sträuchern, auch mit einem Rasen ausgelegt, wie er so dicht und kurzgeschoren eigentlich gar nicht möglich ist, ornamentiert mit höchst exotischen Rabatten. Ein Park der Sonderklasse, ohne Frage öffentlicher Park, aber doch wohl unter Vorbehalt. Denn man hatte zwar keinen Zaun gezogen, aber auch keine einzige Bank aufgestellt. Dem Publikum nicht vorbehalten, aber anscheinend auch nicht so sehr zugedacht.

Und hier nun sah ich es.

Das Unaussprechliche.

Lieber Freitag, ich darf dir eine Erkenntnis

mitteilen, gewonnen im Finsbury Park. Der Mensch definiert sich durch seine Taten, ja, aber das stimmt nicht, vielmehr definiert er sich durch einen Haufen von Untätigkeiten. Wie er schläft und wo. Wie er steht und sitzt und wo er sitzt und von wo er nicht mehr wegzubringen ist. Es ist seine Unbeweglichkeit, die ihn definiert, sein absolut statisches Vermögen, da ist er nicht zu schlagen, von niemandem.

In dem schönen grünen Rund stand also ein Mantel, ja, ich mußte auch erst zweimal hinsehen: Dort stand ein Mantel. Er war lang und breit und braun – fußlang, fettig glänzend und offenbar so verkrustet, daß er von selbst stehen konnte. Stand dort zwischen Kanada-Zedern, Life Oaks und vielstämmigen exotischen Azorenpalmen und rührte sich nicht. Es war ein schöner Tag, sonnig und warm, mit fernem Verkehrslärm im Hintergrund. Ein schöner vornehmer Tag, absolut stilrein aus der Edwardischen Epoche, bis auf …

Ja, bis auf diese Ausgeburt. In dem Mantel befand sich ein Mann, das heißt, es war nur sein Kopf zu sehen und auch dieser nicht vollständig, begraben unter einem ungeheuren rotbraunen Haar- und Bartwuchs, sichtbar eigentlich nur, weil er bisweilen gedreht wurde. Hierhin und dorthin. Hände und Füße keine. Hals auch nicht. Ich weiß nicht, wie lange er dort schon ansässig war. Nach der deutlichen Mißbilligung der Admiräle zu urteilen schien es sich um einen länger anhaltenden Zustand zu handeln. Sicherlich hatte man den Mantel genügend ersucht, seinen Standort zu verlegen. Jedenfalls heute hatte er Waschtag.

Und das sah so aus:

Hemden, Hosen, Unterhosen, Unterhemden und noch mehr Hemden. Und noch mehr Hosen. Lagen alle ausgebreitet auf dem kostspieligen Rasen, über die ganze Länge, auch einige Jakketts, Mützen und Hüte, sogar ein Frackhemd, soweit ich sehen konnte. Der Mann hatte Sonnenwaschtag, und das erschien mir als sehr intelligent, immerhin zieht die Sonne die Milben heraus.

Ein schöner Tag.

Auch den rotbraunen Bart hatte er ausgebreitet, bei Regen würde er ihn dann wahrscheinlich hereinziehen. Ich nahm an, daß er sich im Augenblick halbnackt in seinem Mantel befand, nach der Wäschemenge zu urteilen, ganz nackt? Polizei? Was hätte die Polizei tun sollen? Notdurft? Diese allerdings könnte ein Problem sein, aber was soll ich sagen, es verging keine halbe

Stunde, als ich deren Lösung sah. Die Glocke nämlich, diese fußlange schwarzbraune Morchel hob sich an und versetzte sich akkurat um drei Schritt auf dem Rasen. Das schien die Lösung zu sein. Sanitärmäßig.

Habe ich den Mann beneidet? So weit will ich nicht gehen, immerhin wohnte er in einem der feinsten Viertel Londons, und zwar rechtmäßig – das ist das Frappante der englischen Gesetze. Und zwar kostenlos.

Ich habe ihn noch öfter besucht. Auch nachts. Offenbar schlief er innerhalb des Mantels irgendwie eingehängt. Mit drei, vier Hüten auf dem Kopf. Dann glänzte der Mantel bläulich, schön im Mondlicht, am Tage hörte ich oft ein Liedchen und das rhythmische Klappern von Löffeln. Neid? Kein Neid, aber Wundern.

Lieber Freitag, ich nenne das «Wohnen im Stehen», meine Definition, übertroffen höchstens von den Massai, die das auf einem Bein tun. Aber vielleicht sollten wir daraus einiges lernen, daß es sich nämlich in diesem kurzen Leben kaum richtig lohnt, sich auch nur hinzusetzen.

Lieber Freitag, ich habe dir die kleinste Wohnung der Welt gezeigt, jetzt werde ich dir die größte zeigen.

20

Die Südsee ist einigermaßen versaut worden, es muß einmal gesagt sein. Schuld haben die Missionare. Nirgendwo auf der Welt, in keinem noch so gottverlassenen Winkel, tragen sich die Damen so hochgeschlossen, so total bedeckt, wie hier, in den einstigen Paradiesen der Bounty und der Seahawk. Man weiß nicht, was sie sich dabei denken, das heißt, man weiß es. Nur die Unterarme und ein kleiner Teil der Waden sind freigelassen, auf keinen Fall mehr. Sie tragen lange Baumwollhemden und lange Tücher, die verknotet sind, und sie tragen sie gern, das ist das Bedrohliche.

Ich hänge hier seit geraumer Zeit an der Bar, der einzigen auf Funafuti, die noch dazu ein Geschenk Rot-Chinas ist, und ich bin hier kein Fremder. Eigentlich in Kiribati zu Hause, bin ich in dieser Gegend hängengeblieben.

Und die Männer?

Wie tragen sich die Männer.

Genauso, rufe ich aus.

Ich bin nicht laut, aber es muß einmal gesagt

sein. Nur die Unterarme sind frei und ein Teil der Waden, die allerdings hier ungewöhnlich stark ausgebildet zu sein pflegen. Die Männer sind ebenfalls versaut. Nachher werde ich aus Gram vom Stuhl fallen und mich in meinen Verschlag tragen lassen. Nicht ohne daß man mir vierzehn Fidji-Bier in Rechnung stellen wird, die ich nie im Leben getrunken habe!

Ach, Kiribati, wo bist du, man hat mich dort entsetzlich geschunden. Aber davor haben sie mich auf Torkelau geschunden und davor … weiß nicht mehr. Ach Torkelau, wo bist du?

Man hält mich hier für einen Säufer. Und zwar zu Recht. Es ist der Toddy, der einem so leicht ins Maul fließt, er fließt von der Palme draußen im Vorhof, die man nur anritzen muß, dann fließt er schon. Ich habe an drei Stellen Blechbüchsen hingehängt, die, zusammengegossen, fast einen halben Liter ergeben. Wer will mich daran hindern. In die Sonne gestellt, verursacht der Toddy nach zwei Tagen ein angenehmes Palmwedeln, das ich dringend brauche, denn man hat mich entsetzlich geschunden.

Mein Name ist Käpten Kuk. Verzeihung, mein Name ist Freddy, aber ich bin unter Käpten Kuk gefahren, mein richtiger Name ist … Wenn man mich fragt, stamme ich aus Hongkong, wenigstens bin ich dort geboren, was natürlich auch nicht stimmt (ich bin überhaupt nicht geboren).

«Ein Bastard, indisch-irisch-bretonischen Ursprungs aus Hongkong», kein Mensch weiß, wo ich herkomme, und da zahlt sich die gute alte Methode aus, nämlich fremde Sprachen immer in einem entlegenen Dialekt zu sprechen. Hier zum Beispiel spreche ich reines Irisch mit dem starken «rr». Merkt kein Mensch.

Die ganze Südsee ist eine einzige große Sauerei, Verzeihung, Behausung wollte ich sagen, eine einzige riesengroße, ewigblaue Behausung. Bei immerwährender Zimmertemperatur. Alle guten Geister, ob Iren oder Schotten, selbst Bretonen sind eingeladen, sich häuslich niederzulassen. Wo sie gerade stehen, an jedem beliebigen Ort, luxuriös im weißen Sand, auf den geschliffenen Korallenklippen oder weich auf meterdicken Seegraspfühlen. Einfach hinlegen und schlafen. Es gibt keine Schlangen, keine Moskitos, keine schwarzen Panther, nur Fregattvögel und die wiegen sich hoch oben auf den Wolkenpolstern, wahrscheinlich schlafen sie da ebenfalls. Das Essen fällt dir ganz von selbst in den Schoß, du mußt nur aufpassen, dich von den gewalten Nüssen nicht erschlagen zu lassen, aber du kannst ja auch Fische mit der Hand greifen. Es gibt Leute, die haben sich nur zur Ruhe gebettet und sind nie wieder aufgewacht, so gut schläft es sich in der Südsee.

Aber morgen früh, wenn ich meinen letzten Toddy ausgeatmet habe, bringt sie mir den Kaffee. Oh, das ist ein Spektakel. Die Südseefrau ist stattlich, auf Tahiti ist sie zierlich, aber ich bin nicht auf Tahiti, und sie geht langsam. Sie spricht langsam, sie lächelt langsam, sie riecht sehr langsam nach Vanille. Sie ist eine schöne Frau, mehr eine Statue, die milde mit mir umgeht, jetzt bringt sie mir den Kaffee. Inzwischen sitze ich im Hof in meinem Rattansessel, der keine Sitzfläche mehr hat, draußen schreien die Kudus, und die kleinen Perlhühner krähen. Jetzt bringt sie mir den Kaffee. Sie öffnet die Tür, keine richtige Tür, man kann an ihr vorbei in den Hof treten, rechts und links vorbei, aber sie öffnet die Tür. In der Hand trägt sie ein Tablett, mit der Henkeltasse, in der sich der Kaffee befindet. Und dann kommt sie.

Sie kommt milde lächelnd wie eine Sonne, denn sie meint es gut mit mir, schreitet über den Hof, vorbei an dem großen Stein, der dort liegt, vorbei an dem ersten Busch, an dem zweiten Busch. Inzwischen ist der Tag schon fortgeschritten, die Sonnenfelder sind gewandert. Bis sie mir dann stattlich, und zwar auf eine besonders stattliche Weise, den Kaffee hinstellt, ist er kalt geworden, ja, aber es ist ein großes Spektakel gewesen. Ein großes langsames. Da wollen wir uns nichts vormachen.

Ein noch größeres wäre es ohne dieses Hemd gewesen. Hochgeschlossen, gelbrot bedruckt und bis zu den Knöcheln reichend. Die Missionare haben alles versaut.

*

Nachher gehe ich ins Internet-Café, schließlich muß ich mich um mein Geld kümmern. Man hat richtig gehört, es besteht zwar nur aus drei Bretterwänden und einer Wellblechabdeckung, ist aber immer gut gelüftet und hat ein blaues Schild auf dem Dach «Island Dream».

Hier spreche ich mit meinem Dicken, und das muß ich auch noch abklären. Ich dachte immer, er säße in dem Kasten, aus dem er mich mit seinem Image angrinst. Er befindet sich aber in irgendeiner Astralwelt, von wo ich ihn abrufen kann, gleich von wo. Von Paumotu, Tonga oder Tokelau, ich verstehe es auch nicht. Eben auch von Funafuti, solange es dort einen Inseltraum gibt. Auf den Fidjis gibt es sogar einen mit Damenbedienung, kann ich nur empfehlen.

«Hallo», und er grinst mich an: Was ich denn nun wieder angestellt habe, das er korrigieren müsse. Es ist dann genauso, als ob er sich im Nebenzimmer befände, was in gewissem Sinn sogar zutrifft. Wenn ich hier nämlich meinen Kaffee mit Damenbedienung trinke und gleich daneben meine ganz persönliche Seite auftue, meine Homepage: Hallo, Hallo, willkommen in Robinsons Haus. Dann erscheint ein hübsches Bild auf dem Schirm, ein offenes Palmhaus mit einem Robinson in Bart und selbstgeflochtenem Hut. Und, was soll ich sagen, irgendwie treibt auch Freitag hinter dem Haus sein Unwesen, zumindest sieht man seinen nackten Podex. Es gibt auch witzige Sprüche, sogar handfesten Humor, zum Beispiel auf der zweiten Website ein Bild von mir (bin ich natürlich nicht) v o r und n a c h Gebrauch des «do-it-yourself-kit-for-cosmetic-surgery», dann sehe ich nach Gebrauch nicht mehr so gut aus «hahaha». Jeder, der auf die Homepage stoßen sollte, hat seinen Spaß. Während ich dann auf der dritten Seite die Option eröffne, sich meines Bankkontos zu bedienen.

Sofern er den Schlüssel hat.

Den ich dem verehrten Besucher aber doch vorenthalten möchte, und dazu hat sich mein Computer etwas besonders Perfides ausgedacht.

Im Prinzip läßt sich jeder Schlüssel knacken, es ist nur eine Frage der Zeit, der Zeitaufwand muß sinnvoll sein. Wenn eintausend Computermaschinen eintausend Jahre lang laufen müssen, um den Schlüssel zu einer Herrentoilette zu finden, ergibt das keinen Sinn. Zehn Computer zehn Stunden lang für einen Bankcode dagegen schon. Besonders wenn es sich um meinen handelt.

Ich möchte jetzt nicht allzu mathematisch werden, das überlasse ich meinem dicken Freund, immerhin weiß ich, daß man Zahlen geometrisch darstellen kann, etwa als Schnittpunkte auf einer Geraden. Das ist selbst mir geläufig, und es geht auch nur um die Schönheit.

Da hat er sich also eine Geometrie ausgedacht, eine fünfseitige leicht konische Säule, die sich in einer Stunde einmal um ihre Achse dreht. Oder sagen wir, ich weiß, daß sie sich dort irgendwie dreht, gesehen habe ich sie nicht. Sie wird also angeblich von einer schräggestellten Ebene durchschnitten, wobei die Schnittpunkte der Konten mit der Ebene jeweils eine Zahl ergeben. Im Minutentakt. Kannst du dir das vorstellen? Wobei die Ebene auch nicht eben ist, sondern parabolisch gekrümmt.

Leicht gekrümmt.

Lieber Freitag, hast du auch nur die blasseste Vorstellung von dieser Wirrnis der Schnittpunkte, die hier verursacht werden? Mein Computer hat ausgerechnet, daß die jeweils gleiche Zahl erst Weihnachten 2040 wiederkehren wird. Und auch nur 1 Minute lang. Meine eintausend Gangster mit ihren eintausend Computermaschinen werden es in eintausend Jahren nicht bewerkstelligen, die verdammte Zahlenkombination zu finden. Laß mich dieses schöne Bild, lieber Freitag, in meinem schönen großen blauen Haus, in dem ich mich befinde, vor dir ausbreiten.

Außerdem hat sich mein Computer noch eine zusätzliche Perfidie einfallen lassen, auf die niemals und kein lebender Mensch je kommen würde, für ihn hat die Stunde nicht 60, sondern 61 Minuten.

*

«Na, und», fragt man mich, «wie bist du denn hierhergekommen?»

Anscheinend hänge ich schon wieder an der Bar, wo ich alle Biere bezahlen muß (Geschenk Rot-Chinas an die Republik Tuvalu). Und man will es auch gar nicht wissen, fragt aber trotzdem.

«Hat man dich ausgesetzt?»

Gelächter.

«Von Kiribati, ich bin von Kiribati hierher.»

Und davor?

«Von Torkelau.»

Und davor?

«Von Paumotu, davor Niue.»

Und davor?

«Tonga.»

Das ist auch so eine Eigenart, man fragt hier immer rückwärts. Jemand, der in Hongkong geboren ist, benötigt eine halbe Stunde, bis er dort anlangt.

– – –

Gelächter.

– – –

Aber es ist berechtigt. Alle hängen an der Bar und trinken die vierzehn Fidji, die mir nachher berechnet werden. Es ist eher komisch, mich haben sie immer furchtbar geschunden, auf der «Cook» und anderswo, es waren furchtbare Jahre, wenn man mir glauben will, und ich habe Salzwasser schlucken gelernt, das kann man mir glauben. Man ist aber fröhlich hier. Selbst der arme Reisende aus Christchurch, der sein gesamtes Sortiment verloren hat, drei Musterkoffer mit Bürsten, Kämmen, Nagelscheren, Trokkenwicklern und Lockenhauben, mit den Tits und Bits und kostenlosen Proben, die auch verloren sind. Inklusive seiner Jungmilch «Rosenhaut», wie er ausführt. Und ist immer noch fröhlich.

«Lost all my luggage.»

Eine tragische Geschichte, immerhin geht es um eine Existenz. Da hatte also Pago-Pago-Airlines nicht abheben können, weil das Passagiergepäck zu schwer war, welches ausgeladen später nicht mehr gefunden wurde. Jetzt sitzt der Passagier seit zwei Jahren auf dem Barstuhl, während Pago-Pago-Airlines nach den Musterkoffern sucht, sie können sich ebensogut auf Torkelau wie auf Paumotu befinden. Ich spendiere ihm ein fünfzehntes Fidji, immerhin geht es um Leben und Tod. «Lost my luggage.»

Obwohl es mir auch nicht gerade gut ergangen ist. Nicht daß sie mich kielgeholt haben, das nicht, aber nahe dran bin ich gewesen, das ist die reine Wahrheit. Ich habe Käpten Kuk kennengelernt, und ich habe ihn fürchten gelernt, ich habe ihn bewundert, und ich habe ihn gehaßt. Aus gutem Grund.

Du kennst die Strafe!

Wenn du das Gesetz gebrochen hast.

Sie binden dir ein Tau um den Bauch, das quer

unter dem Schiff hindurchgezogen ist, von Nock zu Nock. Und dann der Druck, das Dröhnen und das Maul, groß wie ein Zimmer voller Wasser. Und das Grünblau der Ewigkeit. Ja, aber ich kann mit gutem Gewissen behaupten, ich sei unter Käpten Kuk gefahren. Das sollte man mir abnehmen.

Übrigens ist das die leichtere, die zivile Methode. Eine weitaus schwerere und wohl auch endgültige besteht darin, den Mann längs vom Bug bis zum Heck unter dem Schiff durchzuziehen. Da habe ich es doch vorgezogen zu springen.

Ach, der Weg ins Paradies.

Es gibt einen Blick, der zu den schmerzlichsüßesten Blicken der Welt zählt. Der Blick auf das langsam sich entfernende Schiff mit dem fluchenden Kapitän im Achtersteven. Der flucht dann noch sehr lange, und der Mann starrt noch sehr lange auf die Stelle, wo das Schiff nicht mehr vorhanden ist. Dreißig Jahre lang.

«Na und», fragen sie mich, «da bist du also gesprungen?»

«Nackt und bloß», erwidere ich, «und wenn mir jetzt noch jemand sagen kann, wo ich mich hier befinde!»

Gelächter.

21

Lieber Freitag.

Es gibt gute Menschen, und es gibt böse, und es gibt sehr böse Menschen.

Käpten Kuk herrschte über ein Reiseunternehmen, das von Sonnenaufgang bis Sonnenuntergang reichte, bestehend aus sechzehn Hütten am einen Ende und zwölf am anderen, und dem Zweimaster «Cook» zwischen ihnen, der allein mit Segelkraft, allenfalls bei absoluter Flaute mit e i n e m Dieselmotor verkehrte. Denn der Käpten setzte seine Ehre daran, selbst den letzten Meter im Hafen unter Leinwand zu meistern. Von den Fahrgästen entsprechend gewürdigt, wenn er am Ende der Reise mit offener Hand an der Gangway stand, während ich selber – ich muß es erwähnen – mehr seitlich stehend auch etwas die Hand aufhielt. Nicht sehr erfolgreich, aber das ist die Ausgangsposition einer einigermaßen schrecklichen Geschichte. Immer auf der Suche nach dem Glück.

*

Käpten Kuk war Melanesier, und das heißt, er war groß und stark, hatte krauses Haar und dicke Waden, seine Vorväter hatten noch Menschenfleisch gegessen. Davon zeugten die Instrumente in seiner Kajüte, die er dort an die Wand genagelt hatte: Messer, Schaber, Löffel aus Hartholz, auch lange Spatel für die Weichteile und Zinken fürs Gehirn. Das ganze Sammelsurium, zur Freude der Gäste. An mir hatte er einen Narren gefressen. Käpten Kuk, von ständigem heiteren Zorn erfüllt, immer mit einer Blume links hinter dem Ohr, welches bedeutete: Desperately looking! Steckte die Blume rechts hinter dem Ohr, bedeutete es: Taken (bereits vergeben)! Und es waren immer ausgesucht schöne Dragon-Blüten, die er trug! Wenn er morgens wild aus seiner Kajüte trat, brüllte er laut: «Bulla!» Guten Morgen, ein neuer Tag!

Seid heiter
und sehr grausam
und voller Blumen.

Meine Aufgabe war es, die Schnorchel einzusammeln, die unsere Touristen mit großer Regelmäßigkeit am Strand liegen ließen. Wir steuerten dieses wunderbare Kuri an und danach das wunderbare Lati, wo nur blaue Seesterne und Doktorfische wohnen, die Doktorfische alle sehr gelehrt und immer etwas beleidigt, wenn man nach ihnen faßt, aber das Blau der Seesterne ist so unerhört blau, daß man denkt, das Wasser sei von innen beleuchtet. Mit einem Stich ins Hysterische. Daneben der weiße Strand fast schattig. Jedes Mal, wenn wir Lati oder Kuri ansteuerten, brach eine Art Panik unter unseren Touristen aus und eine Dreiviertelstunde lang ragten die dreißig Pos aus dem Wasser, ich konnte dann hinterher zusehen, wie und wo ich die dreißig Schnorchel wieder einsammelte. Meine Aufgabe.

Sie kamen auf die wahnsinnigsten Ideen. Ein ganz bestimmter Dornbusch war immer reich dekoriert, es hingen Schnorchel an den Ankern der Boote, an den Rudern, am Wrack einer Boje, die schräg im Sand stand. Einmal hatte sie einer armen Schildkröte den Schnorchel umgebunden, die damit verstört davonkroch. An sich wäre ein vergessener Schnorchel keine Katastrophe gewesen, da wir in spätestens einer Woche Kuri und Lati wieder ansteuerten und sonst kein Mensch sich dorthin verirrte. Nicht so unser Käpten Kuk!

Für Käpten Kuk mußten es immer dreißig sein, die ich gefälligst abzuliefern hatte. Nicht achtundzwanzig, nicht neunundzwanzig. Dreißig! Sonst werde ich oder würde ich kielgeholt!

Käpten Kuk in roter Hose und breiter Brust vor versammelter Mannschaft. Ich verstockt.

«Du weißt, was dich erwartet.»

Ich schweige verstockt.

«Du kennst die Strafe.»

– – –

«Sag es.»

– – –

«Sag es. Die Strafe auf hoher See!»

«Kielholen», sage ich.

Die versammelte Mannschaft bestand aus sechs Mann, mich eingeschlossen. Da war der Koch, da war Nauli, der sich nirgends blicken lassen konnte, ich glaube, er war auf so ziemlich jeder Insel straffällig geworden, dann Kauri, der nie etwas sagte, und ein sehr dünner Mann, der portugiesisch sprach, es kann aber auch polnisch gewesen sein. Dann war da noch Oki, eine Masse Mensch, ein Ding, vor sich hin brütend, ab und zu mit geballter Faust. Der war mir auch keine Hilfe. Und dann ich.

Na, ja.

Aber dicht dran bin ich gewesen, das könnt ihr mir glauben.

*

Da gab es dieses «Schweineessen» an Bord, ein Höhepunkt der Reise. Wenn sich die Nacht senkt über Naoumu, dann dreht sich das Schwein im Feuerschein. Zum Klang der großen Schlitztrommel. Kuk in geblümter Hose und mit zwei Kämmen im Haar dreht selbst den Spieß, es gibt Vollmond und schwarze Fransen der Palmen am Ufer. Ja, das ist ja fast ein Langschwein, das sich da dreht, und alle Gäste wissen, was das Wort bedeutet. Obwohl es niemand ausspricht, «der tapfere Mann kommt in den Feuerofen, der feige läuft, um darüber zu berichten». Das Schwein aber, in kauernder Stellung, mit dem Spieß durch die Brust, blickt mit weißverknorpelten Augen in seine eigene Ewigkeit. Das ist alles sehr grausam, aber schmackhaft, und ich bin sogar der Meinung, daß es gar nicht schadet, wenn es einmal «augenfällig» wird, was das heißt: Essen.

Wenn nicht gerade ich derjenige sein soll, der das zu beweisen hat. Sprach ich von Kuk's Grausamkeit? Nun, hier wird sie noch deutlicher, Käpten Kuk's Vorliebe für mich gipfelte im großen Festessen, ich war derjenige, den er zum «Anstich» abkommandierte, jedes Mal.

Zu diesem Zweck stattete er mich mit einem ganz besonderen Instrument seiner Sammlung aus, einem Art Hakenlöffel oder Löffelhaken, mit dem ich sozusagen die Glanzstücke voressen mußte. Zur Ehre der Götter und zum kalkulierten Entsetzen der Gäste. Das Feuer flackerte, die Schlitztrommel dröhnte, und hier drehte sich der Schweinebauch und zeigte die rotgesottenen Bällchen, die doch hatten Unsterblichkeit versichern sollen. Sie schmeckten übrigens nicht schlecht, mehr nach hartgekochtem Ei, und Käpten Kuk nahm das sehr ernst, ich meine, daß ich sie aß. Ich nehme an, daß es sich um den Abhängigkeitsgrad handelte, der hiermit bewiesen wurde. Die Rangordnung.

Da war zum Beispiel die Sache mit dem Jungen, dem Freitag, wie ich ihn nannte, weil er so aussah.

Ja, ich habe Freitag gefunden, das darf ich hier behaupten, und er war meine Entdeckung, nicht die Kuk's. Eines Tages irgendwo auf Mauki in der Paumotus, wo wir vor Anker lagen, war er aus dem Dickicht getreten. Töricht mit offenem Mund, einen Stock in der Hand. Ich sagte, was willst du mit dem Stock, willst du mich hauen?

Er war aber nur töricht, ein ausnehmend schöner Jüngling, fast schon ein Mann, sehr hell, mit kurzgekraustem Haar, langen schönen Gliedern und, wie mir auffiel, äußerst delikaten Gelenken. Die fielen mir wirklich auf, solch feine Knöchel, solch zart umschriebene Kniescheiben hatte ich noch nie gesehen, «um die Ellenbogen spielten nußgroße Muskelchen, und der kleine Trizeps unterhalb der Schlüsselgrube war überhaupt ein Gedicht (wie es einmal heißen wird, aber dann gibt es ihn nicht mehr)».

Ich sagte, und damit willst du mich schlagen? Nein? Wohl doch nicht. Jedenfalls war es meine Schuld, daß er an Bord kam, aber Kuk war derjenige, der ihn mir wegnahm, insofern trägt er die Schuld. Er übrigens nannte ihn Schuhschein.

Auf hoher See. Die lange Dünung des Pazifik hat so manch einem das Gleichgewicht gekostet, lange blaue Rücken heben sich, senken sich, fernab ein winziges Unwetter wie ein dunkler Trichter, sonst nur saugende Bläue, tagein, tagaus, und alle Menschen verlieren den Verstand. Wie im Fall Freitags. Man gab ihm leichte Arbeit, hier Hand anzulegen und dort, nichts Besonderes, das er nicht hätte bewältigen können, hier ein Tau zu zurren, dort eine Leine zu fieren, einen Eimer Wasser aufzugießen, ein Stück Messing zu putzen. Bei allem zeigte er zwar Bereitwilligkeit, doch keinerlei Verständnis, es konnte geschehen, daß er mitten im Schwung des Ausgießens aufhörte, um sich längere Zeit in einem Glasfenster zu spiegeln. Dem Jungen – kurz gesagt – war Arbeit fremd.

Es kam, wie es kommen mußte, es folgte die Strafe.

Oder war es eine Strafe, die von vornherein feststand? Keine sehr schwere, wohlgemerkt, wie Auspeitschen (Billy Budd) oder Aufflechten auf den Mast (Jan Myatt), doch eine immerhin deutliche. Die Bestrafung fand am Abend vorn im Geigatt in Anwesenheit der Besatzung (nicht der Passagiere) statt. Die Passagiere waren inzwischen auf dem Achterdeck mit Batu-Batu beschäftigt – das ist ein Brettspiel, das mit kleinen rotgefärbten Wirbelknochen gespielt wird.

Vorn im Geigatt auf den aufgerollten Trossen wurden dem Jungen die Hosen heruntergezogen – sehr zum Jokus der Anwesenden – und die Hinterbacken mit Schuhwichse geschwärzt, so daß er dastand wie ein kleiner Fetisch. Zur Freude Käpten Kuk's, der sich von dieser Art Strafe wohl keine Besserung versprach, wohl aber genügend Jokus. Hatte der Junge danach etwas dazugelernt, er hatte es nicht. Weiterhin zurrte und fierte er die Leinen und Enden zwar bereitwillig, doch weiterhin unvollständig. Weiterhin flatterte das Tuch, sobald er es anfaßte, munter im Wind, und was das Kartoffelschälen anging, wäre der Vorrat bald aufgebraucht gewesen, hätte man ihn weiterhin schälen lassen. Fingerdick.

So sollte er noch oft als Beispiel dienen, schwarzeingefärbt und blank, sehr zur Freude der Besatzung, die dieses Schauspiel abends auf dem Geigatt genießen durfte. Dieses doch sehr unstatthafte Schauspiel. Ich selber, zunehmend bedrückt, hatte aber auf eigentümliche Weise eine Zuneigung zu dem Jungen entwickelt, wenn ich ihn mit seinen polierten Hinterbacken dastehen sah.

Natürlich versuchte er, die Schuhwichse abzuwaschen, erreichte aber nur ein allgemeines Geschmiere, und als Ergebnis herrschte schließlich ein graublauer Grundton von der Mitte des Rükkens bis zu den Kniekehlen vor. Ohne daß ich allerdings den Eindruck hatte, diese Verunglimpfung bereite ihm allzugroßen Kummer. Der Kummer war eher auf meiner Seite. Einmal – inzwischen wurde er «Schuhschein» genannt – sah ich ihn in der Schiffsküche mit heißem Wasser hantieren, unter mehr oder weniger halbherzigem Protest des Kochs, der gleich daneben Mohrrüben, Sellerie und Ingwer putzte, denn es sollte Fisch-Meringue geben und der Raum war immer knapp bemessen.

Während sich meine Bedrückung allmählich in Haß verwandelte: Kannst du dich nicht zusammennehmen, du dummes Ding, mußt du alles falsch anfassen, mußt du wie eine Schnecke auf deiner eigenen Scheiße kleben, am Ende macht dir das auch noch Spaß! Macht dir das Spaß? So fuhr ich ihn an, krank vor lauter Sorge und Kümmernis. Wie?

Dazu brachte er nur das törichte Lächeln zustande.

Käpten Kuk hatte sich in seinem Eifer – was den Strafvollzug anging – etwas Neues ausgedacht, ich möchte fast sagen, etwas Vollkommenes, indem er nämlich jetzt die farbechte Schuhcreme der Marke «Master's» benutzte, die nicht mehr abzuwaschen war. Es gibt sie in dieser flachen Blechdose, gelb, mit dem Schriftzug «Master's» quer über den Deckel, groß beginnend und groß endend, in der Mitte aber taillenartig eingeschnürt. Mir ist diese Marke ausschließlich auf den Inseln begegnet, sonst nirgends. Ach ja, auf dem Deckel befindet sich noch ein kleines rotes Medaillon, darstellend einen «schoeshine-boy». An dieser Stelle wurde ich hellhörig.

Insbesondere, weil sich Kuk (mein Haß) in den letzten Tagen angewöhnt hatte, den Jungen in seine Kabine mitzunehmen, wo er ihm einen besonderen Glanz zukommen ließ. Jawohl, mit der verdammten Marke «Master's». Oh, das war ein wirklich tiefes Schwarz, das er da erreichte, ein wahrhaftig tiefes, und mein Haß vertiefte sich entsprechend: Der Schuhschein. Wenn ich ihn wieder einmal, war es morgens, mittags oder abends, aus Kuk's Kabine schlüpfen sah, hätte ich ihn ohne weiteres erschlagen können. Aber es kam der Tag, an dem wir uns alle noch wundern sollten.

Wie gesagt, wir lagen vor Naoumu, jener bekannten und berüchtigten Insel, auf der kein Laut zu hören ist. Man weiß es nicht genau, ist es das Trommelfell, das sich dort aus unerklärlichen Gründen spannt, so daß man wie unter Wasser hört oder nicht hört. Oder ist es das totale Schweigen? Auf der Insel? Man weiß es nicht. Zunächst aber begab sich auf dem Schiff ein unerhörtes Ereignis, an einem Vormittag um elf, also lange nach dem Frühstück und noch vor dem allgemein recht reichhaltigen Mittagessen. Die Tür von Kuk's Kabine ging auf und heraustrat am hellichten Tage ein Mensch, eine Figur, ein künstliches Wesen, der Schuhscheinboy – aber diesmal wirklich der Schuhscheinboy. Aus dem die weißen Zähne und das Weiß der Augen wie Lampen herausleuchteten. Ich glaube, uns allen stand der Mund offen.

Schwarz von oben bis unten, schwarze Arme, schwarze Beine, Füße, Bauch und Rücken, auch Schultern, Hals und Brust, aber auch das Gesicht total schwarz bis zu den Ohrläppchen. Und alles meisterhaft hochpoliert. Der Meister selbst kaum sichtbar im Türspalt, aber eben doch in all seiner Genugtuung sichtbar, beobachtete, wie der Junge sich glanzvoll die Gangway zum Deck hinaufhangelte.

Und was für ein Meisterstück das war! Besondere Sorgfalt war auf Details wie Nasenflügel, Finger- und Zehenkuppen sowie Kleinmuskulatur, wie etwa die spielenden Kügelchen um die Ellenbogen herum, gelegt. Kniescheiben (die besonders delikaten Kniescheiben) sorgfältig herauspoliert, Grübchen alle vertieft und mit Glanzlichtern versehen, und gar die Grübchen über den Hinterbacken, die ja sowieso schon genügend Aufmerksamkeit genossen hatten, waren so abgrundtief schwarz behandelt, daß man schon fast an ein Kunstwerk denken mochte. Ja, ich mußte es ihm zugestehen – diese Anerkennung konnte ich Kuk leider nicht versagen, was aber meinen Widerwillen gegen den schlechten Menschen nur bestärkte. Der jetzt vollends aus der Tür getreten war, um seinen Schuhschein bis ganz hinauf, ganz bis zur obersten Stufe zu verfolgen. Mit seinen schlechten Augen.

An Deck war der Junge natürlich eine Sensation. Die Männer pfiffen, Vögel flogen auf, selbst ein zahnloser alter Deckshund, den niemand sonst wahrnahm, zischte ein wenig zwischen den Lefzen, und die Passagiere, die die Südsee pauschal gebucht hatten, die sowieso! Die hielten das Ganze für eine ungemein gelungene Zugabe zum Reiseprogramm, wovon sie dann noch jahrelang berichten würden. Kuk hatte dem Jungen ein Grasröckchen verpaßt, einen Paupau, wie ihn die Fidji-Krieger früher kurz und breitbeinig trugen – das sieht besonders unanständig aus –, und er war jetzt selbst heraufgekommen, um den Auftritt zu verfolgen. Stand da in geradezu grotesk anmutendem Besitzerstolz, Standbein mit der voluminösen Wade aufs Deck gepflanzt, Spielbein ebenso voluminös leicht vorgesetzt, dazu dieses üble Grinsen, ich will es nicht Grinsen nennen, ich nenne es «Smirk», eine üble Variante. Herrgott, habe ich den Mann gehaßt!

Der eigentliche Anlaß aber, der wirklich skandalöse, war schließlich das Deckschrubben. Bisher war ich ja nur eifersüchtig gewesen, wie ich ganz offen zugebe, aber jetzt ging Kuk einen Schritt zu weit: Er gab Order, das Sonnendeck, wo sich die Passagiere in ihren Stühlen räkelten, mit Wasser und Wurzelbürste zu schrubben, und der arme Junge in seinem Baströckchen tat dies ohne Widerrede (wenn auch nur halbwegs). Das war nun skandalös. Also das war nun wirklich skandalös, meine ich. Hochpoliert und auch noch hochglitschig von der Schmierseife, die man ihm vor die Füße gekippt hatte, tat der Junge hier sein Bestes. Um dem gewaltigen Beifall, der ihm gezollt wurde, gerecht zu werden. Hatte auch noch seine Freude daran. Schwabberte hier ein bißchen mit der Wurzelbürste, schwibberte dort ein bißchen. Schlidderte in der Seifensoße auch noch lang hin.

Tosender Beifall.

Nein, es war nicht mehr zu ertragen, reineweg nicht mehr auszuhalten – ich habe oft zu rekonstruieren versucht, was das eigentlich war, das mich bewogen hatte. Nicht die Scham, die ich an seiner Stelle empfand – auch nicht der Zorn oder gar Eifersucht (die weise ich weit von mir), es war auch nicht wegen der zahlenden Gäste. Nein, vielmehr war es wohl die blaue See, die mich bewog, die unendlichen zehntausend Meilen und, ja, die reine Morgenluft. Die fächelte wirklich vielversprechend. – – – Und da bist du gesprungen.

Wir! Wir sind gesprungen.

Allgemeines Gelächter.

Ich habe gerufen: Spring!

Und da ist er gesprungen, denn so war er, der Freitag, wie ich ihn nannte, mutig, töricht und immer gehorsam, wenn man sich nur genügend deutlich ausdrückte. Das Ideal eines Freitags mit offenem Mund.

Mitten in der Seifensoße, die ihm übrigens ausgezeichnet stand, war er über das Deck geschlittert, hatte auch noch sein Baströckchen verloren – man verzeihe mir – war gesprungen oder gefallen, ganz genau ist das nicht mehr zu rekonstruieren.

Und ich gleich hinterher.

———

22

Lieber Freitag.

Du hast richtig gehört. Ich habe diesen Käpten Kuk gefeuert, kurzerhand, der Mann war einfach zu weit gegangen. Natürlich gehörte mir das Schiff, da liegst du auch richtig, das heißt, es gehört mir immer noch, eine der Annehmlichkeiten, die man hat. Ein ganz ähnliches Projekt verfolge ich zur Zeit in New York, wenn auch unter anderen Voraussetzungen. Eine Immobilie, in der ich als mein eigener Hausmeister herumlaufe, oder besser noch als bloße Reinigungskraft, die dann noch unsichtbar ist.

Aber zurück zur «Insel des Schweigens», wie Naoumu auch genannt wird: Panu titti lanki pai, «die Schöne redet nicht». Sie hat eine Länge von knapp drei Meilen und ist eine halbe breit. Und sie ist schön. Als Freitag und ich den Strand erreichten, lag sie vor uns wie Geschmeide. Ganz im Westen erhoben sich zwei Felsspitzen, leuchtend grüne Hexenhüte, dicht bewachsen mit Riesenfarnen, und wo der Felsen blank lag, schien er durchsichtig zu sein. Jedenfalls schienen alle Reichtümer hindurch, die dort lagen, alle Früchte, Düfte, alle silbernen Perlen und alle blauen Papageienvögel. Das Glück.

Ja, das Glück. Freitag rollte sich, naß wie er war, im weißen Sand, so dass er wie überzuckert aussah, ein Stück gezuckerte Lakritze, und ich war nicht minder glücklich, während draußen vor Reede die «Cook» ihre fruchtlosen Kanonenschüsse abgab. Sie konnte nicht hereinkommen, weil ganz Naoumu von einem Ring von Korallenzähnen umgeben ist, die ihr die Planken weggerissen hätten. Wie wir dort beim Schwimmen einen Durchschlupf fanden, hatte in der Hand Gottes gelegen, ich erinnere mich an den delphingleichen Rücken Freitags, wie er nur um eine Handbreit einem tödlichen Sägezahn entkam. In weißer Gischt.

Naja, vielleicht ein bißchen übertrieben.

Doch wie sonst sollte der Eintritt ins Paradies geschehen. Gleich hinter dem Strand erhob sich eine Wand von Kokospalmen, die vorderen schräg, einige sogar waagerecht über den Strand gelehnt. Ja, die vorderste hatte sich so weit herabgebeugt, daß ich die großen grünen Nüsse mit der Hand greifen konnte. Es war dies das erste Stadium der Reife, das den grünen Saft liefert, einen ganzen Liter, ich kenne mich da aus – dazu trägt der Seemann sein Messer. Nicht um groß zu protzen.

Ich bekam eine Nuß und Freitag auch eine. Dann holte ich ein paar Guaven aus dem Unterholz und eine Handvoll Brotfrucht. Hatten dann noch eine grüne Nuß, Freitag auch, danach jeder eine mit weißem Fleisch und weißer Milch, das ist dann das zweite Stadium, wenn sich innen der Ölkern bildet – ich kenne mich ja aus. Zum Nachtisch jeder eine ganze Ananas (gibt es auch in zwei Stadien).

Banane? Vergiß es.

Nach diesem unserem üppigen Mal legten wir uns in den Sand und schliefen auf der Stelle ein. In der Wärme, im Schatten, im üppigen Schoß Naoumus. Wir schliefen durch den Rest des Tages und duch die Nacht, bewacht von Elmsfeuern und schwarzen glänzenden Träumen, schwarzen Perlen und einem leisen Fischgeruch. Ist das zu üppig? Ja. Aber ich sage, fürchtet euch nicht, ich werde wohl noch sehr viel üppiger werden.

Denn der Morgen.

Mein Gott.

Als ich erwachte, war es noch dunkel, nur ganz weit draußen, oberhalb einer geraden Linie stand ein fahler Schein, ein helleres Schwarz über einem dunkleren. Ein warmer Luftzug trocknete den Nachtschweiß. Freitag, neben mir, war noch vorhanden, noch tief im Schlaf, aber er bewegte einen Finger. Drüben in der Palmenwand fiel eine Nuß.

Ich sage, niemand, der nicht eines Morgens, eines seidigen frühen Morgens auf Naoumu erwachte, kann ermessen, was ihn dort erwartet. Das Wunder.

Es beginnt mit einer leisen Aufhellung. Die gerade Linie wird gepunktet mit zehn, zwölf Inselchen, weit draußen, groß wie Erbsen. Das Perllicht wandelt sich ganz langsam in ein sanftes Grün, gleichzeitig aber in ein sanftes Dunkelrot, wie der Alexandrit, der in sich selbst die Farbe wechselt, heller jetzt mit grünrosa Sprenkeln und Goldaugen auf dem Wasser. Die neun Inselchen draußen, jede mit einem spitzen Hut, wandeln sich zu plötzlich beleuchteten Eidechsen, und das Meer wird zu einer Scheibe aus Perlmutt. Das Farbwunder, das wir immer verschlafen haben. Das tiefe Indigo, das Kupfer, das Messing und die Rosentöne japanischer Kugelfische, die wir auch immer verschlafen haben.

Und dann erhebt sich der Feuerball.

Ich habe da halbwach in meinem Traum, in meinem sandigen Bett gelegen und gesehen, wie die Schöpfung geschah. Über mir stand ein Vogel am Himmel und schrie, völlig lautlos. Stand still auf der Stelle. Ruhe. Ich habe dann noch ein wenig geschlafen, bis es heiß wurde im Sand.

Der Tag.

Man wünscht sich einen guten Morgen. Man erkundigt sich, wie man geschlafen hat, und fügt noch gute Wünsche für den kommenden Tag hinzu, aber nur der Mund bewegt sich. Das schadet ja nicht.

Der Tag ist wunderbar anzusehen, die Sonne scheint, vorn ist das Wasser vom weißen Untergrund her hell beleuchtet. Dort steht Freitag im Seichten und ist glücklich, er ruft mir eine Botschaft zu, die auf halbem Weg erstickt, jedenfalls erreicht sie mich nicht. Aber das macht ja auch nichts, denn jetzt watet Freitag auf seinen feinen, feinen Beinen im Seichten herum, und es könnte nicht besser sein. Was sonst noch?

Das Donnergetöse.

Das mag nun wie ein Widerspruch klingen, ist aber keiner: Draußen, wo das Wasser dunkler wurde und somit auf große Tiefe deutete, herrschte ein fortwährendes Donnergetöse. Anders konnte man es nicht bezeichnen, ein fortwährendes, immerwährendes, und von Anfang an – ich habe das bisher nicht erwähnt, weil es eigentlich unhörbar war. Aber so laut, so ungeheuerlich laut, daß es sich sozusagen in sich selbst aufhob, wie ein gestopftes Kissen. Und zwar – jetzt muß ich es doch erwähnen – eigentlich nur mit den Füßen spürbar, ein Dauerdonnern unter den Fußsohlen. Was immer das bedeuten mochte.

Wir haben dann die Insel erforscht, Freitag und ich, den Kokosgürtel, den Regenwald im Inneren, Anhöhen mit Brotbäumen, Tümpel mit tonnenweise Wassersalat. Wir fanden zwei Schweine, die davonstoben. Fanden sogar Hühner und ein Gelege. Erstiegen schließlich den höchsten der Hüte bis zur Spitze, von wo sich ein göttlicher Rundblick ergab, er zeigte, wie dieses leuchtende Eiland inmitten eines Ringes dunklen Wassers lag, der sich vom hellen Wasser in Strandnähe scharf abgrenzte. Als ob dort eine plötzliche Stufe abwärts führte. Schön anzusehen.

Dazu gab es aber noch eine andere Freude. Beim Abstieg. Nämlich unten auf der Flanke des Hutes hatten sich durch Kalkablagerung lauter kleine Becken gebildet, schneeweiß und glatt, eines über dem anderen. Das war nun wirklich schön anzusehen. Lauter Botticellimuscheln, und das Wasser, das sich dort gesammelt hatte, war auch noch warm wie Badewasser, der reine Luxus. Freitag in dem einen Becken winkte mir als Botticellischönheit zu, und ich lag in einem anderen und winkte zurück, auch als Schönheit – das vielleicht weniger, aber irgendwie muß ich ja auch ausgesehen haben. Es war erfülltes Leben.

Die ganze Insel ein einziger Luxus.

Und die Luft wie Götterspeise.

Den letzten Luxus aber durften wir am Abend, am Spätnachmittag erfahren, als das Licht sich senkte, teefarben wurde, – ich scheue mich nicht, bernstein- und havannafarben wurde und jeden Stein, jeden Baumstrunk in ein eßbares Objekt verwandelte. Ich glaube, das ist so ziemlich das Äußerste, das dem Menschen beschieden sein kann, sich in einer wirklich großen Sarah Bernard-Torte zu befinden. Wie es uns beschieden war. Freitag mit seinem törichten Stöckchen versuchte Fische aufzuspießen, die sowieso stillstanden, um sich greifen zu lassen. Traf natürlich keinen einzigen. Stand immerhin sehr schön wie ein Stück schwarze Schokolade im Seichten, es war eine Pracht mit dem Jungen.

Zum Abschluß spät am Abend gab es dann noch ein Gewitter draußen, fern am Horizont. Mit himmelhohen, zuckend beleuchteten Wolkentürmen. Dazu aßen wir Schildkröteneier. Und der Brandungsdruck, oder wie man das Getöse nennen mochte, war in dieser Nacht besonders laut, der Boden zitterte, überall fielen Nüsse. Es war ein rauschendes Fest.

Am Morgen war Freitag verschwunden.

Er war weg.

Wie, weiß ich nicht, ich habe die ganze Insel abgesucht, jeden Busch, jede Ecke, jeden verdammten Hexenhut, und kann mir sein Verschwinden nur mit einer Landbrücke erklären, die es eben doch gegeben haben muß. Oder nächtliche Besucher haben ihn aufgegessen, in der Südsee weiß man nie, wer, wann und wo.

Meine eigene Abreise stellte dann kein Problem dar, in dieser heutigen Welt. In einer früheren hätte ich vielleicht dreißig Jahre lang am Strand gesessen und auf ein vorbeifahrendes Schiff gewartet, das dann tatsächlich vorbeigefahren wäre. Bis endlich das nächste, nach weiteren dreißig Jahren, ebenso vorbeifährt. Heute zücke ich mein Mobilphone und bestelle mir ein Taxi – es sind ohnehin nur anderthalb Flugstunden bis Pago Pago, also kein Problem (sprich Pengo Pengo).

Ja, das Phänomen, über das so lange gerätselt wurde. Im Korallenmeer gibt es merkwürdige

Formationen unter Wasser, es gibt gewaltige Korallenbrücken von einem Pfeiler zum anderen. Man sieht sie nicht, man sieht nur die Schwellung. Der Pazifik drückt herein, drückt unter die Brücke und erzeugt einen anschließenden Wasserbuckel von beträchtlichen Ausmaßen, die «Schwellung». Die macht die Stille, wenn ich das noch erwähnen darf.

Ich verlasse jetzt dieses Haus.

Den Schlüssel lege ich für dich unter die Matte.

—

23

Und? Bin ich nun schwul?

– – –

Lieber Freitag, einen Freitag solltest du mir zugestehen. Einer, glaube ich, ist erlaubt.

– – –

Aber zwei?

– – –

Du siehst, ich bin zurück in Grevesmühlen, du mußt nicht eifersüchtig sein, er war doch nur eine Chimäre, ein Fetisch. Ein Pai Pai – das sind diese Lehmmännchen, die sie an Stelle ihrer Feinde essen.

– – –

An Stelle ihrer Herzen, lieber Freitag.

– – –

Und das ist auch nur symbolisch gemeint, sie essen sie nicht wirklich.

Ich möchte, daß wir uns treffen.

Du möchtest …

Ich möchte, daß wir uns sehen.

Du …

*

Ja, das allerdings war nun eine Wendung, die niemand erwartet hatte. Wir würden uns sehen! Das bedeutet, daß wir eine Verabredung hatten, ein erstmaliges Treffen! Zweier Chimären! Ich hätte nicht gedacht, daß so etwas geschehen könnte.

Dazu mußte ein Zeitpunkt bestimmt werden, und ein Ort. Heute war Montag, also am Mittwoch, und wo, in Grevesmühlen. Ich sollte ihm also am Mittwoch um sechzehn Uhr in Grevesmühlen am Bahnhof vor dem Ausgang erwarten. Rechts, wo eine Gruppe Kübelbäume steht.

Ok.

Der Robinson, die alte Erdkröte, erwartet die strahlende Erscheinung, den schönen Freitag im Glanz seiner Glieder. Aufgeregt? Ich kann gar nicht sagen, wie aufgeregt ich war. Kennzeichen «rote Tasche».

An diesem Tag kleidete ich mich sehr sorgfältig, ich machte sehr sorgfältig Toilette, und da ich von meiner Südsee her noch angenehm gebräunt war, sah ich wahrscheinlich gut aus. Es war ein warmer sonniger Tag, also trug ich meinen Edelknitter, stahlblau mit leichtem Glanz, dazu weißes T-Shirt und Schnabelschuhe. Also fabelhaft.

Ich stellte mich frühzeitig auf dem Bahnhof

ein, will aber gleich vorausschicken, daß das Treffen nicht ganz so planmäßig verlief wie konzipiert. Zunächst einmal waren die Kübelbäume fort. Sie gehörten zu der Imbißstube, wurden wahrscheinlich aus der Sonne getragen. Und richtig, da standen sie, hinter der Imbißstube. Dann ging die große Bahnhofsuhr draußen an der Hauptfront falsch, eine sehr seltene Sache, sie hinkte eine halbe Stunde hinter meiner Zeit her. Oder wenn ich es genauer sagen sollte, das gesamte Treffen lag irgendwie schief, von Anfang an. Als ob sich ein Ereignis anbahnte. Ein Naturereignis. Irgendwie.

Hier stand ich.

Sechzehn Uhr.

Der Lokalzug, Ankunft fünfzehnfünfundfünfzig, war soeben eingetroffen und entlud seine Passagiere, eine beträchtliche Menge für diese Zeit – Scharen von Ansässigen und Nichtansässigen. Hier kamen die Bauersfrauen mit Körben voller Eier und Äpfel für die Verwandten, hier kamen Schüler und Schülerinnen, Besucher aus Sachsen, ich hörte die schrägen Vokale. Es kam ein Mann mit einem Musikfutteral, es kam auch ein schöner junger Mann in hellem Hemd und Hose und lockerer Haltung, der ohne weiteres Freitag hätte sein können. Allerdings ohne rote

Tasche. Rote Taschen gab es sonst mehrere. Da war ein freundlicher kleiner Herr, der eine braunrote schwenkte. Er war wirklich sehr freundlich, im Vorbeigehen zwinkerte er mir unter seiner Brille leicht zu, und ich war versucht mich umzudrehen, ob er vielleicht jemanden hinter mir meinte. Aber seine Tasche war mehr braun als rot, außerdem war er zu alt.

So wie sich diese ganze Veranstaltung überhaupt etwas unglücklich anließ. Ich weiß nicht, ob wir den falschen Tag gewählt hatten, es schien, daß hier ein unerklärlicher Massenauflauf sämtlicher Beteiligten stattfand. Sogar Freddy vom Internet-Café sah ich, und Herrn Szolnik von der Kreditabteilung. Ort und Zeit denkbar unglücklich gewählt. Und will man mir glauben, ich entdeckte zwei dunkle Existenzen mit Hüten, der eine untersetzt und stämmig, der andere eher hager, die offensichtlich nicht hierher gehörten, jetzt die Stufen vom Ausgang herunterschwankten. Schwankend im Sinne von unschlüssig. Und da müßte ich nun eine Alarmglocke schrillen hören, ich stand hier völlig sichtbar, ursprünglich ja durch die Kübelbäume gedeckt, ich meine, ich wäre gedeckt gewesen, stand jetzt aber frei. Bis ich weiter hinten zwei weitere dunkle Herren ausmachte, auch mit Hüten, die zwischen sich einen größeren Gegenstand in einer schwarzen Hülle trugen. Sie trugen sogar Sonnenbrillen, und der Gegenstand war ganz offensichtlich eine Pauke: Ein gottverdammtes Orchester war es. Mit anderen Worten, wenn ich etwas verpaßt haben sollte, ist das bestimmt nicht meine Schuld gewesen. Die Käthe? Die habe ich auch mindestens zweimal in der Menge gesehen. Es waren die unübersichtlichen Verhältnisse, vielleicht auch die Wärme, die Schwere dieses Sommernachmittags, wenn alle Menschen in Grevesmühlen eintreffen.

Denn hier nun kam die rote Tasche.

Ich sah sie schon von weitem.

Sie war knallrot, flachquadratisch, spiegelblank und wurde an einem Schulterhalfter getragen. Hochmodisch. Und die Trägerin bekam ich auch zu Gesicht, als sie die Stufen herabschritt. Nein, ich bekam nur ihren Schritt zu Gesicht, mehr nicht. Zu mehr war ich gar nicht fähig, da mir das Herz stehenblieb. Mein Herz. Ich begriff sofort. Ich habe, glaube ich, keine allzugroße Pubertät gehabt, jedenfalls hier war sie zu Ende, auf dem Bahnhof in Grevesmühlen, um sechzehn Uhr.

Der Schritt. Mein Gott!

Ich weiß nicht, was er sich dabei gedacht hatte,

vielleicht hatte er einmal, ein einziges Mal etwas Perfektes machen wollen, eine Schöpfung, einen Schritt. Ja, das Wunder, da wölbte sich ein Fußrücken, da trat ein Zehenballen auf. Waden und Schenkel im Schwung, in den Schritt hineingewölbt. In eine einzige ungeheuerliche Wölbung. Dazu hatte er sich auch noch diese Rampe ausgedacht, die in weiten Stufen vom Ausgang herunterführte. Ich stand ja unten. Nein, ich muß weiter oben gestanden haben. Also darunter.

Und das Wunder gegenläufig bei jeder Stufe, links und rechts, und rechts und links. Man kann getrost sagen, ich hatte Freitag vergessen.

Lief der Dame sogar noch ein Stück hinterher, oder soll ich sagen, ihrem Schritt, der gegenläufig, oh ja, so sehr gegenläufig vor mir herlief. Bis zur Ecke, bis mir an der Ecke Otto-Grotewohl-Straße einfiel, daß es noch ein Erdenleben gab, eine Welt, einen Tag mit Sinn und Zweck und bestehenden Verabredungen. Freitag! Ich hatte Freitag vergessen.

Inzwischen war allerdings so viel Zeit verstrichen, immerhin die Bahnhofstraße hin und zurück, daß ich ihn womöglich verpaßt hatte. Man sollte es nicht für möglich halten. Und richtig, als ich wieder an meiner Rampe stand, sah ich nur noch einen alten Mann, dem es sichtlich schwerfiel, auf seinen alten Beinen abwärts zu steigen. Der letzte aller möglichen Fahrgäste. Sechzehn Uhr dreißig.

Oh, eine Winzigkeit habe ich vergessen, das heißt, ich habe sie nicht vergessen, ich werde sie nie vergessen. Im Vorbeigehen, noch auf der Rampe oder am Ende, also wirklich nur ganz flüchtig, hatte mich die Dame angesehen. Ohhh. Das waren goldene Augen, sehr hell sind sie gewesen, mit einem goldenen Punkt in der Ferne, und sie hatten – – jetzt weiß ich es, sie hatten in mir geruht, eine Ewigkeit lang, im Blitz einer Sekunde. Eine schwebende goldene Kugel.

Liebe?

Natürlich Liebe, was sonst. Auf dem Bahnhof in Grevesmühlen, an der Rampe. Kein Wunder, daß ich abgelenkt war.

*

Du bist nicht gekommen.

Ich bin gekommen.

Ich habe eine volle Stunde auf dich gewartet, du warst nicht da.

Ich war da.

Lieber Freitag, ich hatte mich extra feingemacht für dich. Mit Edelknitter und Blumenstrauß (hatte ich nicht). Extra für unseren Tag. Und dann bist du nicht gekommen.

Ich bin gekommen.

Bist du nicht.

Bin ich doch.

– – –

Du hast mich sogar angesehen.

– – –

Wie ein Idiot.

– – –

Du bist mir sogar hinterhergelaufen, nachgerannt (auch wie ein Idiot).

– – –

– – –

Du willst doch nicht etwa sagen … Lieber Freitag, du willst doch nicht …

– – –

Das willst du doch nicht etwa sagen!!!

24

Eines Tages wird sie über dich kommen, die Liebe. Eines Tages, plötzlich über Nacht, wird sie über dich herfallen wie der Habicht, der aus dem Himmel stürzt, und alles wird anders sein. Dein Innerstes wird sich auskehren, und die Welt, die sich ja nicht verändert hat – nur daß du es nicht weißt – wird in dich einkehren, es wird schrecklich sein, und es wird wunderbar sein.

Und der Tag wird kommen.

Eines Tages – ich weiß nicht, wie alt ich war, vielleicht acht oder neun – nahm mich mein Vater beiseite, um ein ernstes Gespräch zu führen. Ich erinnere mich aber sehr gut, daß er sich in einer Verlegenheit befand, er benötigte drei Ansätze, bevor er auf den Punkt kam. Also die Bienen und die Blumen. Nein, es waren die Vögel. Die Vögel also überkam ganz plötzlich das Verlangen, also das unbezwingliche Verlangen, ein Nest zu bauen.

Soweit gut.

Wobei mir die Verlegenheit unerklärlich war, mein Vater benahm sich eigenartig.

Das Zeisigmännchen also, das über Nacht den Kopf verliert und beginnt, Zweige für das Zeisigweibchen herbeizuholen, soweit ich das verstand. Das war durchaus nachvollziehbar, wie das Zeisigmännchen Zweige sammelt und ich konnte mir ein deutliches Bild machen, wie das Nest mit jedem Zweig wuchs, als Wohnstatt gewissermaßen des Zeisigglücks. Doch wozu der Aufwand, dachte ich.

Und der Buntspecht – man staune –, also der Buntspecht, der, plötzlich von demselben Drang gepackt, beginnt, bunte Federn anzuschleppen, Stoffreste, Seidenschnüre, alle zu dem Zweck, ein Nest zu dekorieren, eine anspruchsvolle Heimstatt, eine Vogelvilla, alles nur – man staune – um dem Buntspechtweibchen zu imponieren.

Hier hob Vater den Finger, und ich vermutete, daß er sich jetzt in sicherem Fahrwasser befand.

Der Webervogel imponiert der Glücklichen durch seine große Kunstfertigkeit, ein kugelförmiges Nest zu weben. Und es ist, mein Sohn, sagte Vater, ganz makellos kugelförmig. Dagegen hängt der Anglervogel sein Nest an einem langen roten Faden auf, frei schwebend und schwankend aber sicher, ganz sicher. Er bietet die Sicherheit (und die sei auch nicht ohne Reiz).

Was Vater damit wahrscheinlich zum Ausdruck bringen wollte – ich kann das nur rekonstruieren –, daß sich jegliche Bautätigkeit ganz unmittelbar auf die Weibchen bezieht. Ich weiß es nicht. Das Unstillbare!

Der Mocking Bird baut tief im Baumgestrüpp, wo er mit seinem Weibchen sitzt. Er baut aber ein zweites Nest vorn in voller Sicht, von dem man nur annehmen soll, daß er darin mit ihr sitzt. Er sitzt aber nicht! Ein noch intelligenteres Sicherheitssystem und durchaus imponierend.

Der Mauersegler, der ein Nest aus Spucke baut?

Ja.

Der Yamyam gar, der sein Leben ausschließlich im Flug verbringt, und der ein Wolkenschloß baut?

Der auch.

*

Es war nur nicht ganz klar geworden, was denn die Liebe mit (diesen) Vögeln zu tun hatte. Aber vielleicht sollte ich mich einmal generell über das Hausbauen auslassen. Wir haben hier drei Grundsätze, Sicherheit, Bequemlichkeit und Schönheit, die sich gegenseitig im Weg stehen. Sind die Mauern dick und schwer, hat man ein klammes Interieur, so etwa, ist die Schönheit gewährt, brennt der Feind das Haus nieder.

Das Haus des Nordländers sitzt unter einer dicken Wetterhaube frei im Gelände. Es ist nach allen Seiten offen und für jedermann von allen Seiten her zugänglich. Jedermann ist willkommen. Wenn er an dem Hund vorbeikommt, von dem er zerrissen wird. Muß aber nicht zerrissen werden.

Das Haus des Südländers ist das genaue Gegenteil. Es ist völlig eingemauert, hat keinerlei Fenster oder Türen, höchstens, daß sich irgendwo in einem Mauergang eine Pforte findet, schwer beschlagen und nur gebückt betretbar. Innen aber öffnet sich die Pracht, öffnet sich der Innenhof mit wasserblauen Säulen und dem Gemurmel der Brunnen. Vorhänge wehen, Pfauen schreien, das Haus des Südens hat viel Erotik, aber das Haus des Nordens hat viel Ehre.

Das sicherste Haus ist das Haus des Japaners. Es besteht nur aus Papier, ein Mann könnte diagonal frei durch alle Wände hindurchlaufen, ohne daß ihn etwas hinderte. Ja, aber es hat den Nachtigallenboden, und der zwitschert bei jedem Tritt, bei jeder Fliege, die sich daraufsetzt. Und der Hausherr, der mit dem japanischen Schwert, dem Katana, zur Seite schläft, ist in der Lage, aus dem Schlaf heraus mit einem einzigen Stampfschritt und einem bogenförmigen Schmetterlingshieb zwei Eindringlingen zugleich den Kopf abzuschlagen, einem vor ihm und einem hinter ihm.

Ein Reflex: Zwitschern, Schlagen, Hinlegen, Weiterschlafen. Jedes arme verirrte Huhn ist bereits tot, wenn es nur den Fuß hereinsetzt.

Sicherheit, Schutz und Schönheit, und der Standort natürlich, der ist auch noch wichtig. Das Haus des Russen zum Beispiel ist um einen einzigen großen gemauerten Ofen herumgebaut, auf dem geschlafen, gegessen und geliebt wird. Keine schlechte Lösung, aber es steht eben in Rußland. Das Haus des Afghanen dagegen fällt bei Regen in sich zusammen, ja, doch es regnet dort nicht. Das englische Haus steht eben in England, und das Grevesmühlener in Grevesmühlen – man verzeihe mir –, und doch gibt es ein Idealhaus, das alle Vorzüge vereint, allen Ansprüchen gerecht wird. Ich weiß es, ich habe es selbst entworfen. Das Vierdimensionale.

*

Wenn du vorn aus dem Wohnzimmer auf den Weihnachtsmarkt blickst, dann blitzen dort Lichter, es schneit ein wenig, pausbäckige Kinder werden in Schlitten gezogen, um die Ecke fährt eine Straßenbahn. Was noch? Drüben leuchtet das Kaufhaus Mandel.

Aber dann gehst du in die Tiefe des Hauses hinein, gehst durch den langen Korridor, der nach hinten führt, nimmst einen Glühwein, du kannst auch eine heiße Dusche nehmen. Du passierst die Stelle im Korridor, wo die Uhren falsch gehen, die eine ist sechs und die andere ist auch sechs, aber sechs Uhr früh. Und eine Stufe führt sowohl rauf als auch runter, dieses Haus ist eine langgestreckte Konstruktion, wohlgemerkt, und dann betrittst du das Schlafzimmer.

Aha!

Das Schlafzimmer trägt die berühmte Papageientapete, es hat, wohlgemerkt, eine rückwärtig geöffnete Fensterfront und einen Frühstückstisch mit Blick auf das Korallenmeer: Der Passatwind weht milde herein, die Dünung schlägt in langen Schlägen an den Strand, das Beiwasser blitzt und die Sonne geht auf. Die soeben vorne untergegangen ist.

– – –

«Na und», hatte mein Vater gefragt, und er hatte noch nicht einmal leicht gelächelt, «wer ist denn nun die Glückliche?»

– – –

«Ist es Jutta Drehfahl von nebenan? Oder ist es die schöne Gitte Rehlein an der Ecke?»

Bin ich rot angelaufen?

Sehr.

—

25

Lieber Freitag.

Ich weiß gar nicht, wie ich dich anreden soll.

Liebe gnädige Frau.

Anbetungswürdige.

Meine Schöne, Wunderschöne.

– – –

Liebe Freitag!

– – –

Heute Morgen finde ich einen Zettel in der Tür, jemand hat ihn über Nacht eingesteckt: Schlüssel bitte in der Hausverwaltung, Zimmer 3, abholen.

Welcher Schlüssel?

Und in welcher Hausverwaltung, ich wußte gar nicht, daß es hier eine gibt. Bin also etwas beunruhigt auf die Suche nach Zimmer 3 gegangen, wo man mir verkündet, daß die Handwerker den Schlüssel hinterlegt hätten, und hier, bitte, soll ich quittieren.

Welche Handwerker (um Gottes willen).

Die jetzt fertig seien, und sie hätten den Schlüssel hinterlegt.

Ja, was ist denn das! sage ich, was haben die Handwerker denn um Gottes willen gemacht?

Im vierten Stock.

Im vierten Stock? Da bin ich doch gar nicht!

Neben der Treppe.

Also marschiere ich in den vierten Stock, wo sich, identisch mit meiner eigenen Kammertür, gleich neben dem Treppenaufgang eine ebensolche befindet. Und siehe, der Schlüssel paßt.

Er paßt!

Augenblick mal, ich schließe auf, drinnen empfängt mich teefarbenes Licht, eine leise Musik aus «Hotel Costes». Ich bin überwältigt.

Der Sandelholzgeruch ist hier stärker als bei mir unten, wahrscheinlich, weil die Wandverkleidung frisch ist, erst vor kurzem fertiggestellt? Die Kammer ist natürlich nicht völlig identisch, zum Beispiel ist die Duschecke schräg eingezogen, optisch einigermaßen geschickt, muß ich zugeben, und eigentlich intelligenter, weil dadurch der Raum vergrößert erscheint. Aber im Prinzip, ja, eine gelungene Kopie, und das an geheimem Ort – wenn auch im Teeton nicht ganz getroffen. Wobei sich allerdings der Gedanke aufdrängt, ob eigentlich ich mich auf der Spur Freitags befunden hatte, oder Freitag allezeit eher auf der meinen. Auf dem Tischchen steht der Glenfiddich zur Begrüßung, und ich – ja, ich bin hier oben gewissermaßen Gast bei mir selber.

Lieber Freitag, liebe Freitag.

Das ist eine traumhafte Idee, ein wundervoller Gedanke, der euch (beiden) da gekommen ist. Wir ziehen zusammen!

Ich bin überwältigt, und ich kann mir gut vorstellen, wie etwa ein Durchbruch nach unten oder nach oben ein wahrer Traum wäre. Wir lebten nicht in einem großen, aber einem hohen Haus. Morgens erwachten wir gemeinsam, jeder in seiner Besenkammer, wir duschten gemeinsam, du in deiner Schräggestellten, ich in meiner Graden. Zum Frühstück reichten wir das Rührei nach oben und die Marmelade nach unten.

Es wäre wunderbar.

Allein die Täuschungsmanöver, die sich durch den Doppelstock ergäben, könnten raffinierter gar nicht sein. Wir könnten hineingehen und anscheinend erst nach einem halben Jahr wieder herauskommen, oder ich gehe hinein und du kommst heraus, oder wir sind beide verschwunden. Die Leute wüßten überhaupt nicht mehr, woran sie sind. Oder denken wir an die doppelte Ausführung. Wir lesen gemeinsam ein Buch, das doppelt ist, wir benutzen eine doppelte illuminierte Zahnbürste, selbst der Tango von Hotel Costes wäre doppelt.

Es wäre nicht auszudenken.

Liebste Freitag.

Ich muß dir aber sagen, daß ich Größeres mit uns vorhabe. Ganz Großes. Ich habe vor, uns das größte, schönste, höchste Haus zu bauen, das die Welt je gesehen hat. Und das sicherste dazu. Nur für uns. Nimm das als Gelöbnis und Verlöbnis und als Liebesgruß, liebste Freitag.

Das nächste Mal melde ich mich aus New York.

26

Liebe Freitag.

Es ist unübersichtlich, man kriegt hier im Immobiliengeschäft keinen Fuß auf den Boden, und wenn, dann höchstens mit Angeboten, die nicht wirklich abgelehnt werden können. Eine unübersichtl. Situation.

Die Adresse ist 1281, 36ste Straße, West. Der Wyman Tower, Produkt der frühen Dreißiger, in einem Art-déco-Stil erbaut, aber zurückhaltend mit geraden senkrechten Linien in rötlicher Granitverblendung. Achtundsechzig Stockwerke. Stahlskeletthaus. Oder besser Stahlrasterskelett, eine Konstruktionsweise, die den oberen Abschnitten bei weniger Gewicht größere Stabilität verleiht. Das spielt hier keine Rolle.

Ich kaufe die oberen sechs Stockwerke, verhandele mit Blum von der Firma Blum & Shearl, mit Blum selber. Genauer gesagt, ich kaufe den Teil des Luftraumes, in dem sich die oberen sechs Stockwerke befinden. Das ist auch eine Eigenart New Yorks, die Aufteilung des Luftraumes: Je nach Zone hat jedes Grundstück ein festgeschriebenes Luftvolumen, einen, sozusagen, aufgesetzten imaginären Kubus, den man nach dem Gesetz beliebig ausfüllen kann. Etwa flach und breit bis an die Grundstücksgrenze reichend, oder schlank und entsprechend hoch – es darf nur das Gesamtvolumen nicht überschritten werden. Und dieses richtet sich nach der Zone. In Manhattan zum Beispiel ist es zehnmal größer als beispielsweise in Queens.

Und das Merkwürdigste: Man kann vom Nachbarn Luftraum dazukaufen, falls der den seinen nicht voll ausfüllt. Und vom anderen Nachbarn auch noch, notfalls bis zu den Wolken wachsend!

Fünf Stockwerke benötige ich für den Umbau und einen als Pufferzone. Im Augenblick befinden sich dort oben nur ein paar Chefetagen und ein Betriebsrestaurant. Ich werde mit meinen sechs ein größeres Gewicht im «Board» haben – das ist das Aufsichtsgremium für das Gebäude –, es zählen dann noch Worldnews Incop. mit zehn, Brockman limit. mit acht, und Amstel, Tell & Kirschbaum, eine Anwaltsfirma von cc. dreihundert Anwälten, Haftungsrecht (das sind die gefährlichsten), mit sieben Stockwerken.

Derzeit wohne ich im Chelsea Hotel in der 23sten Straße, einem ziemlich miesen Kasten mit einem zerbrochenen großen Spiegel in der Eingangshalle – angeblich soll hier einst Allan Ginsberg seinen Anhängern die Hand zum Kuß gereicht haben. Die Ringhand. Ich werde hier als Mr Dobs geführt, nicht ganz ohne Risiko, doch das muß hingenommen werden, solange sich das Penthaus im Bau befindet. Morgens verlasse ich um sechs das Hotel und gehe verläßlich zur Arbeit, abends kehre ich ausgemergelt und ausgepowert zurück, aber verläßlich. Mr Dobs aus Witchita, Massachusetts, dem im Leben nichts geschenkt wurde. Tagsüber arbeitet er als Reinigungskraft, Frau oder Kinder scheint es nicht zu geben, auch keine Verwandten, die hier aufgekreuzt wären. Mr Dobs hat sogar seine eigene Historie im Hotel: Eines Tages war sein Gebiß verschwunden.

Ja, das war eine leidige Geschichte, die allen noch lange im Gedächtnis bleiben wird. Es war eine Oberkieferprothese, die er sich unter großen Opfern hatte machen lassen. Eines Morgens vergaß er, sie aufzustecken und merkte es erst, als er sich über die Geringschätzigkeit gewundert hatte, mit der er behandelt wurde. Selbst nette alte Damen, denen er im Bus seinen Platz anbot, achteten ihn nicht.

Als Mr Dobs ins Hotel zurückstürmte, kam

er gerade noch zurecht, oben den Servicewagen in den Fahrstuhl rollen zu sehen. Sein Zimmer war bereits gemacht, das Gebiß fehlte. In der Rezeption nichts. Das Zimmermädchen war beleidigt, niemand beklaue hier niemanden (nobody steals no teeth). Im Abfall? Also, das wäre immerhin möglich gewesen, im New Yorker Abfall befinden sich die absurdesten Gegenstände: Handschuhe mit noch darin befindlichen Fingern.

Solche Geschichten haften (das Gebiß fand man später in der Küchentonne, das Gold fehlte).

Mr Dobs?

Oh, der, dem sie die Zähne herausgebrochen hatten, im Schlaf. Armes Schwein.

*

Du solltest nicht zuviel riskieren.

Ich riskiere gar nichts.

Nur den Mann aus Witchita, Mass.

Und den kann ich jederzeit verschwinden lassen.

Du hast doch gar kein Gebiß!

Nein, erwidere ich, aber ich kann mir jederzeit eins aufstecken.

*

Um aber auf das Risiko zurückzukommen. Vielleicht ist es von Interesse, sich die Sicherheitsvorkehrungen im Wyman Tower anzusehen, die bestehenden Vorkehrungen. Da ist zunächst die blendend in Messing gefaßte Drehtür zur Straße, die auf Knopfdruck blockiert werden kann. Da sind zwei Portiers am Empfangstisch, uniformiert, ausgestattet mit einem Bildschirm zur Identifizierung der Bewohner, und da ist noch ein dritter Mann in Zivil, plaziert im Clubsessel vor den Fahrstuhltüren, mit Zeitung. Fahrstühle selbst nur benutzbar nach Freigabe vom Empfang her, drei von ihnen separat nur mit Privatschlüssel zu den oberen Etagen – und einer, meiner, ganz und gar durchgehend bis zum dreiundsechzigsten Stock. Mit zusätzlichem Privatcode, der noch dazu verändert werden kann, dem Zugangsritus einer Bank nicht unähnlich. –

Obwohl immer noch weit entfernt etwa von dem der Chase Manhattan, wo den Benutzern von Schließfächern Maschinenwaffen aus Schießscharten entgegensehen und wo sich der gesamte Fußboden, ein Stahlfußboden, erst absenken muß, um überhaupt die Türen freizugeben. Soweit sind wir hier noch nicht, es herrschen immer noch weißer Marmor und Kristallleuchter vor. Und feine Mahagonisessel mit Chippendalegeflecht.

New York.

Die sicherste Stadt der Welt, es gibt keine sicherere.

Wenn ich morgens meinen Bus nehme, fahre ich zwölf Blocks nördlich auf der Lexington bis zur Haltestelle Fünfunddreißigste, gehe dann aber nicht bis zur Sechsunddreißigsten vor, sondern biege vorher in die rückwärtige Straße, die Back Alley ein, betrete den Wyman Tower durch den Lieferanteneingang. Mit Dienstausweis.

Die Korridore des Wyman Towers haben eine Gesamtlänge von fast sechs Kilometern, durchgehend mit beigefarbenem Teppichboden und Sternenhimmel ausgestattet. Von denen ich allerdings nur die acht Meter kurz vor der Eingangshalle zu sehen bekomme. Hier unten im Servicebereich herrscht blanker Beton und schlechte Luft, kein Himmel! Eimer und Besen finde ich in der Bereitstellung sowie die nötigen Putzscheuer- und Poliermittel sowie ein frisches Poliertuch. Jetzt bin ich fit.

Nachdem ich vorne am Eingang geklärt worden bin – Dienstausweis, Brille und kleine Warze unter der Lippe –, erhalte ich Zugang zum Fahrstuhl, den Schlüssel habe ich. Wobei ich achtgeben muß, daß die Warze immer an der gleichen Stelle sitzt, ich habe gelernt, daß es die Unebenheiten sind, auf die die Leute sehen.

Die Warze sitzt rechts.

Der Fahrstuhl hebt mich dann zusammen mit Eimer, Besen und Putzmittel in achtzehn Sekunden auf das dreiundsechzigste Stockwerk, wo wir in einem Vorraum münden. Einem privaten Vorraum. Er ist oval und fensterlos, getäfelt in Dengueholz, und teefarben – jawohl, teefarben – beleuchtet. Es erklingt leise Musik. Das bewundere ich jedes Mal, diese Art musikalischer Beruhigung. Denn hier sitzt ein Wächter auf dem Stuhl, oh, hergerichtet als Butler mit dunkelgelb gestreifter Weste und bösem Blick. Ich wünsche einen guten Morgen.

Erhalte keine Antwort.

«Ist er zu Hause?»

– – –

«Ist Don Marco oben?»

Keine Antwort.

Ich sage: «Bumm!!»

Da ist er aufgewacht, er haßt mich.

Die andere Fahrstuhltür, zu den restlichen fünf Stockwerken, befindet sich auf der gegenüberliegenden Seite des Ovals. Dazu muß ich aber an ihm vorbei, und böse ist der Blick auch nicht, er ist nur tödlich.

Ich bin einmal draußen gewesen, denn es gibt noch eine dritte Tür, die aus dem Oval herausführt. Draußen ist das ganze Stockwerk völlig leer, kalt und grau, von einem Ende bis zum anderen völlig überschaubar, keine Zwischenwände, nur Stahlpfeiler, Fenster ringsum blicklos grau, man nennt das «sanded». Der Eindringling, der hier durchbrechen will, hat keinerlei Chance, vor allem hat er keinerlei Dekkung, und die braucht er auch nicht – ich würde sagen, wer auch nur den Gedanken faßt, kann sich von vorneherein als abgeschrieben betrachten. Der ovale Raum um den Fahrstuhl herum fungiert dann nämlich als Schießstand. Ich denke, das könnte vielleicht von Interesse sein.

Doch, einen Gegenstand gibt es in dem leeren Stockwerk, er steht ganz in der fernen Ecke. Eine Badewanne, eine unmotiviert dastehende weiße Wanne, darin sitzt eine Puppe, sehr lebensecht gemacht, bis zu den Schultern in hellgrünem erstarrten Badeschaum. Ich habe nie herausfinden können, was sie bedeutet.

Kunst?

*

Ich nehme dann den zweiten Fahrstuhl nach oben. Er ist noch luxuriöser als der erste, im Abheben und Anbremsen wie ein Luxuskissen. Fahre bis zum Küchentrakt hinauf, wo ich gleich vorne in einem kleinen Waschraum verschwinde, und hier nun, aufgepaßt, geschieht eine merkwürdige Verwandlung. Jeden Morgen.

Hineingeht ein Mr Dobs. Herauskommt Marco Marconi, auch genannt Don Marco oder einfach M.M., und den sollte man besser nicht kennen.

27

Liebe, liebste Freitag.

Ich verhandle noch mit dem Architekten.

Ein schönes Projekt eigentlich, ein Wolkenkratzer der alten Schule, dessen Spitze in ein Himmelshaus verwandelt werden soll – mit den modernsten Mitteln versteht sich –, doch ich gebe zu, daß ich den armen Mann zum Wahnsinn treibe. Ich habe Frank C. Wainright auf der Eröffnungsfeier des Lincolncenters am East Hudson kennengelernt und mit einem Honorar interessiert, das er nicht gut ablehnen konnte. Ich sagte, es sei ein nur kleines, für einen Mann seiner Geltung vielleicht uninteressantes Projekt, die sechs oberen Stockwerke des Wyman Towers, ob er davon gehört habe?

Ja, er hatte davon gehört, und es interessierte ihn, wie sich bei der Besichtigung herausstellte, sogar beträchtlich. Insbesondere die Diskrepanz des mit seinen vier auf dem Dach aufsitzenden Eckpylonen klassisch konzipierten Dreißigerjahrestils im Gegenspiel zu den vertikalen Granitlinien des Turmaufbaus. Das müßte alles weggespiegelt werden. Der Turmaufbau? Nein, die Pylonen, oder wollen Sie da oben vier Teehäuschen haben? Das will ich natürlich nicht, obwohl er damit nicht sehr weit entfernt liegt. Und wenn er sagt: Wegspiegeln, dann sicherlich nur von innen her gesehen, nehme ich an.

Ich laß den Mann erstmal machen.

*

Der Mann ist ein Purist, ohne Frage, ich habe den Eindruck, am liebsten würde er einen fünfstockwerkhohen Würfel aus massivem Garnichts aufsetzen, möglichst farblos. Um ihn dann als bewohnbar zu erklären. Aber er wäre ja bereit zu Kompromissen.

Zunächst schaffte er eine Menge Materialproben herbei, in sämtlichen Grautönen, der Mann war fleißig. Nie gesehene Gesteinssorten aus entlegensten Gegenden, aus Chipehuahua, aus Ponseng, Korea, aus der Wildschönau, feuerveredelter Granit, der milchig weißlich war, totenkopffarbener Alabaster aus Italien, zehn Zentimeter dickes perlgraues Glas für Fußböden, Feigenholz, hochpoliertes Schwemmholz für Wandverkleidungen.

Wieso denn Totenkopf?

Caput mortuum, erklärte er, das sei eine Naturfarbe, die südlich von Siena gefunden werde, sehr elegant.

Na ja, sagte ich, Sie sollen ja erst mal machen.

– – –

Also die Eckpylonen wollten sich mit seiner Modernität nicht vertragen – oder eben doch vertragen? Indem sie gar nicht mehr vorhanden waren? Von innen zugemauert, oder – hier kam der Einfall, der uns alle verblüffte – er wollte sie soweit verspiegeln, daß sie nur noch das Gesamtkonzept widerspiegelten, hellgrau in hellgrau, ohne jeglich Kontur?

Aha.

Ursprünglich hatte ich ja eine ganz andere Vorstellung gehabt – ich muß das jetzt einfügen, obwohl es überhaupt nicht hierher gehört. Ursprünglich wollte ich überhaupt nicht in Manhattan bauen, es war eine Frage des Prinzips: Manhattan ist eine Gebirgslandschaft, ein Hochgebirge, in Manhattan baut man unbezwingbare Höhenlagen, für Mrs Waldorf und Mrs Helmsley, von denen sie auf eine aufgebrachte Menge herabblicken können. Auf Straßenniveau würden sie keine vierundzwanzig Stunden überleben. Ich spreche von der Vertikalen, vom Sicherheitsabstand der hundert Stockwerke. Bei Mrs Jones und Mrs Keller mag er dann nur noch siebzehn betragen, ist aber immer noch vorhanden.

Wie aber steht es mit der Horizontalen? Dem Sicherheitsabstand nach vorn und nach hinten, den sollte man vielleicht auch in Betracht ziehen. Den Freiraum rechts und links, wo sich niemand und nichts, kein Pizzamann und kein Serienkiller unbemerkt annähert. Das wäre doch auch eine schöne Vorstellung.

Also sieht man mich eines Tages auf der Fahrt zwischen Vegas und Boulder City. Sehr schöne Töne herrschen vor, Rot, Braun und Blau bis zu der rosa Sägelinie einer fernen Sierra. Die Straße verläuft hier über fünfzig Meilen durch einen Zipfel der Mojave-Wüste, einer bis zum Horizont flachen Ebene, die sich frei befahren ließe – das heißt, man muß nicht auf der Straße bleiben, solange man einen Fixpunkt im Auge behält. Und hier, etwa auf der halben Strecke und einer weiteren halben Meile südlich der Straße fand ich den Felsenzahn. Von weitem gewaltig aufragend, beim Näherkommen vielleicht zehn oder zwölf Meter hoch, vielfach gezackt, oben platt, mehr einem Backenzahn ähnlich, einem, der übrig geblieben war, im Lauf der Zeit. Jedenfalls erklomm ich ihn und verbrachte hier einen ganzen langen Tag.

Es war heiß, aber nicht zu heiß im Schatten, ich hörte die Sandkörner rieseln, mal rieselten sie stärker, mal weniger, ab und zu knackte mein Fahrzeug, das sich abkühlte, dann knackte es nicht mehr. Eine Wegstunde entfernt schrie ein Vogel, mehrmals.

Hier ein Buch zu schreiben, eine Religion zu erfinden, eine neue Zeituhr. – Jemand, der sich hier näherte, konnte auf eine Entfernung von drei Meilen von meinem Standpunkt aus eingesehen werden. Ein heller rötlicher Sandstein, auf dem ich lag, leicht zu bearbeiten und zu schleifen. Ich legte ein Dach auf den Zahnkranz ringsum, eine große, flache Betonscheibe, einen weißen Deckel, die Zwischenräume, u-förmig, unterschiedlich breit, würde ich mit Glasplatten ausfüllen. Und hier drinnen im Auf und Ab des Sandsteinbodens boten sich Stufen, Terrassen und Treppen an, die noch herauszuarbeiten wären. Auch eine große flache Plattform als Bettstatt, die war schon vorhanden.

Ein offenes Haus, ein gastliches Haus, ein kühler Hort inmitten fünfzig Meilen Feuerwüste, ich habe nun einmal den Sinn für Luxus.

Ich lasse frische Datteln, Kumquats, Limonensorbet servieren. Einen Tequila Sunrise, bitte sehr. Dabei immer den Horizont im Auge. Nicht durchzuführen wegen technischer und praktischer Einwände? Ich habe den Bau einen Nachmittag lang durchdacht – auf dem warmen Boden liegend, im Schatten einer aufragenden Felswurzel – – es war durchaus durchzuführen! Einziges Problem war das Wasser, und das war kein Problem. Hier würde es niemals regnen, hatte es noch nie geregnet, selbst in zweitausend Metern Tiefe würde man nie auf Wasser stoßen, allenfalls auf Öl. Die Lösung hieß Tankwagen, ein schöner großer hauseigener Tankwagen war die Lösung: Einmal im Monat ließe man ihn in der Stadt vollaufen, zehntausend Gallonen Wasser, rechnete ich aus, reichten dann für Pool und Drinks. Müßten nur großzügig gehandhabt werden (im Geiste hörte ich bereits das Plätschern von Brunnenspielen).

Und dann erschien ein einzelner Mann.

Er erschien als Punkt, den ich erst sah, als er sich bewegte, ja er bewegte sich, ich mußte allerdings genau hinsehen. Wurde größer und größer. Und hinkte. Das nun war ein merkwürdiges Phänomen, ein Punkt, der eine durchgehend stockende Linie beschrieb, eine Bewegung mit Zacken. Nun war es ja eine weite Ebene, und ich konnte in Ruhe abwarten, was sich da begeben würde. Das war der Vorteil dieser Position.

Es begab sich ein Mann, der sich offenbar zuviel vorgenommen hatte. Er trug ein Khaki-Hemd und unter seinem Khaki-Hut war er rot angelaufen, Mund halb offen, keuchend, ich konnte es zwar nicht hören, es war wohl ein Rasseln. Und er hinkte, mein Gott, er hinkte wirklich erbärmlich. Wo, um Gottes willen, wollte denn dieser Mann hin. Wahrscheinlich hatte er auch noch Durst.

Mein Fahrzeug hinter dem Felsen konnte er nicht sehen, dennoch steuerte direkt darauf zu.

«Halt! Gehen Sie zurück!»

Er winkte (und hinkte), eigentlich ganz freundlich, er hatte sich einen Fotoapparat umgehängt.

«Sie sind trespassing!» Dafür gibt es kein anderes Wort, es handelte sich hier um privates Gelände, aber jetzt winkte er noch freundlicher. Ein freundlicher kleiner Herr war das, der mir sogar irgendwie bekannt erschien, doch das war ja nicht gut möglich.

«Keinen Schritt weiter! Ich habe auf Sie angelegt!!!», rief ich und war nun ernsthaft entschlossen, meine Rechte durchzusetzen. Im Fall eines Unglücks, eines fatalen Unglücks, kam es darauf an, den Leichnam auf das Grundstück zu ziehen, hatte man mir gesagt, dann läßt sich immer noch Selbstverteidigung geltend machen.

Also, sein Name war Griffin. Griffin C.G. Tott MD, aus Anchorage, Alaska, und er war hier, um die Felsen zu fotografieren. Wir verstanden uns auf Anhieb, verdösten den Nachmittag zusammen, angenehm im Schatten liegend. Im Schatten, erst der einen, dann der anderen Felsnase, je nach fortschreitendem Sonnenstand. Sprachen über Gott und die Welt, über Reisen, Beruf, Familie, sogar über unglückliche Liebschaften.

Ich servierte zwar keinen Sorbet und keine frischen Feigen. Immerhin ein anständiges Budweiser aus der Kühlbox. Bis die Sonne niederging und alle schönen Dinge der Welt zunächst einmal vertagte. Er hat mir auch geschrieben, aus Spokane, hatte ein paar gute Aufnahmen von mir und dem Felsen gemacht, die er mir zuschickte.

*

Um aber auf meine Pylonen zurückzukommen, auf die allerdings lege ich Wert und werde sie mir auf gar keinen Fall wegspiegeln lassen. Ich spreche von den konischen Ecken auf meinem Wolkenkratzer – sie haben etwas, ja, etwas Babylonisches, ich spreche es aus. Wenn mein Architekt sich entsetzt, dann wahrscheinlich zu Recht. Aber ich lasse den Mann ja erst einmal machen, und sein erster Entwurf, mit dem Silberstift gezeichnet, sieht beeindruckend aus.

Je zwei Geschosse will er vereinen und das Ganze dann mit einem zentralen Lichthof nochmals vereinen. Dieser völlig transparent oben mit einem Glasdach, unten mit einem kreisrunden Swimmingpool versehen, in der Tiefe das darunterliegende Stockwerk einnehmend. Kreisrund und schwarz.

Schwarz?

Der Swimmingpool wird schwarz, da ist nichts zu machen, darauf besteht er. Gedacht als Kontrapunkt zum durchgehend hellichten und hellgrauen Gesamtkonzept, mit ganz wenig Weiß, Puderweiß.

Und ganz wenig Totenkopf?

Ganz wenig Totenkopf, ergänzt er, durchgehend als milchige Nebellandschaft konzipiert, irrsinnig elegant mit Fußböden aus angerauhtem Glas. Etwa durchsichtig? Halbdurchsichtig, konzipiert er und läßt keinen Zweifel, daß es sich hier um einen Meilenstein zeitgenössischer Architektur handelt, daran ist überhaupt nicht zu zweifeln, sowohl unbewohnbar als auch preisverdächtig.

Wie steht es mit den Lichtverhältnissen, gibt es Fenster?

Der Rundung seines Mundes nach zu urteilen, nein. Das Licht wird gefiltert, ein gefiltertes Licht, das die Gesamtkonzeption durchdringt, er deutet mit seinen Händen eine Rundung an, sowohl von den Decken als auch den Fußböden her, er zeigt mit den Händen, wie. Wie der Gedanke das Gehirn durchdringt.

Gibt es Säulen?

Eigentlich nicht, naja, überlegt er, als er meine Enttäuschung sieht, ernsthaft, Säulen ließen sich vielleicht machen. Verspiegelt?

Eher lichtgrau, er deutet mit einer weiteren Rundung an, wie er denkt, daß sie sich einfügen würden.

Der Blick?

*

Der Blick war natürlich eine Sache für sich, fügte sich so überhaupt nicht ein. Der Blick von oben auf die Verhältnisse der sechsunddreißigsten Straße, auf die verrosteten Turmbauten, Teer- und Ziegeldächer, Wasserspeicher und die Drahtkäfige der kreisenden Klimaräder war definitiv nicht mit dem Silberstift gezeichnet. Insofern eine echte Aufgabe. Der Mann hatte an gewedeltes Fensterglas gedacht, eine Neuentwicklung, die das Draußen wie Flaumfedern erscheinen läßt, wie durch ein Federkissen gesehen, innen aber das Licht...

Verwedelt?

...nein, mehr entstehen läßt, mehr aus sich selbst heraus, durchdrungen sozusagen, ganz sicher schien er sich da nicht zu sein. Der Perlhuhneffekt? Ich sagte, das hört sich ja alles sehr modern an und ist auch verdammt preisverdächtig, besonders, wenn man an die Konsequenzen denkt, die sich ergäben, die Lebensweise, meine ich, denn wie soll man in diesem Perlhuhn leben, über vier Etagen mit einem schwarzen Loch als Pool.

Auf Wollsocken? Auf dem Glasboden?

Nun war er doch beleidigt, ein Leben, glaube ich, hatte er innerhalb seiner Architektur nicht in Betracht gezogen, ich sah aber auch, wie es in dem Mann sofort zu arbeiten begann. Ich meine, ich konnte die Wellen über sein Gesicht laufen sehen, deshalb möchte ich einmal ein Wort über Genialität sagen: Dieser Mann, der aus sich herausgetreten war, ein unbewohnbares Haus zu zeichnen, zeichnete in letzter Konsequenz eben auch den Bewohner hinzu.

Den neuen Menschen, wahrscheinlich perlgrau.

So wie er ihm vorschwebte.

«Sehr gut!», sagte ich.

*

Und nun werde ich einmal darlegen, was mir vorschwebt – mir – und darf mich dazu in aller Bescheidenheit vorstellen, mein Name ist Marconi, Marco Marconi aus Long Island, obwohl ich annehme, daß es nicht unbedingt notwendig ist.

Man weiß, wer ich bin.

Obwohl ich mich niemals fotografieren lasse, und wenn es doch geschieht, dann sorge ich dafür, daß es nicht geschehen ist. Ich trage mich elegant, man sieht mich hier in dieser Penthousekatastrophe – die ich natürlich selbst verursacht habe, indem ich den falschen Architekten auswählte – in nachlässiger Eleganz, schwarz gestreift, schlank geschnitten in möglichst hauchdünnen Qualitäten, offenes Seidenhemd, Schuhe in Nappaleder, möglichst hell. Ich trage Sonnenbrille, auch in geschlossenen Räumen. Hut. Nein, Hut lieber nicht, aber ich trage wahnsinnig teure Armbanduhren, die für sich allein schon genügend Schrecken verbreiten.

«Augenblick, Mister, was kann ich für Sie tun?»

– – –

«Oh – oh – oh – Mr Marconi, ich habe Sie nicht

gleich – ich werde sofort – – » Schrecken ja, aber der kann auch nicht schaden. Es gibt in New York, wenn ich das einmal ausführen darf, eine unsichtbare Währung, Respekt. Respekt zollt man, oder man zollt ihn nicht.

Da rammt mir doch dieser Hausbote seinen Messingwagen ins Kreuz, das muß man sich einmal vorstellen, immerhin voll beladen mit Post, allen möglichen Lieferungen, was weiß ich. Stehe da in der Halle und dieser dumme Hausbote, eines dieser Milchgesichter, rammt mir da in die Weichen – – –

Totenstille.

Als ob ein Film gerissen wäre.

Der Hausbote totenblaß.

Mit seiner albernen Kappe sowieso als niedere Existenz gezeichnet, weiß er, daß das Leben beendet, daß ein Totenreich sich aufgetan hat. Nur eine Mahnung natürlich, nur ein Blick durch einen Türspalt. Aber ich habe ihn nie wiedergesehen.

Wenn ich morgens als Mr Dobs mit Eimer und Besen vor den Empfangstisch trete, um Instruktionen zu erhalten, frage ich:

«Ist Mr Marconi im Haus?»

Keine Antwort.

Was sollte mich – mit Warze links – was sollte

es mich angehen, ob Mr Marconi im Haus ist. Am besten, man sieht und hört nichts, und man fragt nichts. Wahrscheinlich ist er im Augenblick damit beschäftigt, seinen Architekten zum Wahnsinn zu treiben: Jetzt lassen sie mal diesen ganzen modernen Quatsch beiseite und hören Sie sich an, was mir – mir – vorschwebt.

*

Vielleicht, daß mein schlechter Geschmack Schrecken verbreitet, ich weiß es nicht. Was würden Sie von jemandem halten, der ein Herrenparfum namens «Babylon 4» kultiviert, und nicht zu knapp? Was würden Sie aber sagen, wenn auch der schlechte Geschmack nur eine Erfindung wäre, und eine nützliche dazu?

Da gibt es diese denkwürdige Sitzung. Sic fand auf der obersten Plattform statt, wo mit mehreren großen Tischen sowie einer Getränkebar ein Arbeitszimmer eingerichtet war. Ich war an diesem Morgen bester Laune, und er schien auch schon ein paar intus zu haben, als er um zehn Uhr eintraf. Er trug einen steifen Anzug und hatte sich unten bei der Blumenfrau eine weiße Nelke ins Knopfloch gesteckt, sein Gutenmorgen hatte ein leichtes Glucksen. Aber es war ja noch früh am Tage.

Ein Arbeitsfrühstück. Bewußt knapp gehalten mit etwas Ei, Waffeln, Bagels mit Lachs, Ahornsirup und Mengen von Minzkaffee. Genehmigten uns noch je einen Manhattan, ich dachte, die kleine Kirsche kann so früh nicht schaden. Dazu muß ich erwähnen, daß mein Mr Dobs einen ausgezeichneten Manhattan macht, er hatte ihn fürsorglich auf die Bar gestellt.

«Also», eröffnete ich die Sitzung, «um gleich das Konzept zu umreißen, das Gesamtkonzept, versteht sich, ich will es üppig. Wenn das verstanden wird. Ich will es groß, und ich will es vom Besten, ich will schöne Farben, ein schönes Pflaumenblau, ein Burgund, ein schönes Gold, auf keinen Fall aber irgendeine nebulöse Angelegenheit. Ich will Marmorbäder, ich will Wandelgänge mit Gemälden, ich will eine Empfangshalle, die nach etwas aussieht. Wenn das verstanden wird. Jedenfalls nicht mit einem schwarzen Loch im Boden. Ich will reiche Materialien, üppige Beschläge, Wandverkleidung, möglichst auch ein Bernsteinzimmer, meinen Sie, daß Sie das hinkriegen? Und ich will ein großes Becken aus Malachit, egal wo Sie das auftreiben.»

Da war es nun interessant zu sehen, wie der steife Anzug weiterhin aufrecht saß, im Inneren aber sein Träger, C.F. Wainright, irgendwie hing. Und auch seine Nelke ließ den Kopf hängen. Irgendwie.

«Sie sehen, lieber Wainright, ich will Klasse, ich will, daß den Leuten das Maul offensteht. Mystik, mein Lieber, ein mystisches Nachtblau, ein Nachtfalterblau mit einem schönen goldenen Himmel, wenn Sie verstehen, was ich meine. Kann auch Lilienweiß sein, mit Lilien (haha), mystisch, mythisch oder wie man das nennt. Nein, Sie sollen mir hier keinen Mythos hinbauen, und ich will auch keine Geister, die hier nachher einziehen, aber ein paar Rabenflügel könnten angebracht sein. Oder um mich ganz klar auszudrücken», – mit einem Blick auf meine Pylonen, die sich draußen vor den Fenstern abzeichneten – «ich will es babylonisch».

Im Morgendunst.

Da konnte ich nun auch unerbittlich sein.

«Ich will ein Palmenhaus. Eines mit gefältelter Glasdecke, wo das Mondlicht einfällt. Mondstein, verstehen Sie?»

Der Mann verstand natürlich nichts, überhaupt nichts.

«Ich will einen Mondpalast – – – und ich will Seide, lieber F.C., ein seidenes Schlafzimmer, wohlmöglich mit einem Wasserlauf, der sich hindurchzieht und beim Schlafen angenehme Geräusche verursacht. Wie ein Tango. O.K.?»

O.K.

«In der Ferne könnte ein Löwe brüllen, das muß doch machbar sein.»

«Ein Rudel Wölfe heulen?»

«Oder ein Rudel Wölfe heulen», bestätigte ich.

Keine schlechte Idee!

*

Nach zwei Tagen erschien er mit einem neuen Entwurf, der im wesentlichen der alte war, allerdings hatte er mir in der Halle auf halber Höhe eine Akropolis eingebaut. Das war nun eine fast tragische Angelegenheit, eine Balustrade mit Säulen, ein Vorsprung, der balkonartig in den Lichthof vorsprang und dort wirklich nichts zu suchen hatte. Mit weißen Säulen. Ich konnte mir ungefähr vorstellen, was es den Mann gekostet hatte, das Ding dort vorspringen zu lassen. Wieviel Selbstverleugnung, wieviel inneren Schweinehund.

«Aber das ist doch schon sehr nett», rief ich aus, «das ist doch schon eher nach meinem Geschmack, was Sie hier liefern – – – und wenn

Sie jetzt noch ein Übriges tun und ihre Akropolis ganz herumziehen würden, so daß sie sich von allen Seiten im Pool spiegelt...»

Ich zeigte ihm mit ein paar kräftigen Strichen auf seinem Entwurf, wie ich mir das dachte, naja, meine Striche sind vielleicht etwas zu kräftig ausgefallen. Deshalb mußte der Mann ja nicht gleich tot umfallen, bitte sehr, schließlich wurde er ja genügend hoch bezahlt.

«...dann kommen wir der Sache schon näher.»

Ich erlaubte mir noch ein paar kräftige Striche, um meine Ansicht zu verdeutlichen, hier einen bezüglich der Länge, dort einen bezüglich der Breite. Ich zählte die neuentstandenen Säulen – – – sechzehn Säulen. Die sollten ausreichen. Bausünden sind so weit zu vertreten, als sie einem guten Zweck dienen, schließlich durfte ich ein paar kleine Zugeständnisse erwarten. Das jedenfalls war meine Meinung, für mein Geld.

«Und wir sollten Marmor bevorzugen», deutete ich weiterhin an, «weißen Marmor, goldgeädert. Naja, nicht Gold, nicht direkt, aber doch in dieser Richtung. Sie werden schon etwas finden.»

Hier sieht man mich die marmornen Stufen

herabschreiten, früh am Morgen, New York zu meinen Füßen. Ich will mich jetzt nicht übernehmen, aber ich sehe mich in einem indigofarbenen Morgenmantel, innen Zobel.

«Oder schwarzer Marmor? Sollten wir vielleicht schwarzen Marmor wählen – – »

Überlegte ich.

«Ich habe da so eine Vorstellung.»

«Lassen Sie mich raten – – goldgeädert?»

Der Mann hatte es erfaßt. Dann waren da noch die Pylonen, die Einbeziehung der Pylonen – die mir am Herzen lagen – zu erörtern.

«Die an den vier Ecken doch eine gewisse monumentale Funktion haben», führte ich aus, «in alle vier Himmelsrichtungen weisend!»

Ich wollte nicht allzu symbolisch werden, aber ich dachte an eine figürliche Darstellung, an ein Fabelwesen, an eine Allegorie, halb Falke, halb Eidechse. Als Dachfigur etwa oder als Wasserspeier, der Phantasie des Architekten wären da keine Grenzen gesetzt.

«Halb Eidechse, halb Frau.»

Und konnte bereits sehen, daß er der Aufgabe vielleicht doch gewachsen war. In weißem Mantel frühmorgens die schwarzen Marmorstufen herabschreitend? New York zu Füßen?

Da war nur noch die Frage des Materials offen,

der Verkleidung der Pylonen, sowohl innen wie außen – mir schwebte da etwas Leuchtendes vor, ein Naturstein, schöne polierte Platten in tiefem Blau, obwohl es so etwas in der Natur nicht gibt. Oder doch?

Warum nehmen wir nicht Lapis, fragte ich.

Lapis?

Lazuli.

Lapislazuli?

Goldgeädert.

Wainright griff sich ans Herz.

*

Notiz auf der Kulturseite der New York Times vom 3.4... Wie wir erst heute erfahren, wurde der bekannte Architekt Frank C. Wainright am Montag in seiner Wohnung tot aufgefunden. Nach den bisherigen Ermittlungen handelt es sich um Freitod, die Waffe befand sich noch in seiner Hand.

Frank C. Wainright galt als Wegbereiter moderner Architektur. Einen Namen machte sich der geniale Konstrukteur und Künstler durch seinen Entwurf zum Brewer Museum, einem in letzter Konsequenz minimalistischen Werk unter Zurückführung der Bauelemente auf einfachste Form, sparsamste Farbgebung. Meilenstein in der Kunst des Sachlichen, des «Neuen Weglassens». Wir trauern um den Verblichenen.

*

Eine gewaltige Ente, ohne Frage, so wie sie es heutzutage fertigbringen. Denn so weit wollen wir doch nicht gehen. Ich schwöre, ich habe ihn erst gestern aus einer Lounge in der Park Avenue treten sehen, rein zufällig. Es handelte sich – – also es handelte sich – – ich komme gleich darauf – – ja, es handelte sich um die Finnische Botschaft, ganz ohne Frage, und quicklebendig ist er gewesen, ich schwöre.

———

28

Geliebte Freitag.

Ich erwarte dich voller Ungeduld, wachsender Ungeduld, mein Herz ist ein Vogelkasten. Alles ist bereit, New York wartet mit dem schönsten Maiwetter, die Luft hier oben im Himmel streichelt sanft, hell wie die Meeresbrise, die Turmspitzen ringsum schimmern, es schimmern die liebestrunkenen Straßenzüge und in der blauen Ferne schimmert der Ozean. Liebste Freitag, alles, alles ist bereit, die letzten Bauarbeiter sind gegangen, die letzten Kalkreste entfernt, soeben sehe ich Mr Dobs den letzten Eimer hinaustragen. Mit großer Liebe, großer Leidenschaft und sechs Stockwerken Sehnsucht wartet auf dich

Dein Robbie (hätte ich fast geschrieben).

*

Hier nun die Vorbereitungen für das erste glückliche Zusammentreffen, – das allererste will ich nicht zählen. Ich habe das Restaurant selbst ausgesucht, Luigi's, eine kleine, gewissermaßen heimische italienische Affäre in der unteren

Bronx, wo gut gekocht wird, wo man noch ungestört sitzen kann, genügend weit von den Forzas und Papazzos entfernt. Ein Spezial der Marconi Familie, wenn ich das in dieser Form sagen darf, vollkommen nagelfest mit guten Leuten im Haus. Reserviertes Parken direkt vor dem Eingang, es besteht auch die Möglichkeit, besetzte Wagen frei an die Ecken zu stellen, und einen frei gegenüber. Die Bedienung ist handverlesen, zwei Kellner, ein Barmann, ein Türsteher, alle von außerhalb (Miami), dazu die Band, ein Trio, das auf der Bühne sitzt und sich nicht von der Stelle rührt, ich habe mir «Volare» und «Periculo numero uno» – so in der Art – ausgebeten. Das Lokal ist natürlich für diesen Abend exklusiv gemietet. Gekocht wird von Luigi selbst, nebst Sohn und Enkel – es ist an alles gedacht, Hintereingang blockiert, und der Türsteher vorn ist natürlich nicht nur Türsteher.

Banal könnte man sagen: Damit hier keine unliebsamen Überraschungen vorkommen.

Größten Wert habe ich auf das Arrangement gelegt, alles rot in rot, rosenfarben und flamingo, Geschirr, Tischdecke, Kerzen, rote Palmwedel. Ein einzelner Tisch steht vor der Tanzfläche, alle anderen, bis auf die in den Wandnischen, sollten fortgeräumt sein, habe ich verlangt. Und hochlehnige Stühle, die sich gegenüberstehen, habe ich mir ganz speziell ausgebeten, es sollte doch etwas feierlich werden. Und was das Menü angeht, verlasse ich mich ganz und gar auf Luigi. Er schlägt einen Antipasto von Seeschnecke vor, gekocht im eigenen Sud, mit einer Kaviar-Sherry-Tunke vor. Danach Riesengarnelen gegrillt mit Yams, Ananas und Limonen, argentinische große Rindernüsse als Fleischgang, alternativ Polenta in einem Ring von honiggesottenen Krammetsvögeln – ich weiß nicht so recht –, oder bloß Spaghetti à la Luigi, die ich meiner Dame empfehlen kann, wenn sie nicht allzusehr auf Figur achtet. Ich persönlich werde mich wohl dazu entschließen (der Knoblauch muß mit der Rasierklinge geschnitten sein).

Als Nachtisch wird Luigi dann einen venetianischen Sorbet in gebackener Mandelkruste servieren, das macht er ganz reizend, singt sogar dazu, ein wirklicher Genuß.

Beleuchtung gedämpft.

Darüber habe ich ausführlich nachgedacht: Lasse ich sie zu stark dämpfen, denkt die Dame, es soll etwas verdeckt werden, dämpfen wir zu wenig, läßt sich nichts verdecken. Am besten, ich lasse überall diese Milchglasglocken verteilen, die verschleiern genug, ohne daß man darüber nachdenkt, weil sie keinen Schatten geben. Ja, wenn ich darüber nachdenke (ich muß auf Ringe unter den Augen achten), so soll es gemacht werden. Als Zusatz rote Schirmchen?

Aber zur Tanzfläche.

Da werde ich ganz professionell. Ein erster Slow oder finnischer Tango ist die allererste Ansprache überhaupt. Ein «wie geht es dir», und «wo warst du all die Jahre» wird im Unterton auch einiges transportieren, aber ein erster zarter Druck, eine Wendung, eine gleitende Wendung beim Fox oder langsamen Peabody ist eine andere Mitteilung. Ich persönlich bevorzuge die mäßig schnelle oder langsame Salsa, die Königin, die eine eigene Sprache spricht, und ich horche auf Antwort. Nichts kann eine solche Mitteilung ersetzen. Es ist die Verschleppung, die entweder wahrgenommen oder nicht wahrgenommen wird. Ich wage zu behaupten, daß ich die Dame Freitag nach den ersten drei Takten erkennen werde, und wenn ich ein glücklicher Mann bin, wird sie mich (erkennen).

Das ganze von unten beleuchtet – Luigi's hat nämlich einen Glasboden unter der kleinen Tanzfläche, man kann also sagen, ganz professionell. Feierlich, würdig, intim sowohl als auch geschäftsmäßig, üppig und professionell. Insgesamt gedämpft. Eile, eile, meine Geliebte, dein Robbie erwartet dich heißen Herzens, und so weiter – – – –

Mit Alkohol möchte ich vorsichtig umgehen, es könnte da etwas mißverstanden werden. Nur regionale Weine aus dem Piemont, ein fast schwarzer Barolo Vecchio zum Beispiel, auf keinen Fall Champagner, der wäre zu banal. Allenfalls ein Aperitif zur Begrüßung, Campari-Minze mit Fähnchen und kleinen Artischockenherzen. Wir werden uns da noch etwas einfallen lassen.

*

Insofern auch heiteren Herzens.

*

Und nun die furchtbare Nachricht:

Meine Liebe, meine ferne Geliebte, es ist etwas Furchtbares geschehen! So furchtbar, daß ich es der Dame Freitag gar nicht mitteilen kann. Oder, um mich jetzt noch sibyllinischer auszudrücken, ich drehe mich im Kreis, die furchtbare Nachricht ist, daß – – – nein, daß ich sie dir nicht mitteilen kann, die Nachricht, das ist die furchtbare Nachricht.

Um wem soll ich sie nun mitteilen?

*

Aber der Reihe nach.

Pünktlich um acht betrete ich das Lokal.

Ich habe Luigi gesagt, daß man mit Musik und Barbetrieb bereits beginnen soll, damit wir hier nicht ins Leere stoßen. Lichtspiele flimmern, der Barmann schüttelt seine Chrombecher. Um anfängliche Steifheiten zu vermeiden. Ich komme um acht, die Dame wird wahrscheinlich etwas später eintreffen, das Trio spielt «di me (sag mir)».

Der Tisch steht tatsächlich an einem guten Platz, prominent einerseits, weil er allein steht, andererseits abgeschirmt durch einen Schatteneffekt, der sich aus der Beleuchtung ergibt. Ich hatte eine ähnliche Position einmal in einem Film gesehen und schon damals wahrgenommen. Wechsele einen Blick mit dem Bandleader, der – geblendet – mich allerdings kaum sehen kann, ein dunkelhaariger Typ mit einer linken hängenden Schulter. Jedenfalls sitzt das Jackett schief, was er im Stehen mit der Trompete in der Hand kaschiert, wahrscheinlich wird er auch singen. Alle drei tragen das gleiche cremefarbene Jackett und eigentlich sitzt es bei jedem schief.

Wechsele auch einen Blick mit dem Barmann hinter der Bar, und der hört sofort auf zu schütteln. Ein eher vierschrötiger Mann, der eigentlich nicht hinter die Bar paßt. Sie ist rot und vanillefarben beleuchtet, eigentlich. Der Türsteher, den schaue ich mir von meinem Platz aus auch genauer an, der Türsteher ist der Hat-check-man, er steht nicht nur an der Tür, sondern nimmt den Gästen auch die Garderobe ab – als ich hereinkam, wollte er meinen Hut haben. Außerdem ist er wahrscheinlich bewaffnet, man sieht eine Beule. Und was soll ich sagen, die Kellner haben auch ihre Eigenheiten, dem einen steht der Mund weit vor, und der andere hat sich die Haare derartig geölt, wie man es heute wirklich nicht mehr sieht – heute haben sie ja diese Stachelhaare. Es ist jetzt acht Uhr dreißig und meine Dame läßt auf sich warten.

Ich habe bereits drei von diesen Piscos getrunken, sie sind sehr hübsch mit Minzesträußchen garniert und haben eine gewisse Wirkung, die ich vielleicht nicht unterschätzen sollte.

Ein Anruf.

Nein, wahrscheinlich nur ein fehlgeleiteter Anruf, vom Barmann an der Bar kurz beantwortet, dabei wirft er mir einen kurzen eher vierschrötigen Blick zu, der auch nicht ganz paßt. Danach kein Anruf mehr. Einmal kommt Luigi hochrot aus der Küche herein, offensichtlich begeistert von seinen eigenen Kochkünsten, ob er mit den Seeschnecken noch warten solle? Ja, er solle. Es ist jetzt fast neun, und von der Dame immer noch keine Spur, draußen fährt ein Wagen vor, schwarze Stretchlimousine vier Fenster lang, ich kann ihre Umrisse durch die Tüllgardinen erkennen über vier der Restaurantfenster reichend. Die Kapelle intoniert auf mein Zeichen «Volare», und dann kommt dieses Männchen herein.

Klein, nett, ein älterer Herr.

Moment mal.

Wer hat denn den hereingelassen?

Gibt auch Hut und Mantel ab, als ob er hier eingeladen sei, und der Türsteher, offenbar blind, nimmt Hut und Mantel – ich werde künftige Sicherheitsmaßnahmen viel deutlicher machen müssen (Security). Ob ich für den Herrn zu sprechen sei? Ich denke, wo befinden wir uns denn, wie kommt denn der überhaupt hier herein, schließlich erwarte ich jeden Augenblick meinen Gast, die Dame meines Herzens.

«Sie kommt nicht.»

Moment mal.

Sie wird nicht kommen.

Erscheint hier unangemeldet – ein, zugegeben, sympathisch aussehender älterer Herr, körperlich eher auf der gebrechlichen Seite, eher etwas dünn in den Zügen. Aber gut gekleidet und mit leuchtenden Augen versehen, die mir später, wenn ich gefragt werde, eine eigentümliche Jugendlichkeit in Erinnerung bringen. Ich sage «versehen», denn die Gestalt, die hier aus dem Nichts erscheint (in der langen Limousine) hat etwas Konstruiertes.

In meiner Erinnerung.

Hat auch noch den Nerv, hier unbedenklich, oder zumindest unbedarft an meinen Tisch zu treten und in dem für meine Dame bestimmten hochrückigen Stuhl Platz zu nehmen, vorsichtig, zumindest höflich, aber ohne jede Feierlichkeit. Ich fasse es nicht.

Habe mich später gefragt, wieso ich den Kerl nicht einfach an die Luft gesetzt habe. Hätte dazu nicht einmal das Personal oder mein Trio, das sowieso wie ein Gangster-Trio ausgesehen hat, bemühen müssen. Sitze dort also plötzlich mit diesem Männlein zu Tisch, als ob es so vorgesehen wäre, wunderbar rot dekoriert, mit bestem Geschirr gedeckt, flankiert von Blumenarrangements, es fehlt jetzt nur noch, daß sie jetzt die Camparis, oder was immer vorgesehen ist, servieren. Und da werden sie auch schon gebracht.

«Ihre Dame Freitag kann leider nicht kommen», mit diesen ganz hellen, leuchtenden Augen inmitten dieses kleinen Mannes. Was heißt, sie kann nicht, wieso kann sie nicht?

«Weil es sie nicht gibt.»

Weil es sie nicht gibt.

«Nie gegeben hat.»

Nie gegeben hat.

Die Vorspeise ist noch nicht eingetroffen – ich war später der Meinung, daß wir wenigstens die Vorspeise hätten genießen sollen, Seeschnecken in Sherrysauce –, es ist neun Uhr fünfzehn und der Abend ist fortgeschritten. Damen sind nicht pünktlich, sie sind, genauer gesagt, sogar sehr unpünktlich. Alles ist bereit, der Mann ist bereit, der Tag, die Stunde – – – und dann kommt sie nicht.

«Ich weiß sehr wohl, wer Sie sind», sage ich mit fester Stimme, «Sie sind das Männlein, das mir auf der Pelle sitzt, im Zug nach Grevesmühlen, in London, nein, in London nicht», überlege ich.

«Doch», sagt er, «in London auch, ich saß im Neunzehner, du saßt im Fünfzehner Bus, und die beiden Brüder im Siebzehner.»

«Wie auch immer», sage ich, «wir saßen eben im Bus. Ich kenne dich, du sitzt mir seit Jahren auf der Pelle, und ich nehme stark an, du hast eine irgendwie geartete Botschaft an mich – nur daß dies so ziemlich der unpassendste Augenblick ist, den du dir dafür ausgesucht hast.»

Er blickt mich an, fast gütig.

«Ich bin Freitag.»

Du bist Freitag.

«Immer gewesen.»

Immer gewesen.

«Und jetzt werde ich dir das Leben retten», sagt er.

———

29

Ich dachte immer, der Tod käme als großes schwarzes Roß donnernd um die Ecke getrabt, wenn die Schicksalsstunde schlägt. Wenn die Steilkurve plötzlich zu eng, die Nacht zu dunkel, der Arzt zu ernst wird. Dann trabt es unbegreiflich stark um die Ecke, mit seinen riesigen schwarzglänzenden Keulenmuskeln, die auf und ab gehen, seinem Schnauben wie die Schöpfung und den eisernen Hufen, groß wie der Weltuntergang. So habe ich mir das gedacht. Und jetzt bei Little Luigi's?

«Siehst du den Kellner an der Tür?»

Ich sehe ihn, es ist der mit dem Mund.

«Und siehst du den Barmann?»

Den auch.

«O.K. Diese beiden und Luigi, Luigi samt Sohn, das ist die eine Partei!»

– – –

Inzwischen ist der Abend anscheinend noch weiter fortgeschritten, die Verhältnisse scheinen sich hier stündlich zu verändern. Dafür spricht auch die Beleuchtung, die aus irgendwelchen

Gründen zunehmend spärlicher wird. Wenn wir noch eine Weile warten, sitzen wir im Dunkeln.

In der dunkelsten Bronx!

«Das ist die eine verdammte Partei», hat er soeben gesagt, und dann tut er etwas, was niemand von dem Männlein erwartet, er faßt in seine Rocktasche und zieht eine Bombe heraus, eine Rauchbombe. Ich weiß, es hört sich wahnsinnig an, und es ist auch nur ein Apfel, den er herauszieht. Dem Erscheinungsbild nach. Aber glaubt mir, es ist eine Rauchbombe – in der Schicksalsstunde in der Bronx, wenn das schwarze Roß kommt.

«Und siehst du diesen Kellner, der sich einen Liter Öl ins Haar geschmiert hat, wenn auch nur als Stilmittel?»

Den sehe ich auch. Ein Spic, ein Puerto Ricaner offenbar, und bei näherer Betrachtung scheint auch der Bandleader nicht sehr weit davon entfernt zu sein. Allmählich bekomme ich ein Auge für die Situation.

«Das ist die andere Partei, nur kleine Besetzung, nur Hit-Männer, der Kellner und das Trio. Sie haben keine Großen geschickt, aber fällig bist du, du bist dran, du bist schon längst dran gewesen.»

Jetzt bringen sie endlich die Vorspeise, der

eine Kellner bringt die Seeschnecken, der andere die Sherrysauce, sie wird sozusagen – die Vorspeise – von beiden Parteien getragen.

«Nur der Türsteher – – – also der Türsteher ist im Augenblick nicht so leicht unterzubringen, der könnte sowohl zur einen als auch zur anderen Seite tendieren. Möglicherweise zu beiden, es ist alles möglich», sehr nachdenklich, «aber wenn du jetzt genau tust, was ich dir sage – – – werde ich dir jetzt das Leben retten.»

! ! !

«Siehst du das Lämpchen?»

Das Lämpchen an der Ecke, es ist ein beleuchtetes «Gentlemen». Ich sehe es.

! ! !

Die «Ladies» befinden sich wahrscheinlich an der anderen Ecke, die kann ich von meinem Platz aus nicht sehen. Um das einmal zu rekapitulieren, es sind also zwölf Schritte bis zum «Gentlemen», zwölf steife, völlig verkrampfte und vor allem viel beachtete Schritte, die locker und unbefangen nebenher auszuführen sind. Schließlich läuft man nicht jeden Tag um sein Leben. Ich wundere mich sowieso, daß sie mich hier laufen lassen, der Trick mit der Toilette ist so alt wie die Toilette selbst. Die Waffe liegt dann immer oben auf dem Spülkasten (Pate).

Wundere mich fünf Schritte lang, unter strengem Blick aller Beteiligten, dann fünf Schritte lang in großer Erleichterung, über die ich mich auch wundere: Anscheinend halten sie nicht viel von mir. Außerdem sind es zwei Parteien, die sich mißtrauen, oder doch gegenseitig eine der anderen wenig Vertrauen entgegenbringen. Glaube ich.

Noch zwei Schritte bis zum «Gentlemen», die «Ladies» müssen sich gegenüber befinden. Noch zwei Schritte unter Todesangst? Ja.

Dieses Mal unter Todesangst.

Die Herrentoilette ist weiß gefliest und etwas streng im Geruch, obwohl das Fenster offen steht.

*

Ich weiß nicht, wer zuerst losballerte, noch will ich wissen, wieviel Tote, welchen Sachschaden und Verlust an Reputation hier zwei ehrenwerte Familien hinnehmen mußten. Sie mußten blind in der Gegend herumgeschossen haben. In derselben Sekunde jedenfalls, in der ich die Tür hinter mir schloss, brachen draußen alle Schleusen.

Pandämonium.

Ein einziger Knall.

Aus allen Rohren, allen halbautomatischen

und automatischen Barettas und Wessons haben sie gefeuert, ein Schnellfeuer, das sich in der Sekunde zu einem einzigen riesigen Dauerknall verdichtete. Aus zehn, zwölf Rohren. Es müssen auch Maschinenwaffen dabeigewesen sein. Ob mein kleiner Freund da mitgeballert hatte oder gar die Rauchbombe betätigt, weiß ich nicht, zugetraut hätte ich es ihm.

Ich für meinen Teil weiß nur, daß ich mich in einem Gleitflug befand. Direkt von der Tür durchs Fenster, das jemand vorsorglich hatte offenstehen lassen. Das hochgelegene Fenster. Ich kann sagen, nie zuvor, nie im Leben bin ich so leichtfüßig gewesen, bin ich so glatt und hoch gehüpft. Direkt auf den vorsorglichen Müllcontainer, der dort bereitstand. Auf den ich hüpfen konnte.

Im einsamen Funzellicht des Hinterhofes. –

Das letzte Kapitel findet dann wieder in der Südsee statt.

30

Eines Tages, lange ist es her, hatte mich mein Vater beiseite genommen: Du wirst es nicht leicht haben, mein Sohn, hatte er gesagt, du wirst nicht wissen, wer deine Freunde sind, du wirst auf keiner Insel der Seligen leben. Eher umgekehrt. – Was immer er damit hatte zum Ausdruck bringen wollen.

Denn ich habe einen Freund. Einen, der mir folgt und mich verfolgt, der im gegebenen Moment eine Rauchbombe wirft, was will ich mehr. Und soweit es die Insel betrifft, sie heißt Kamehameha, auch Skull Island, auf der Karte St. Phyllis genannt und hat die Größe eines größeren Parkplatzes. Was nicht vielen Menschen beschieden ist. Du wirst feststellen, hatte er gesagt, daß ein Übermaß an Gütern gleichzeitig ein Übermaß an Beschränkung darstellt. Je mehr du hast, desto weniger kannst du noch kriegen.

Oder: Wenn du alles hast, kriegst du gar nichts.

Ja, aber da gibt es eine Taste, die er nicht gekannt hatte – eine Taste mit Namen «Erase».

*

Alle Jahre fährt ein Schiff vorbei. Es ist weiß, die Musik spielt, fröhliche Menschen sind an Bord. Ich winke mit aller Kraft, sie winken zurück – das Schiff zieht weiß vor der blauen Kimme seine Bahn, und ich werde aufs nächste Jahr warten.

Ich esse gut. Heute hat sie mir einen Königszapfen zubereitet, sie ist gut zu mir. Es ist ein weißer Sproß oben am Stamm der Sagopalme, der wie ein Langustenschwanz schmeckt, aber ohne Fischgeschmack. Dieser in einer zarten Honigkruste gebacken mit einer winzigen Schärfe im Biß, man könnte ohnmächtig werden. Dazu bereitet sie ein ganz ausgezeichnetes Ingwerbier aus der Ingwerwurzel, sie kann aber auch ein Eisbein auftauen und Erbspüree kochen. Und sicherlich kann sie viel Wasser tragen und viele Kinder gebären, da bin ich ganz sicher, ich weiß nur nicht genau, ob es nun eine ist, oder ob es zwei sind, die einander ablösen. Ich weiß es nicht. Aber sie ist gut zu mir.

Ich schlafe gut. Ich schlafe unter dem geflochtenen Dach auf einer Reisstrohmatte. Nachts schlägt die Lagune gleichmäßig an den Strand, Palmfächer rascheln in der ständigen lauen Luftbewegung, die die Seele ausfüllt, und ich kann nicht sagen, daß ich mich mit diesem Klischee unwohl fühle. Wässerchen murmeln, kußmäulige, dicke Fische geben Küßchen. Das Paradies. Auf der Reisstrohmatte schläft es sich ausgesprochen traumlos, ist das bekannt? Man legt sich hin und wacht auf, ohne irgendwann in gähnende Schlünde gefallen zu sein. Es gibt einen Vogel auf der Insel, ich glaube, es gibt nur einen, weiß-schwarz gestreift mit goldener Brust, der mich zwar mit Skepsis betrachtet, mich aber inzwischen als seinen Gast angenommen hat und immer sehr höflich umfliegt.

Aber ich möchte mich näher über meine Insel auslassen. Gebe hier einmal ihre genaue Position an, sie liegt also 5° südl. Breite und 142° westl. Länge, hoch in den Calmen, und ich habe da gar keine Bedenken, da man sie in dieser Position kaum finden wird, ich würde sagen, überhaupt nicht. Fernab jeglicher Schiffahrtsrouten, abseits aller Urlaubsgründe, höchstens daß sich einmal ein gelegentliches Kreuzfahrtschiff hierher verirrt. Von dem man mir dann zuwinkt.

Dieses kleine Eiland ist ohne Frage vulkanischen Ursprungs, nach seinem Erscheinungsbild, eine Feuermasse, die hier mitten im Ozean hochgedrückt wurde. Zu einem Gesteinsschaum erstarrt liegt es da wie ein gewaltiger Bimsstein, hart in der Brandung, aber weich und porös genug, um feine Treppenstufen zu schlagen. Was inzwischen ausgiebig geschehen ist.

Mein Eiland.

Um bei der Wahrheit zu bleiben, es macht nicht allzuviel her, mein Eiland, von außen betrachtet. Ringsum harter Klippenstrand, darüber die stachelige Felswand, wenig einladend. «Skull Island», weil es von der einen Seite her einem Totenkopf ähnelt. Dort, wo die Phantasie einen Jochbogen sieht, befindet sich eine Einbuchtung, einer riesigen Augenhöhle vergleichbar. Darüber die Stirn, hochgewölbt, steil in einen bleiernen Tropenhimmel hineinragend. Ein eher abschrekkendes Bild, wenn ich ehrlich sein soll, und ich könnte mir gut vorstellen, wie der Seefahrer, der in der Tiefe des Ozeans endlich auf diesen Schädel stößt, in Depression verfällt und lieber nach der nächsten Insel sucht. Aber mir kann es nur recht sein. Denn gibt es eine Außenwelt, gibt es auch eine Innenwelt.

Würde man diese Stirn bezwingen können – nehmen wir an, es wäre möglich – würde man zerschrunden und mit dem Leben davongekommen die Höhe erreichen, geschähe ein tiefes Wunder, ein Wunder der Schöpfung nämlich: Tief unten wie das blaue Auge Gottes öffnet sich dahinter eine Lagune, so blau, so unendlich blau, daß dem Dichter – wie dem Seemann – das Herz stockt. Ich schäme mich nicht. Soviel Schönheit, soviel Licht. Dieses letzte Kapitel ist auch mein letztes Kapitel, und es ist mein letztes Haus, das ich hier baue.

Es gibt natürlich noch einen anderen Zugang, einen mit Klippenzähnen bewehrten Mund zum Meer. Die Insel hat Hufeisenform, öffnet sich knapp nach Westen, ist deshalb vor den Taifunen geschützt, die in diesen Breiten ihren Ursprung nehmen. Ziemlich geschützt, sollte man sagen, und hier berühre ich den wunden Punkt. Den wundesten. Alle diese Paradiese sind letztlich nicht bewohnbar und werden auch nicht bewohnt, man kann damit rechnen, daß sie innerhalb eines Jahrhunderts mindestens fünfmal radikal rasiert, von aller Vegetation befreit und überflutet werden. Soviel zu den Paradiesen. Und noch eine Anmerkung: Der verbliebene Rest ist von Sperrmüll besetzt. Wenn nicht von Schlimmerem.

Eigentlich hatte ich ja nie Robinson sein wollen, ich glaube, das habe ich genügend herausgearbeitet. Nicht der mit dem häßlichen Hut und den unförmigen Galoschen aus Baumrinde. Aber eines muß ich dem Mann lassen, er hatte es sich gemütlich gemacht.

Und wenn ich jetzt auf meiner Reisstrohmatte liegend mein allerletztes Haus baue, dann weiß ich, wofür es steht. Nicht für diese ganze Entwicklung der Menschheit, Steinzeit und ähnliches, nein, sich mit sich selbst einzurichten, dafür steht es. Darf ich einmal ganz konkret werden. Ich liege hier sehr gut, soeben hat sie mir (eine von den Dreien) einen wundervollen roten Fisch serviert, sie machen das sehr delikat, der Fisch steht hochkant und auf ihm reiten große, gekerbte Scheiben von Limonenorangen. Sehr delikat, eigentlich ist es nur eine Goldbrasse, aber sie heißt hier Mahi Mahi und das macht den Unterschied.

Es wird ein großes Haus werden. Mit vielen Korridoren und Treppen und Ein- und Ausgängen, je nachdem ob man hinein oder hinaus will, man ist ja nicht immer derselbe. Es geht hinauf und hinab, prächtig symmetrisch soll es werden und zugleich mächtig krumm und unübersichtlich, möglichst verbaut. Es soll genügend abgelegene Winkel haben, Scheintüren und Scheinwände, daß man nie ganz sicher sein kann, wo genau man sich befindet. Auch einen Warteraum für den Zahnarzt und ein kleines eingebautes Dampfbad, möglicherweise eine Saufkneipe im Eck, ich brauche unterschiedliche Schlafräume, je nach Gemütslage, mit und ohne Träume. Die wiederum hinter den Scheintüren ihren Platz haben, denke ich mir.

Ein poetisches Haus, mit viel Platz für Banalitäten als auch für das Erhabene. Symmetrie, jawohl, Symmetrie gibt mir Ehre, gibt Ansehen und löst Ergriffenheit. Eine hohe Halle mit Musik von Mussorgski, etwa, soll meine geehrten Besucher empfangen, ich selbst werde mich dann allerdings in die Wohnküche zurückziehen, wo es Wiener Würstchen gibt, ja, aber auch Durchblicke und Ausblicke auf schöne Landschaften – Landschaften der Seele versteht sich – kurz, ich bin dabei, ein Geisterhaus zu bauen, in dem es sich leben läßt, ein Haus des Inneren, in dem ich herumlaufe. Oder noch kürzer, offenbar bin ich dabei, in mich zu gehen.

Ja, aber ganz konkret.

Das Labyrinth zum Beispiel. Das Labyrinth ist ein wesentliches Bauelement und ist allem vorgeschaltet. Niemand erreicht den Eingang, der nicht das Labyrinth passiert. Dabei genügt der Typ A, eine simple Schleife, die in sich zurückläuft, zwei Gabelungen genügen, um dem Besucher die Orientierung zu nehmen, bestenfalls geht er dann nach Hause. Oder wenigstens sollte er einmal eingangs an sich selbst zweifeln. Ein

Gang hin, einer zurück, und der Bildungsstand ist im Augenblick fragwürdig geworden.

Nun könnte ich ja selbst einen Gang in das Gestein bohren. Es ist dazu ideal geeignet, läßt sich locker herausbrechen und liegt federleicht in der Hand – zu diesem Zweck bin ich ja hier –, einem Feuerschwamm nicht unähnlich. Ich liege hier, umstanden von zauberhaftesten gefiederten Geschöpfen, direkt vor meinem Objekt, dem größten Bimsstein, den es je gab, und ich liege hier sehr gut. Diese Geschöpfe muß sich ein liebender Gott ausgedacht haben. So fein und so sinnlich geringelt, so unendlich erotisch hochbeinig graziös. Ich glaube, es sind Sagopalmen. Sie wiegen sich, sie wedeln mir ein schattig grünes Licht herunter. Wie habe ich das verdient?

Nun könnte ich einen längeren Gang bis ganz nach vorn, bis zu der großen Augenhöhle vortreiben, dort mit einem Panoramafenster, in die Welt schauen, alle diese Dinge könnte ich tun, ich könnte eigenhändig einen Spiegelsaal graben, der sich dann hinter der Stirn befindet, festlich beleuchtet, einen Billardsaal, einen Schießstand, eine Wendeltreppe aus Tuffgestein. Aber kann ich sie mitnehmen, die Dinge?

Den Geist vielleicht. Mitnehmen.

*

Vor langer, langer Zeit war ich einmal sehr, sehr krank – todkrank, eine Art Keuchhusten –, jedenfalls hatte ich lange Zeit nicht aufstehen dürfen, und es war November oder Dezember, jedenfalls sehr dunkel tagsüber. Da hatte ich mir also diesen Berg von Grießbrei ausgedacht, Tag für Tag und voller Inbrunst. Aber das war ein gewaltiger Berg. Unerhört hoch, ein Grießpudding, wie es ihn nicht in den kühnsten Träumen gibt, ich sehe ihn noch heute vor mir. Da hatte ich also angefangen, mich hineinzuessen, und ich könnte mir gut vorstellen, daß es mir das Leben gerettet hat, bei meinem Keuchhusten. Ich aß mir einen Eingang, dann einen Korridor, schließlich einen ganzen Rittersaal, einen unerhört schönen. Es war die schönste Zeit meines Lebens, das kann ich jetzt behaupten, und ich kann sie mitnehmen, das behaupte ich auch.

Denn was da an Präzisionsarbeit geleistet wurde, Tag für Tag geleistet wurde, das kann nicht im Nichts versinken. Immer haarscharf und mit großer Genauigkeit an die Arbeit vom Vortage anschließend, mit genauer Länge und Breite, mit allen Ecken und Kanten und der genauen Wanddicke. Falls sich eine Räumlichkeit an die andere anschloß. Nicht zu dick, aber auch nicht zu dünn und durchscheinend. Ja, ich darf behaupten, daß mir damals die große Gabe erwuchs, das ganz spezielle Raumgefühl, das architektonische Empfinden, wenn ich das einmal behaupten darf.

*

Heute wieder Kreuzfahrttag.

Heute morgen, als ich bei meiner Obstschale sitze, dazu ein Ei vom Perlhuhn und einen Quiquek – das ist feingemahlene Nuß in Milch aufgerührt, etwas sehr Gutes – warum es das bei euch oben nicht gibt, weiß ich nicht –, ertönt dieses tiefe Brummen. Und als ich aufblicke, ist der ganze V-förmige Einschnitt von dem draußen vorbeiziehenden weißen Schiffsleib ausgefüllt. Ich habe ja den Eindruck, daß das Schiff immer weißer wird, offensichtlich lackieren sie es jedes Jahr neu und in einer Jahr für Jahr weißeren Qualität.

Also setze ich meinen häßlichen Hut auf, den ich mir aus Baumrinde gefertigt habe, und begebe mich nach vorn zum Strand. Stehe da verloren auf meinen Klippen, wie man es von mir erwartet. Draußen auf dem weißen Schiff drängen sie sich, winken, schwenken die Hüte, ich winke zurück. Anscheinend bin ich zu einer Attraktion geworden. Auf dem Reiseprogramm der, den sie Robinson nennen.

Aber ganz hinten am Heck steht eine kleine einzelne Figur, die nicht winkt, nur ein wenig den Hut lüftet, aber freundlich, sehr freundlich. Vielleicht, daß sie dort steht. Ich werde auf das nächste Jahr warten und auf das übernächste, dreißig Jahre lang, wie man es von mir erwartet. Noch ist es nicht soweit.

Eines fehlt in meinem Haus, es hat immer gefehlt, und darüber muß ich noch tief nachdenken.

Wenn das Schiff seine Bahn gezogen hat, in der See, hat sich inzwischen über dem Totenkopf eine Wolke gebildet, eine winzige Wolke nur, und das sieht merkwürdig aus. Erst ist es eine Mütze, dann ein Schirm und schließlich ist die Wolke wieder weg, hat sich aufgelöst. Während ich hierunten meine Gedanken fasse. Es ist nie ganz leicht, sich völlig zurückzunehmen.

Heute gibt es Tapa, ich höre meine Schönen schon seit Stunden schlagen. An sich ungenießbar ist es eine Delikatesse, wenn es so geschlagen wird, wie sie es schlagen (6 Stunden), man kann es auch anziehen. Und für heute Abend haben sie sich etwas Besonderes ausgedacht, einen Feuerwehrball. Das ist eine Darbietung hier unten auf den Inseln, bei der sie sich fortwährend im Rhythmus auf ihre kleinen Hinterteile runterplumpsen lassen. – Naja, klein.

– – –

Die Drachen. Wo wohnen die Drachen.

Ich kenne mein Haus gut, ich habe es ja gebaut. Es ist groß und hell und offen, es ist ein durchleuchtetes Haus, es hat unverhangene Fenster und eine reiche Bibliothek, in der alles zu lesen steht, was ein Mensch wissen muß – viel ist es sowieso nicht –, was dort nicht steht, braucht er nicht zu wissen. Aber wo steht das?

Wenn ich nachts durchs Haus gehe, gehe ich weit geöffnet, ich höre jede Uhr ticken, ich höre den Tropfen Schweiß, der von der Stirn tropft, ich gehe in die Küche, ich gehe in den Keller, wo ein 92er Moulin lagert, und dort höre ich sie. Nicht eigentlich im Keller, aber auf dem Weg dorthin. Die dunklen Wasser, die dort fließen, ich kann sie sogar sehen, tief unten, noch unter dem untersten Keller – habe ich doch gewußt, daß etwas fehlt.

Das Untergeschoß.

Aber es sind schwarze Wasser, die dort fließen, ein schwarzer Strom, schnell, glatt und lautlos wie ein Schlangenleib. Sehr tief und sehr weit unten. Das Wasser schwillt, wird breit und bedrohlich und fängt an zu gurgeln. Das sind meine Ängste, die dort herumschwimmen, die verdrückten Gefühle, die Süchte und das ganze Leid. Und was da sonst noch schwimmt, wer weiß. Aber irgendwann, das verspreche ich, werde ich hingehen und ein tiefes Loch in den Bimsstein graben, ich werde nachsehen, was dort unten ist.

Luft ist leicht.

Erde ist schwer.

Wasser neigt zur Hysterie.

Und Feuer, lieber Freund, Feuer ist ganz sicherlich hochkriminell.

*

Aber eines Tages, und der Tag ist nicht fern, wird ein weißes Schiff vor Reede liegen. Dieses Mal ist es nicht vorbeigezogen, keine Leute winken oder schwenken die Hüte. Denn dieses Mal wird ein Boot zu Wasser gelassen, darin sitzt ein kleiner Herr als Passagier, es scheint ein geschäftiger kleiner Herr zu sein, so wie er in dem Boot sitzt. Nicht sehr passend gekleidet in einem dunklen Anzug, er hätte wenigstens die weiße Leinenjacke tragen sollen, meine ich. Jetzt steht er auch noch auf, bringt fast das Boot zum Kentern, er will aber nur freundlich sein. Älter? Nein, älter ist er eigentlich nicht geworden.

«Ich wußte, daß du kommst», sage ich, «irgendwann, wußte ich, kommt du. So sehr leicht bin ich ja nicht aufzufinden, wenn man die Verhältnisse, die nicht ganz stabile Schiffsverbindung bedenkt. Wäre ich auf Rügen, wärst du wahrscheinlich längst dagewesen.»

«Hier bin ich.»

Scheint sich aber Zeit zu lassen. Begutachtet die Baulichkeiten, die Liegenschaften, insbesondere meine Reisstrohmatte. Anerkennend macht er es sich schließlich bequem und hängt das Jakkett an den Haken, scheint sogar, nach der langen Reise, einem Schläfchen nicht abgeneigt zu sein. Und soll ich mich nun fürchten?

Es gibt ja noch den Knopf an der Tastatur, den ich drücken kann oder nicht drücken kann. Und wenn ich ihn drücke, wird alles gelöscht sein. Alle Verbrechen und alle Vergehen, alle Bankkonten und Depots, sämtliche Anbindungen, Vernetzungen und Verquickungen mit all dem Geld auf dieser Welt. Mit allen Kredit-, Pfand- und Verschreibungsinstituten, allen Anleihen und Gegenanleihen und den Investitionen in die Staaten Sambesi und Kiribati, – die ich wahrscheinlich besitze, wahrscheinlich ganz, ich weiß es nicht.

Nicht zu erwähnen die Mobilien und Immobilien, sowie all den blanken Hausbesitz, der sowieso völlig überflüssig gewesen ist. Wenn man die Kürze der Zeit bedenkt.

Nicht zu reden von Goldbeständen, dem Barren-, Münz- und Feingold, sowie den zugehörigen Geheimcodes für die zugehörigen Schließfächer in Schließbanken in Zürich.

Und schon gar nicht von Lombard oder Finsbury Optionen, die sowieso nur fiktiv bestehen, und das Ganze auf Knopfdruck:

«Erase», Löschen.

Nur die Liebe, blank und bloß und ohne Paßwort, die Liebe kann ich mitnehmen. Das ist nun etwas Merkwürdiges, daß mir der Himmel sehr blau, die Blätter sehr grün und der weiße Sand sehr weiß erscheint, ich habe das bisher nie so genau gesehen. Fällt mir jetzt auf.

Dies ist die allerbeste Zeit, die Sonne hat gerade den richtigen Dreiviertelstand erreicht, so daß die Schatten etwas länger und sanfter sind, das Licht pure Mandelmilch. Selbst mein Freitag sieht schöner aus.

«Lieber Freitag.»

«Hier bin ich.»

«Ich weiß, wer du bist.»

Ich habe es immer gewußt. Seit er mir gegenüber saß, seit er mir Zeit ließ, meine Angelegenheiten zu ordnen. Mein ganz persönlicher, höchst privater Tod.

«Immer gewesen.»

Und daran ist ja eigentlich gar nichts auszusetzen. Ein freundlicher, kleiner Herr, der sich doch immer als recht zuvorkommend erwiesen hatte. Und auch jetzt keinen schlechten Eindruck macht. Im Gegenteil.

Erase «Löschen».

Wollen Sie wirklich alles löschen?

Ja.

Unwiderruflich?
